KB093965

지금,
여기,
프랑스

지금,
여기,
프랑스

혁신, 창업, 교육, 문화, 예술 등
현재 프랑스를 말하다

김선미 지음

미메시스

외국어 고등학교 시절 프랑스어 전공 시간, 새하얀 얼굴에 턱이 뾰족한 필리프 선생님의 입에서 흘러나오던 프랑스어는 나로 하여금 미지의 새로운 세상을 꿈꾸게 해주었다. 입시 지옥 속에서도 프랑수아즈 사강Françoise Sagan의 『브람스를 좋아하세요...』와 같은 문학을 접하면서 프랑스를 동경하게 되었다. 비교적 남들의 시선에 연연하지 않는 내 삶의 태도도 이때 형성됐는지 모른다.

대학을 졸업하고 1990년대 중반 신문 기자가 되었다. 험하다는 사회부 기자 생활로 처음 시작해 경찰서와 병원 응급실을 취재했다. 그러다가 2000년대 초반 『동아일보』의 주말 섹션인 〈위크엔드〉 팀에 배치됐다. 맡게 된 분야는 패션, 와인, 미식 등. 지금은 중요한 문화 콘텐츠이지만, 이전까지는 신문들이 살림 기사 성격으로 다루던 분야였다.

그 무렵부터 국내에 해외 명품 브랜드들이 속속 소개되기 시작했다. 멋진 삶과 스타일에 대한 독자들의 관심도 폭발적으로 늘어났다. 〈파리 패션 위크〉 패션쇼, 〈메종 오브제 파리〉 인테리어 박람회, 프랑스 와이너리 탐방 등을 현장 취재하여 신문에 소개했다. 관련 업계의 성장과 그에 따른 신문 지면의 성장을 하루가 다르게 체감하던 때였다. 이때부터의 관심과 인연은 이후 경제부, 산업부, 문화부에서 일하면서도 죽 이어졌다. 취재와 여행으로 자주 프랑스를 드나들고 프랑스의 학자, 건축가, 디자이너, 미술가, 요리사 등을 꾸준히 인터뷰했다.

기자 생활 20년 차이던 2016년, 패션 학교인 에스모드 이젬ES-MOD ISEM 파리에서 1년간 럭셔리 패션 비즈니스를 공부하러 가게 된 것은 나의 이러한 인생 이력에 따른 것이다. 남편은 한국에 남아 일하고, 만 여덟 살 딸과 세 살 아들을 혼자 데리고 갔다. 〈뭐든지 할 수 있다〉는 근거 없는 자부심이 있었다. 그러나 외국에서 학업과 육아를 병행하는 일은 하루하루 머리카락이 곤두서는 스트레스의 연속이었다. 결국 나의 영원한 수호신인 친정 엄마가 프랑스로 날아왔다. 내게 주어진 파리에서의 365일, 하루하루가 아까워 참 열심히 살았다.

그런데 파리는 평소 일 처리가 빠르고 부지런 떠는 내가 따라잡기에도 숨이 찰 만큼 빠른 속도로 볼거리와 생각할 거리를 풀어놓았다. 그래서 아이 둘을 학교와 유치원에 보내고 내 수업에 다녀오는 길에는 가급적 미술 전시 하나라도 보려고 노력했다. 저명한 학자나 작가의 강연이 있으면 메모해 놓았다가 찾아갔다. 걸핏하면 찾아오는 아이들의 방학 기간엔 〈노약자 여행단 가이드〉라는 지인들의 부러움 섞인 말을 들으며 프랑스와 유럽 곳곳을 다니며 견문을 넓혔다.

마침 내가 파리에 체류하던 2016~2017년엔 프랑스에서도 새로운 대통령이 들어서던 때였다. 젊은 정치 신예 에마뉘엘 마크롱Emmanuel Macron이 대통령으로 당선되는 과정을 생생하게 현지에서 볼 수 있었다. 프랑스 산업계 역시 빛의 속도로 혁신하고 변화하는 모습을 보여주었다. 특히 스타트업과 창업을 키우는 활기 넘치는 분위기가 인상적이었다.

1년간 학업을 마치고 귀국해서도 출장과 휴가로 프랑스를 세 차례 다녀오니 주변에서는 〈프랑스에 애인이라도 있느냐?〉는 농담 섞인 질문도 했다. 친구들은 내게 〈몸은 한국에 있어도 마음은 여전히 프랑스에 있네〉라고도 했다. 인터넷과 SNS로 최근 소식을 쉽게 접하니 정말로 내 눈과 귀는 프랑스로 향해 있었다. 하지만 정작 프랑스에 대한 책을 펴내려고 하니 주저하는 마음이 들었다. 프랑스에서 오랫동안 살거나 공부했던 분들이 떠올랐다. 그분들이 보기에 내 책은 애송이의 프랑스 사랑처럼 부끄럽지 않을까.

그럼에도 출간을 결심했다. 20년 넘는 저널리스트 경험으로 프랑스를 지켜본 나의 시선은 그 누구와도 다른 차별점이 있을 듯하다. 프랑스의 따끈따끈한 변화상 그리고 반대 의견을 뚫고 개혁하려는 그 모습을 소개하고 싶다. 혁신, 창업, 교육, 문화, 예술 등 지금 프랑스의 모습은 한국 사회에 비추어 대입해 볼 만한 게 의외로 많다. 무엇보다 프랑스를 향한 나의 취향과 사랑을 나누고 싶다.

김선미

차 례

프랑스적
창의성

○

○　○

파리에 간다면 한 번쯤은
나무를 주인공으로 여정을 짜는 걸 추천한다.
정 시간이 없다면 딱 한 곳, 바가텔 공원만이라도!
나는 이곳에서 나무가 주는 기쁨과 평화
그리고 사랑을 선물로 받았다.

파리에 사는 동안 아이들을 동네 학교와 유치원에 보낸 후 인근 라느라 정원Jardin du Ranelagh을 종종 산책하곤 했다. 이름은 알지 못해도 왠지 오래돼 보이는 나무들 사이를 걷다 보면 그들과 무언의 소통을 하는 기분이 들었다. 나무는 그런 신비한 힘이 있었다. 혹 시간 여유가 있는 날에는 이 정원의 끝에 있는 마르모탕 모네 미술관Musée Marmottan Monet을 들렀다가 오기도 했다. 어느 날, 나는 이렇게 일기를 썼다. 〈훗날의 그리움이 미리 밀려왔다〉라고.

봄바람이 불기 시작한 2017년 4월 5일, 한국의 식목일을 맞아 왠지 파리에서도 나무를 보러 가야 할 것 같은 기분이 들었다. 그래서 라느라 정원에 갔다가 나무를 가꾸고 있는 정원사에게 인사를 건넸다. 「안녕하세요. 이 나무의 이름은 무엇인가요?」 키가 큰 그는 〈파리 시청〉이라고 쓰인 점퍼를 입고 있었다.

그는 아침부터 키 작은 동양 여성이 나무에 대해 질문 세례를 퍼붓는 것이 신기했는지 아니면 즐거웠는지 나를 이끌고 다니며 매우 열정적으로 알려 주었다. 그런데 그는 영어를 전혀 할 줄 몰랐다. 그가 각 나무의 프랑스어 이름을 알려 주면 나는 휴대 전화로 구글 검색을 해서 정보를 찾았다. 호두나무, 박태기나무, 실거리나무…….100세를 넘긴 나무도 여럿 있었다. 나는 그에게 이 나무는 뭔가요, 저 나무는 뭔가요 하다가 통성명을 하고 같이 사진도 찍었다. 친구들은 나중에 내 얘기를 듣더니 〈누가 기자 아니랄까 봐 붙임성도 좋다〉며 혀를 내 둘렀지만 나는 깨달았다. 나무는 누구와도 친구가 될 수 있다고.

파리 시청 환경국 소속 정원사 아저씨가 내게 물었다. 「파리에서 가장 오래된 나무가 어디에 사는지 아세요?」 몰랐다. 그는 파리 5구 셰익스피어 앤 컴퍼니 서점 근처의 르네비비아니 공원 Square René-Viviani 에 400세 넘은 아까시나무가 산다고 알려 주었다. 그래서 내 친절한 〈나무 선생님〉께 나무 수업에 대한 감사 인사를 한 뒤 지하철을 타고 그 오래된 나무를 만나러 갔다.

앙리 4세의 조경사이자 파리 식물원의 디렉터였던 장 로뱅 Jean Robin 이 1601년 미국에서 들여와 심은 아까시나무가 눈앞에 나타났다. 높이 15미터에 둘레 3.5미터의 나무가 두 개의 시멘트 골조에 의지해 비스듬하게 서 있었다. 제1차 세계 대전 때 윗부분 줄기가 통째 잘려 나갔는데도 여전히 매년 4~5월이 되면 향기로운 꽃을 피우며 건강한 생명력을 보여 준다고 했다. 파리의 벨 에포크 시절 이 나무는 무엇을 보고 누구와 어울렸을까. 400년 넘게 살아오느라 고단했을까. 지금은 어떤 꿈을 꿀까.

일본 홋카이도 비에이에는 〈켄과 메리의 나무〉라는 이름의 나무가 있다. 이 나무가 1970년대 닛산(日産) 자동차 광고에 등장할 때 광고 속 남녀 주인공 이름이 켄과 메리였기 때문에 붙여진 이름이다. 파리의 가장 오래된 나무도 비슷하다. 나무를 심은 장 로뱅의 이름을 따서 아카시아 속(屬) 나무를 〈로비니에robinier〉라고 부른다.

파리의 가장 오래된 나무 옆에는 생줄리앙르포브르Saint-Julien-le-Pauvre라는 이름의 800년 넘은 오래된 교회가 있다. 오래된 책들을 파는 책방과 오래된 액세서리를 파는 상점도 있다. 오래된 것들의 가치와 그걸 소중히 여기는 태도. 내가 파리에서 배운 것이다.

찾아보니 프랑스는 〈주목할 만한 나무들Les arbres remarquables〉이란 일종의 나무 인증 제도를 2000년부터 전국에서 시행하고 있었다. 나무의 나이, 형태, 관련 이야기 등 주목할 만한 특색을 갖춘 나무를 선정해 자연과 문화적 가치를 보존하고 관리하는 것이다.

파리의 경우 가장 오래된 나무뿐 아니라 가장 키가 큰 나무, 가장 뚱뚱한 나무 등 여러 종류의 인증이 있다. 나는 파리의 나무들을 찾아나섰다. 파리 16구 불로뉴 숲속에 있는 높이 40미터의 플라타너스 나무, 파리 8구 몽소 공원Parc Monceau 안에 있는 줄기 둘레가 8미터인 거대한 동양 플라타너스 나무, 샹젤리제 정원Jardin des Champs-Élysées의 140년 된 세쿼이아 나무, 200세가 넘은 파리 19구 뷔트쇼몽 공원Parc des Buttes-Chaumont의 일본 회화나무······. 나는 나만의 방식으로 각각의 나무에 이름을 붙여 불러 보기도 했다. 〈봉주르, 에르베!〉

특히 집에서 가깝던 센 강변 인조 섬의 〈백조의 길〉에는 무려 60여종의 각기 다른 나무들이 군집해 계절마다 아름다운 색과 향을 선사해 주었다. 열매가 밤같이 생기고 붉은 꽃을 가득 피우는 샹젤리제 거리의 마로니에 가로수도 잊지 못한다. 마로니에 나무와는 아무 상관없는 1990년대 혼성 그룹 마로니에의 「칵테일 사랑」을 흥얼거리며 춤추듯 걷기도 했다. 파리 식물원에 갔다가는 어느 식물학자를 취재하던 프랑스 취재진과 우연히 합류해 그들을 찍어 준 내 사진이 내 이름과 함께 프랑스 잡지에 실린 적도 있다. 파리의 나무들을 찾아다닌 게 내게는 큰 즐거움이자 추억이다.

나무를 좋아하는 내가 가장 즐겨 다닌 장소는 불로뉴 숲속의 바가텔 공원Parc de Bagatelle 이다. 평화롭고 한적해서 나만의 공부방 삼아 종종 혼자 갔다. 그런데 어느 봄날 이른 오전에는 낭패를 봤다. 새소리가 시끄러울 정도로 너무 커서 공부에 집중하기가 어려웠다. 인적 하나 없는데 공작들이 날 에워싸니 무섭기까지 할 정도였다. 그만큼 자연이 〈자연스럽게〉 그대로 있는 곳이 바가텔 공원이었다.

이 공원에는 1907년 심어진 〈원숭이의 절망〉이라는 이름의 거대한 칠레산 남양 삼나무가 있다. 나무에 가시가 많아 원숭이가 오르지 못해 절망했다나. 사연을 들은 후부터는 이 나무 앞에서 좌절하는 원숭이들의 귀여운 표정이 절로 상상됐다.

1775년 루이 16세의 동생 아르투아 백작이 불과 64일 만에 지은 바가텔 공원에는 자연 풍경식 정원과 기하학식 정원이 공존한다. 숲속을 연상시키는 자연 풍경식 정원에는 회화나무, 너도밤나무, 사이프러스 나무 등 수많은 오래된 나무들이 있고 연못엔 청둥오리들이 떠다닌다. 잔디에는 공작들이 푸른 날개를 부채 모양으로 활짝 펴고 아름다운 기품을 뽐낸다.

바가텔 저택 뒤편으로는 기하학식 정원이 펼쳐지는데, 바로 바가텔 장미원이다. 1,200종의 장미를 기증받아 1907년 신종 장미 국제 경연 대회를 열었고, 개원 100주년이던 2007년엔 세계 장미 협회가 주는 우수 정원상을 받았다. 장미가 어른 주먹 두 개만큼 크기도 하고, 이름들도 하나같이 예쁘다. 장미가 탐스럽게 피는 6월엔 장미원의 저택에서 파리 쇼팽 페스티벌이 열린다. 한국의 피아니스트 조성진도 2016년 이 페스티벌에서 연주했다. 쇼팽과 바가텔의 낭만적 장미는 아무리 생각해도 정말 근사한 조합이다.

파리에 간다면 한 번쯤은 나무를 주인공으로 여정을 짜는 걸 추천한다. 정 시간이 없다면 딱 한 곳, 바가텔 공원만이라도! 나는 이곳에서 나무가 주는 기쁨과 평화 그리고 사랑을 선물로 받았다.

프랑스 대여 자전거 벨리브Vélib'를 타고 다닌 바가텔 정원 앞.

봄이 되면 꽃을 가득 피우는 파리 식물원.

런 마이 시티 파리

빠르게 잘 달리지는 못하지만, 파리에 1년간 살면서 달리기 대회에는 꼭 한번 나가 보고 싶었다. 무라카미 하루키가 미국 보스턴이나 하와이에서 마라톤을 하듯, 나도 폼 나게 파리 마라톤에 나가 보리라. 주변 사람들에게 〈글, 술, 달리기를 좋아하니 딱 여자 하루키네〉라는 말도 들어 보지 않았던가. 그러니 나도 하루키처럼!

2017년 초 야심 차게 파리 마라톤 사이트에 접속했으나 이미 신청 접수가 마감된 상태였다. 하는 수 없이 다른 대회는 뭐 없나 인터넷에서 찾다가 〈런 마이 시티 파리Run My City Paris〉라는 대회를 알게 되었다. 설명을 읽어 보니 굉장히 흥미로운 달리기였다.

〈당신은 4,000여 명의 다른 참가자들과 함께 파리 오페라 극장에서 음악을 들으며 몸을 흔들고, 자크 데쿠르 고등학교 운동장에서 간식을 먹은 후 파사주 뒤 아브르에서 윈도쇼핑을 하게 될 겁니다. 좀 더 달리기를 원하면 몽마르트르 언덕을 달려 올라가면 됩니다.〉

달리기 코스는 9킬로미터와 15킬로미터 두 종류였다. 나는 몇 년 전 북한산 숲길 10킬로미터를 달리는 살로몬 트레일러닝 대회에 참가해 1시간 1분 기록으로 뛰었던 적이 있어 이 대회에선 9킬로미터를 59분대에 뛴다는 목표를 세웠다. 인터넷에서 참가비 25유로를 결제하자, 대회 며칠 전 파리 9구청으로 번호표를 받으러 오라는 안내가 떴다.

고풍스런 옛 건물인 구청에서 번호표를 받고 나자 정작 잘 달릴 수 있을까 은근 걱정도 됐다. 당시 다니던 학교의 시험과 과제 스트레스로 밤에 혼자 와인을 많이 마셔 댔기 때문이다. 그래도 달려야 했다. 내 심장이 원하는 일이었으므로. 친정 엄마는 아이들에게 말했다. 〈너희 엄마는 참 별걸 다 한다.〉 아이들은 우려 반 격려 반의 표정으로 〈엄마, 꼴등은 하지 마〉라고 했다. 달리기 전날 밤엔 딱 두 개만 다짐했다. 안전 그리고 완주!

달리기는 재밌다. 내가 좋아하고 날 종종 구원해 주기도 하는 반전도 일어난다. 늘 내 인생에서 그랬던 것처럼. 그 반전은 2017년 3월 26일, 어쩌다 내가 달린 런 마이 시티 파리가 제1회 대회였다는 것, 그리고 달리기 코스가 죽여주는 〈한 편의 예술〉이었다는 것.

대회에 가보니 나처럼 혼자 온 러너뿐 아니라 커플, 친구, 가족 단위로 온 참가자도 많았다. 달리기가 시작되자 진행 요원들은 러너들을 파리 도심의 오페라 극장 안으로 안내했다. 이 극장을 설계한 건축가 샤를 가르니에Charles Garnier 의 이름을 따서 〈오페라 가르니에〉라고도 불린다. 신바로크 양식으로 1875년 세워졌으며 애니메이션 영화 「발레리나」의 배경 장소인 바로 그곳! 평소 입장료 내고 줄 서서 들어가는 곳을 달리기 코스로 들어가게 되다니…… 러너들은 재밌어하며 스마트폰을 꺼내 들고 기념 촬영을 했다. 나도 멈춰 서서 홀 중앙의 샹들리에와 대리석 계단을 배경으로 다른 러너에게 촬영을 부탁했다. 내 인생에 언제 또 달리기 차림으로 이 오페라 극장에 오겠나 싶었다.

계속되는 달리기 코스인 한 구립 여성 스포츠 센터 안에는 『헨젤과 그레텔』의 쿠키 집 같은 알록달록한 현대식 암벽 체험 시설이 있었다. 나 같은 이방인은 물론이고 파리지앵들조차 〈내가 사는 도시에 이런 게 있었나〉 신기해하는 반응이었다. 학교 운동장에는 러너들을 위한 오렌지와 쿠키가 잔뜩 차려 있었고, 어느 유치원에서는 할아버지 악단의 공연이 열렸다. 다들 달리기와 나란히 나타나는 풍광과 곳곳에 깜짝 선물처럼 나타나는 공연을 즐겼다.

그런데 나는 후반부가 되면서 그 기록이란 게 점점 의식이 됐다. 〈1시간 이내에 달려야 해.〉 다시 막 달렸다. 그런데 또 한 번의 반전이 일어났다. 내가 그토록 흠모해 온 프랑수아즈 사강의 미디어 도서관이 달리기의 마지막 코스였다. 건물 안내문을 읽어 보니 2015년 여름에 생긴 이 도서관은 10만 권 이상을 보유한 파리의 대형 도서관 중 한 곳이었다. 그때 깨달았다. 목숨 걸고 빨리 달리는 게 무슨 의미가 있나. 이렇게 둘러볼 게 많은데……. 15킬로미터를 신청한 러너들은 여기에서부터 다시 몽마르트르까지 이내 달렸다.

결국 나의 제1회 런 마이 시티 파리 9킬로미터 달리기 기록은 1시간 9분 54초. 대회를 마치고 페이스북에 관련 사진과 달리기 소감을 올렸더니 친구들이 한마디씩 댓글을 달았다. 최대한 늦게 달렸어야지 너무 빨리 달렸다, 내가 마라톤을 싫어하는 이유가 달리는 동안 너무 지루해서인데 이런 대회 있으면 매년 참가하겠다, 참으로 파리다운 달리기 대회네, 이런 대회가 서울에서도 열리면 좋겠다…….

한국에서도 SNS의 인기에 따라 최근 몇 년 사이 모르는 사람들이 서울 숲이나 한강 공원에 모여 함께 뛰는 달리기 모임이 많아졌다. 멋진 운동복 차림의 젊은이들이 인스타그램에 뜬 공지를 보고 모여서 같이 달리는 것이다. 그래서 생각해 봤다. 달리기 차림뿐 아니라 달리기 코스도 멋있으면 어떨까. 북촌의 한옥 마을 골목길이나 국립 현대 미술관 내부를 달리는 코스는 어떨까. 신라의 달밤 달리기 혹은 춘천의 마임 극장 달리기는 또 어떨까. 〈새로운 달리기〉 체험은 우리의 소중한 문화를 새롭고 귀하도록 보게 할 것이다.

빨리 잘 달리지는 못하지만
파리에 살면서 달리기
대회에는 꼭 한번
나가 보고 싶었다.

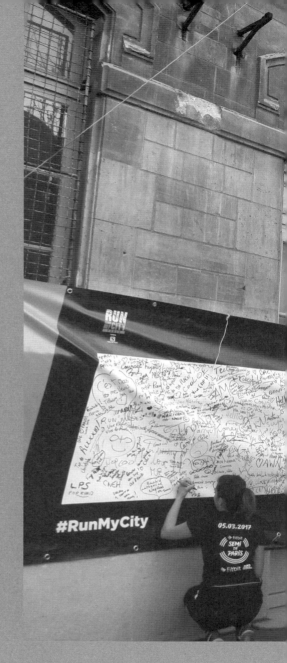

제1회 〈런 마이 시티 파리〉
대회에서 달리기를 하던 중
방명록에 글을 남기는 참가자들.

가족이나 친구 단위로 참가해 추억을 쌓는 런 마이 시티 파리.

참가자들은 달리기 도중 다과의 여유를 즐기기도 한다.

티에리 마르크스의 패스트푸드

2018년 11월, 미리암 생피에르Myriam Saint-Pierre 주한 프랑스 대사관 공보관과 점심을 하던 중 그녀가 내게 물었다. 「티에리 마르크스Thierry Marx 소식 들었어요? 샹젤리제 거리 인근에 패스트푸드 식당을 냈대요.」

미리암과 나는 요리에 대한 관심이 많아 평소 말이 잘 통했다. 우리는 2016년 처음 만났을 때부터 프랑스의 유명 요리사들이 동양의 발효 음식에 푹 빠져 있다는 얘기를 나눴다. 그런데 그녀가 프랑스 요리사 중 내가 가장 좋아하는 티에리 마르크스 얘기를 꺼낸 것이다. 궁전 같은 5성급 호텔인 만다린 오리엔탈 파리의 총주방장인 마르크스가 패스트푸드 식당을 냈다니…….〈역시 티에리 마르크스!〉라는 생각과 그의 새로운 식당에 대한 궁금증이 일었다. 나의 기억은 2010년 프랑스 보르도에서 이뤄졌던 그와의 만남으로 거슬러 올라간다.

2010년 보르도 포이야크 지방의 샤토 코르데이양바주Château

Cordeillan-Bages에서 하룻밤을 묵었다. 지롱드강이 마을을 통과하는 바주 언덕 위에 자리 잡은 17세기 프랑스 고성을 개조한 호텔이었다. 호텔 옆에 딸린 샤토 랭쉬바주 양조장은 보르도 메도크의 와인 명가답게 현대 미술관을 방불케 했다. 미술품이 여럿 걸려 있는 와인 저장고에서 시음을 하고 아늑한 객실로 돌아와 휴식한 뒤 레스토랑에 저녁을 먹으러 들어섰다.

호텔 레스토랑은 정갈한 흰색 인테리어와 미술품들이 조화롭게 어우러져 있었다. 웨이터가 하나씩 요리를 내올 때마다 나와 일행은 음식 재료를 알아맞히는 즐거운 탐정 놀이를 했다. 접시 위에 흰 구름이 뜬 것 같은 과일 무스, 영롱한 물방울 형태의 가스파초, 젤리 주사위처럼 만든 칵테일……. 사과 타르트가 액체 상태로 나올 때엔 놀라워 입을 다물지 못했다. 각 요리는 〈음식물, 어디까지 변신할 수 있니〉 대회에 출전한 것만 같았다.

당시 프랑스에서 한창 화제가 되던 분자(分子) 요리들이었다. 과학을 활용해 재료의 맛과 향은 유지하되, 새로운 형태를 만들어 내는 창의적 요리! 그 선두 주자가 이 레스토랑을 진두지휘하는 티에리 마르크스였다. 10년간 샤토 코르데이양바주 레스토랑을 이끌며 『기드 미슐랭Guide Michelin』*의 별 두 개를 받은 그는 2008년 프랑스 경제 전문지 『레 제코Les Echos』에 인터뷰가 실리면서 대중적 인지도가 확 높아졌던 터였다.

---

* 프랑스의 타이어 회사 미슐랭이 발행하는 여행 및 호텔과 레스토랑 전문 안내서. 별 하나에서 셋까지 〈미슐랭 스타〉로 대표되는 객관적 레스토랑 평가 방법 및 기준을 확립하여 그 권위를 인정받고 있다.

식사 중반쯤, 흰색 요리사 가운을 입은 마르크스가 우리 테이블로 와서는 각 음식에 대해 친절하게 설명해 주었다. 〈요리하는 과학자〉 포스였다. 그의 말을 들어 보면 요리는 결국 온도, 압력, 시간 등의 물리적 변수들을 조절하고 흡수, 투과, 용해 등 화학 작용을 거쳐 새로운 창조물로 거듭나는 것이었다. 왠지 정이 가는 그의 푸근한 인상과 진지한 태도에 끌렸다. 한국에서 왔다고 하자 자신은 무술과 유도를 즐기고 아시아에서 많은 영감을 얻는다며 특히 된장을 요리에 자주 활용한다고 했다. 분자 요리가 신기하다고 하자 아직도 내 뇌리에 남는 말을 했다. 「새로운 요리 기술을 사용한다고 해도, 프랑스의 전통을 혁신에 꼭 접목하려고 합니다.」

다음 날 아침엔 흔쾌히 기념사진도 함께 찍고 우리가 떠날 때까지 손을 흔들어 주었다. 나는 전날의 마법 같은 저녁 식사를 추억하며, 그럼에도 기자적 의구심을 품었다. 분자 요리는 한때 스쳐 가는 유행이 아닐까.

잊을 수 없는 그날의 분자 요리 이후 나는 마르크스의 소식에 안테나를 세웠다. 마르크스는 놀라울 만큼 다채로운 행보를 보였다. 일단 내가 그를 만난 이듬해인 2011년에 만다린 오리엔탈 파리Mandarin Oriental Paris로 옮기면서 보르도 지역구 스타에서 프랑스 전국구 스타로 올라섰다. 이 호텔에 자신의 이름을 따서 만든 〈쉬르 므쥐르 파르 티에리 마르크스Sur Mesure par Thierry Marx〉 레스토랑은 모던한 분자 요리들로 화제를 낳으며 2012년 『기드 미슐랭』 별 두 개를 받았다.

2013년엔 화학자인 라파엘 오몽Raphaël Haumont 파리 11대학 교수와 프랑스 요리 혁신 센터CFIC*를 세워 〈미래의 요리〉를 연구하기 시작했다. 원재료의 특성을 최대한 살리면서도 맛에서 결코 손색이 없는 새로운 요리들을 탐구하는 곳이다. 어린 학생들을 대상으로 한 과학 요리 실험실과 요리 직업 교육도 지원한다.

돈 없는 요리 지망생들을 위해 무료 요리 학교도 다섯 곳이나 세웠다. 수업료가 없는 대신 결석과 지각이 허용되지 않는 곳으로 유명하다. 프랑스 TV 채널 M6의 요리 프로그램 「톱 셰프」의 초대 심사단으로 2010~2014년 활동하며 전국의 요리 꿈나무들도 만났다. 「톱 셰프」는 현재도 계속되고 있는 프랑스의 대표 장수 프로그램이다.

마르크스는 요즘 말로 〈흙 수저〉이다. 유대계 폴란드 이민자 가정에서 태어나 빈민촌에서 자랐다. 할아버지는 폴란드 피난민 공산주의자, 아버지는 제빵사였다. 마르크스는 돈이 없어 가고 싶던 제빵 학교에는 못 가고 16세 때 군에 입대했다. 제대 후 유명 레스토랑에 들어가 조엘 로뷔숑Joël Robuchon 등 최고의 요리사들 밑에서 요리를 배운 게 그의 인생을 바꾸어 놓았다. 마르크스는 여러 인터뷰에서 당시를 이렇게 회고한다. 〈나는 로뷔숑의 놀라운 레시피와 요리의 정확성을 익히느라 늘 밤늦게까지 남아 있었다.〉 그는 이후 배낭을 꾸려 호주와 일본을 여행하며 요리의 영감을 얻었고, 다시 프랑스로 와서 분자 요리에 매달려 명성을 얻었다.

그러나 그는 『기드 미슐랭』 스타 요리사에 안주하지 않았다. 2016년 파리 북역 안에 〈레투알 뒤 노르L'Étoile du Nord〉(북쪽의 별)라

* Centre Français d'Innovation Culinaire.

는 레스토랑을 만들어 두 코스에 26유로로, 세 코스에 34유로짜리 메뉴를 선보이고 있다. 기차역 레스토랑으로는 만만한 가격이 아니지만, 마르크스의 유명세를 감안하면 매력적인 가격이다. 파리 8구에 빵집 〈라 불랑제리La boulangerie〉도 열어 제빵사가 되고 싶던 어릴 적 꿈을 이뤘다. 그런데 크루아상과 케이크를 파는 파리의 흔한 빵집들과는 사뭇 다르다. 모던한 인테리어에서 10유로 이내 가격으로 제공되는 빵은 소고기, 태국 샐러드, 일본 무 등을 김밥처럼 속에 말아 넣은 브레드마키이다. 그렇게 건강한 〈패스트 캐주얼〉을 표방한다.

미리암의 말을 듣고 찾아보니 마르크스가 2018년 10월 샹젤리제 거리 부근에 새롭게 낸 패스트푸드 식당 〈마르크시토Marxito〉도 프리미엄 패스트푸드를 내세우고 있었다. 프랑스의 유명한 산업 디자이너 오라이토Ora-ïto가 디자인한 모던한 매장에선 브르타뉴 지방의 갈레트를 닮은 반(半) 발효 빵에 된장과 연어 등을 혼합한 건강식 샌드위치를 팔고 있었다. 아침 메뉴는 5.5유로부터, 점심은 15~17유로. 만다린 오리엔탈 파리뿐 아니라 2018년부터는 에펠탑 2층의 최고급 레스토랑 〈쥘 베른Jules Verne〉까지 맡은 그는 왜 이런 대중적 행보를 겸하는 것일까.

나의 궁금증을 풀어 준 그의 인터뷰 기사가 2018년 11월 프랑스 경제 주간지 『롭스L'Obs』에 실려 소개한다. 이 무렵 파리에서 열린 〈2050년의 미식? Quelle expérience gastronomique à l'horizon 2050?〉이란 제목의 콘퍼런스 때 마르크스가 얘기한 내용을 소개한 기사였다. 거의 10년 전 〈분자 요리는 한때 스쳐 가는 유행이 아닐까〉 하고 품었던 내

의문에 대한 답을 마르크스가 얘기하고 있었다.

〈2050년의 미식을 이야기하기 이전에 환경의 미래부터 생각해야 한다. 우리의 땅을 척박하게 만드는 화학 요소의 사용을 줄여야 한다. 이대로 가다가는 물 부족에 시달릴 것이고, 돈 많은 부자만이 잘 먹고 잘 사는 시대가 될 것이다. 우리는 KFC처럼 건강하지 못한 패스트푸드와 영영 작별해야 한다. 그런데 사람들의 식사 형태는 예전과 달라졌다. 요즘 사람들은 25분 이상 식사하려 하지 않는다. 나머지 시간은 운동 등 자기 계발에 쓰고 싶어 한다. 시간을 아끼기 위해 푸드 코트도 선호한다. 나는 주로 자연에서 영감을 얻지만 CFIC의 연구에서 도출된 새로운 기술들을 참고해 요리를 개발한다. CFIC에서는 농경의 미래와 자원 부족을 감안해 음식이 2030~2050년에 어떻게 진화할 것인지 연구한다. 재료의 본질에 집중하면서 과학적으로 접근하면 음식물 쓰레기가 적게 나오고, 낭비되는 에너지도 줄고, 인체에도 유익하다. 나는 단순히 요리를 고객에게 내놓는 게 아니라 끊임없이 미래를 생각한다.〉*

요리사들이 미래를 고민하고 준비하고 이야기하는 나라, 전통과 혁신의 접목을 치열하게 연구하는 나라, 요리사들에게 관심을 갖고 경의를 표하는 나라, 프랑스가 미식의 나라인 이유 중 하나다.

---

*   Boris Manenti, Thierry Marx: Si on continue, en 2050 seuls les très riches mangeront bien, L'Obs, 2018. 11. 10.

유명 디자이너 오라이토가
인테리어를 담당한 공간에서
프리미엄 패스트푸드를 내놓는
마르크시토.

창의적 요리의 선두 주자, 티에리 마르크스

요리사들에게 관심을 갖고
경의를 표하는 나라,
프랑스가 미식의 나라인
이유 중 하나다.

디지털로 거듭난 클림트

2018년 5월 프랑스 출장을 앞두고 파리에 사는 소진 씨가 메신저를 보내왔다. 〈언니, 이번에 파리 오면 이 전시, 강추! 완전 힐링돼요!〉 그러잖아도 프랑스 외신들을 읽고 흥미를 가졌던 전시 「빛의 아틀리에, 구스타프 클림트Atelier des Lumières, Gustav Klimt」 얘기였다. 파리 11구에 2018년 4월 첫 디지털 미술관이 문을 열었고, 그곳에서 미디어 아트 기술로 클림트의 작품들을 전시한다고 했다.

일요일 오후 방문한 〈빛의 아틀리에〉 앞은 이 미술관을 찾은 관람객들로 장사진이었다. 한참을 줄을 서 입장한 후 그 기다림이 결코 헛되지 않았음을 깨달았다. 면적 2,000제곱미터의 천장과 바닥, 높이 10미터 벽에 클림트의 그림 이미지 3,000여 장이 디지털 기술로 펼쳐졌다. 성인 키 다섯 배 이상의 높이로 재현되는 이미지는 상당히 스펙터클했다. 베토벤 교향곡 9번 「합창」과 바그너의 「탄호이저 서곡」 등 클래식이 울려 퍼지는 사운드는 또 어찌나 웅장한지. 나는 이상한 나라의 앨리스가 되어 환상의 세계에 풍덩 빠진 것 같았다. 프로젝터

140대와 스피커 50대가 동원됐다고 했다.

관람객들은 이 환상의 세계에서 주인공이었다. 거대한 공간을 천천히 거닐기도 하고, 벽에 기대 눈을 감거나 눕기도 했다. 아이들도 마음껏 걸어다녔다. 분명히 평소 알고 있던 클림트의 그림이 완전히 다른 느낌으로 눈과 귀를 통해 마음속으로 들어왔다. 예술은 인간이 만들긴 했지만, 그 앞에서 얼마나 숙연하고 작아지게 되는가. 거창하게는 음악 명상을 하는 기분까지 들었다. 몇 시간이고 그 세계에 머물고 싶었다.

2019년 1월 초까지 계속된 이 전시는 〈대박〉을 터뜨리며 파리는 물론 전 세계 미술계에 화제가 됐다. 빛의 아틀리에는 19세기 주물 공장을 미술관으로 탈바꿈시킨 곳으로, 프랑스 문화 예술 기업인 퀼튀레스파스Culturespaces 가 자사의 미디어 아트 기술인 아미엑스AMIEX *를 적용해 이 전시를 기획했다. 이름 그대로, 아트와 음악이 인간을 에워싸는 경험을 추구하는 것이다.

2012년 프랑스 남부의 레 보드프로방스에 설치한 첫 번째 아미엑스 전시관인 빛의 채석장Carrières de Lumières 에 이어 2018년 빛의 아틀리에마저 성공시킨 퀼튀레스파스는 2018년 11월엔 아미엑스의 세 번째 전시관이자 해외 전시관으로는 처음으로 제주 서귀포시에 빛의 벙커Bunker de Lumières를 열었다. 2020년엔 보르도의 옛 잠수 기지에 네 번째 전시관을 낼 예정이다. 과거의 채석장, 주물 공장, 통신 벙커, 잠

*　Art & Music Immersive Experience.

수 기지가 예술로 거듭나고 있다.

빛의 아틀리에의 디렉터 마이클 쿠지구Michael Couzigou는 말한다. ⟨이것은 문화의 민주화다. 사람들이 쉽게 접근해 예술가와 예술의 역사를 발견하는 새로운 방법이다. 종종 사람들은, 특히 젊은 사람들은 루브르 박물관Musée du Louvre에 가는 걸 어려워한다. 우리는 문화의 접근성을 높이고 싶다. 특히 장애가 있거나 교외에 사는 아이들은 단 한 번도 전통적 미술관에 가보지 않았을 수도 있다. 일단 편하게 우리 전시를 접하고 나면 클림트의 진짜 그림이 보고 싶어 오스트리아 빈의 벨베데레 미술관Österreichische Galerie Belvedere에 갈 수도 있을 것이다.⟩*

나는 2017년 4월 벨베데레 미술관에 가서 「키스Der Kuss」를 비롯한 클림트의 명작들을 봤다. 벨베데레 미술관은 단일 미술관으로는 세계에서 가장 많은 클림트의 작품을 소장하고 있는 곳이다. 「키스」는 내 막연한 예상보다는 크기가 작은 그림이었지만, 클림트의 황금시대를 대표하는 작품답게 기품을 담아 빛나고 있었다. 그리고 강렬한 사랑……. 클림트가 평생 추구한 사랑이 빛나고 있었다. 그런데 빛의 아틀리에에서 본 「키스」는 느낌이 또 달랐다. 그것은 클림트의 예술이되 음악과 영상이 결합한 또 다른 새로운 예술이었다. 디지털 아트는 다른 환경과 다른 감정 그리고 감동을 주었다.

빛의 아틀리에가 클림트를 개관 전시로 택한 것은 신의 한 수였다는 생각이 든다. 2018년은 클림트 서거 100주년이란 의미도 있지만

* Aviva Lowy, Atelier des Lumières in Paris turns masterpieces into immersive exhibitions, Financial Review, 2018. 9. 24.

클림트야말로 새로움을 추구한 혁신의 예술가이기 때문이다. 1862년 빈의 가난한 보헤미안 이민자 가정에서 태어난 클림트는 금세공업자였던 아버지의 손재주를 물려받았다. 빈 미술사 박물관 벽화 작업으로 젊은 나이에 성공을 거둔 후 기존의 보수 예술을 벗어나 혁신적 젊은 예술가들을 지원하자는 유겐트슈틸Jugendstil* 운동을 창시했다. 클림트가 이끈 〈빈 분리파〉는 아카데미즘의 한계 밖으로 예술을 끄집어내고자 했다.**

　이 전시가 내게 몰입의 즐거움을 줬던 결정적 이유는 바로 음악이다. 클림트 황금시대의 그림들이 펼쳐질 때 울리던 베토벤 교향곡 9번 「합창」의 장엄함! 클림트와 베토벤은 뗄 수 없는 관계다. 1902년 오스트리아 빈 제체시온에서 열린 제14회 빈 분리파 전시에서 클림트가 베토벤 「합창」을 악장별로 표현해 세 개 면의 대형 벽화로 그린 작품이 지금도 전 세계 관람객들을 이끌고 있는 「베토벤 프리즈Beethovenfries」이다. 당시 「합창」의 마지막 악장인 「환희의 송가」가 제체시온에 울려 퍼졌다고 하니, 116년 만에 빈 분리파 전시가 재현된 셈이었다. 클림트와 동료들의 활동 거점이었던 제체시온 건물 정면에는 빈 분리파의 표어가 지금도 쓰여 있다. 〈모든 시대에 그 시대의 예술을, 예술에게 자유를.〉

　클림트가 살아 있다면 자신의 작품이 이렇게 디지털 아트로 활용되는 걸 어떻게 생각할까. 쿠지구 디렉터는 말한다. 〈클림트는 새로운

---

* 　프랑스의 아르 누보 운동에 비견되는 것으로 꽃이나 잎 따위의 식물적 요소들을 미끈한 곡선으로 추상화하거나 장식화한 것이 특색이다.

** 　좀 톰슨, 『세계 명화 속 현대 미술 읽기』, 박누리 옮김(파주: 마로니에북스, 2009).

미디어를 자신의 예술에 활용했을 것이다. 창조적인 그는 건축과 조각을 잘 알았기 때문에 대형 프레스코 벽화 작업을 했다. 그게 지금으로 치면 그 시대의 프로젝션이었다.〉

클림트는 말년에는 아터제 호수와 그 주변의 풍경화를 주로 그렸다. 클림트의 풍경화가 디지털 영상으로 펼쳐질 때엔 그의 친구였던 구스타프 말러의 가곡 「나는 세상에서 잊혀졌네」가, 황금 나뭇가지들이 하나둘씩 비상할 땐 푸치니의 오페라 「나비 부인」의 허밍 코러스가 울려 퍼졌다. 클림트를 숭배했던 에곤 실레의 그림들도 함께 소개됐는데, 이때 나온 음악이 정말로 끝내줬다. 나중에 찾아보니 라흐마니노프 피아노 협주곡 5번의 카덴차*였다. 라흐마니노프는 생전에 피아노 협주곡을 1번부터 4번까지 남겼는데 5번은 무엇이란 말인가. 음악학자 알렉산더 바렌버그Alexander Warenberg가 2007년 발표한 「라흐마니노프 피아노 협주곡 5번」은 작곡가가 남겼던 짧은 스케치를 교향곡 2번의 아이디어를 빌려 확장시킨 작품으로, 작곡가 후손의 인증을 받아 라흐마니노프 이름을 붙였다고 한다.

2016년 7월 프랑스 남부 프로방스를 여행하며 엑상프로방스 음악 페스티벌에 가서 공연을 감상했었다. 그런데 인근 아비뇽 근처 오랑주의 로마 극장에서 열리는 오랑주 페스티벌은 일정이 여의치 않아 나중에 영상을 찾아봤다. 지휘자 정명훈이 이끄는 라디오 프랑스 필하모닉의 베토벤 9번 교향곡 「합창」 공연이었다. 당시 오랑주 로마 극장

---

* 악곡이 끝나기 직전에 독주자나 독창자가 연주하는, 기교적이며 화려한 부분.

의 무대 위에서 공연 내내 펼쳐지던 대형 디지털 영상이 바로「베토벤 프리즈」였다. 예술의 혁신을 이끌었던 클림트는 그렇게 오랑주 로마 극장에서, 이듬해엔 파리 빛의 아틀리에에서 계속 거듭 태어나고 있었다. 예술을 과거에 가둬 두지 않고 새로운 시대에 접목시키는 프랑스의 저력이 놀랍고 부러웠다.

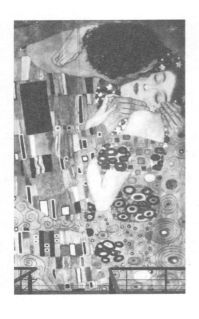

디지털 아트로 거듭난
클림트의「키스」는
벨베데레 미술관에서 봤던
「키스」와 느낌이 확연히 달랐다.

프랑스의 몰입형 미디어 아트는 관람객들에게 새로운 예술적 경험을 준다.

내가 사랑하는 미술관 중 하나는 파리 15구에 자리한 부르델 미술관Musée Bourdelle 이다. 로댕의 제자이자 자코메티의 스승이었던, 당대 최고의 조각가 앙투안 부르델Antoine Bourdelle 의 작품들과 아틀리에가 있는 곳. 붉은 벽돌로 지은 미술관에 들어서면 아폴론과 활을 쏘는 헤라클레스 등의 조각상이 펼쳐진다. 바깥세상이 온갖 트렌드로 떠들썩거려도 고전의 묵직한 아름다움을 모던하게 발산하는 고대 영웅들이다. 전시장만큼이나 좋아하는 장소는 미술관에 딸린 정원이다. 햇빛, 나무, 바람결 그리고 조각들이 어우러지는 그곳은 프랑스적 사색의 공간이다.

파리에 살던 2017년 3월, 부르델 미술관에서 패션 디자이너 크리스토발 발렌시아가Cristóbal Balenciaga 의 「발렌시아가, 검정의 과업Balenciaga, L'œuvre au noir」 전시가 열렸다. 그해 7월까지 열린 이 전시는 내가 봤던 수많은 전시 중 손에 꼽는 위대한 전시다. 부르델과 발렌시아가의 조합이라니……

처음 전시 소식을 듣고 신선한 충격을 받았다. 둘은 다른 시대와 다른 분야에서 활동했지만 생각해 보니 닮은 면이 많았다. 엄숙한 완벽주의자였다는 점, 시대 조류에 편승하지 않고 자신의 영역을 개척한 점, 조각과 패션에서 각자의 방식으로 시(時)적 건축을 추구했다는 점 등. 전시 포스터 속 여성은 아래 소매가 꽃잎처럼 퍼지는 검은색 스커트 정장을 입고 있었다. 매혹적인 표정으로 두 팔을 벌린 채……. 어떤 방식으로 전시가 이루어질까 몹시 궁금했다.

전시장에 들어서면서부터 감탄했다. 자연의 빛이 가득 들어오는 부르델 미술관의 대형 홀은 평소에도 마치 신전처럼 경건한 마음가짐을 주는 공간이었다. 그런데 발렌시아가의 위대한 유산인 검은색 옷들이 부르델의 조각상들 옆에 전시되자 신비한 마법이 일어났다. 고대의 신과 영웅을 표현한 남성적 근육질의 흰색 조각상들 그리고 여성의 우아함을 살린 검은색 의상들은 마치 양과 음이 만나듯 상충되는 열을 발산시키며 서로의 기품을 극대화했다.

부르델이 24세에 만들어 예술계의 주목을 받게 된 「한니발의 최초 승리 Première Victoire d'Hannibal」 조각상 옆에는 발렌시아가가 1957년에 발표했던 검은색 〈삭sac 드레스〉가 전시돼 있었다. 허리선을 없애 자루처럼 만든 이 드레스는 당시 크리스티앙 디오르Christian Dior가 유행시켰던 뉴룩new look* 과 정반대되는 모던한 디자인이다. 카르타고의 명장이었던 한니발 장군이 큰 독수리를 상대로 승리를 거둔 환희의

---

* 1947년에 디오르가 발표한 낭만적이고 여성미가 넘치는 복장을 미국에서 이렇게 부른 데서 유래한다.

표정과 생동감 넘치는 독수리 날개 옆에 세워진 군더더기 없는 검은색 드레스는 또 하나의 조각상 같았다.

발길을 옮겨 부르델이 1885년부터 1929년까지 작업했던 아틀리에로 향했다. 미술관의 한 부분인 이곳은 놀랍게도 예전 모습 그대로 보존돼 있다. 목공이었던 부르델의 아버지가 만든 나무 테이블, 대리석과 청동 조각상들, 말의 다리를 가진 남자가 왼쪽 어깨로 고개를 기울인 「죽어 가는 켄타우로스Centaure mourant」 조각상……. 여기에 발렌시아가의 검은색 투피스 정장이 더해 고요한 명상의 공간을 이뤄 내고 있었다.

제2차 세계 대전 이후 디오르와 함께 오트 쿠튀르(최고급 맞춤복)의 황금시대를 이끌었던 발렌시아가의 명언이 떠올랐다. 〈쿠튀리에(고급 여성복 디자이너)는 옷을 만들 때 설계에서는 건축가, 형태에서는 조각가, 색채에서는 화가, 조화에서는 음악가, 절제에 있어서는 철학자여야 한다.〉

발렌시아가의 패션 작업은 당대에도 조각가의 작업 과정에 비유되곤 했다. 그는 힘 있는 옷감들을 사용해 옷이 스스로 조각 같은 형태를 갖도록 했다. 가브리엘 샤넬Gabrielle Chanel 로부터 〈구상, 재단, 봉재에 이르기까지 모든 의상 제작 과정을 해낼 수 있는 유일한 쿠튀리에〉라는 평을 들었던 발렌시아가는 대중 언론을 기피하고 기성복 라이선스 사업도 거절해 영원한 오트 쿠튀리에로 남았다가 1972년 심장 마비로 세상을 떠났다.

수십 점의 베토벤 조각상들을 비롯한 부르델의 각종 조각들, 발렌시아가가 만들었던 100여 점의 옷들이 꿈처럼 펼쳐졌다. 옷들이 온통 검은색이라 저절로 옷의 구조와 형태에 집중하게 되었다. 나는 이토록 미학적이고 사색적인 전시를 누가 기획했는지 궁금해졌다. 조각과 패션의 만남, 지극히 프랑스다운 창조적 융합이라는 생각이 들었다. 무엇보다 부르델과 발렌시아가 양쪽을 깊숙이 이해해야 가능한 전시였다.

알고 보니 전시 기획자는 이 시대 창의적 패션 전시의 대가로 통하는 올리비에 사이야르Olivier Saillard. 예술사를 공부한 그는 마담 그레Madame Grès, 야마모토 요지(山本耀司), 아제딘 알라이야Azzedine Alaïa 등 예술적인 패션 디자이너들의 아카이브 전시를 지휘해 성공시켜 왔다. 2010~2017년 파리 시립 의상 박물관Palais Galliera을 이끌며 그랑 팔레Grand Palais에서 2015년 열린 루이뷔통Louis Vuitton의 「비행하라, 항해하라, 여행하라Volez, Voguez, Voyagez」 등 굵직한 외부 전시들도 기획했다.

특히 그는 배우 틸다 스윈턴Tilda Swinton과 협업한 패션 퍼포먼스 「불가능한 옷장The Impossible Wardrobe」을 통해 패션 큐레이터의 영역을 확장했다는 평을 얻었다. 스윈턴은 보름 동안 매일 저녁 40분씩 박물관의 옷들로 퍼포먼스를 했다. 옷 위에 엎어지기도 하고, 옷을 가슴에 대고 한동안 서 있기도 하는…… 사이야르의 비전은 패션 박물관에 대해 다른 방식으로 접근하는 것이었다. 그는 한 인터뷰에서 이렇게 밝혔다.

〈나는 역사가의 관점으로 작업한다. 발렌시아가는《형태에 대한 조각가》라는 표현이 어울리기 때문에 조각적 면이 두드러지는 부르델 미술관을 찾았다. 그런데 패션 전시라고 하면 왜 다들 옷이 정 자세로 있어야 한다고 생각하는지 모르겠다. 좀 누워 있는 옷을 전시하면 어떤가. 살아 있는 것이라면 더 좋고 말이다. 나의 패션 전시가 그동안 성공할 수 있었던 건 사람들이 옷 가까이 와서 그 앞에서 긴 시간을 가지고 살펴볼 수 있었기 때문이다. 패션쇼라고 떠들어 대지만 정작 대중이 패션쇼를 직접 접하는 건 쉽지 않다. 반면 전시는 당신을 누구도 쫓아내지 않는다.)*

그는 2018년 초 파리 시립 의상 박물관을 떠나 프랑스 신발 브랜드 제이엠 웨스통 J. M. Weston의 아티스틱 디렉터로 새 삶을 시작했다. 그해 7월 파리 오트 쿠튀르 위크에는 자신의 첫 솔로 컬렉션인 「모다 포베라 Moda Povera」를 통해 마담 그레의 1980년대 오트 쿠튀르 옷처럼 주름을 잡은 5유로짜리 티셔츠를 내놓았다.** 융합, 창의, 다른 발상…… 식상할 정도로 자주 듣지만 정작 실행은 어려운, 미래가 요구하는 가치들을 파리의 미술관과 패션 큐레이터를 통해 배운다.

* 박연경, 지극히 흥미로운, 『더블유 코리아』, 2017. 4.
** Tom Ellen, Olivier Saillard: The man disrupting the fashion industry, Evening Standard, 2018. 11. 14.

고대 조각상과 검은색 의상이 이뤄 내는 구도(求道)의 시공간.

나는 요즘 〈못난이 스니커즈〉를 자주 신는다. 우악스럽고 알록달록한데 이상하게 예뻐 보인다. 무엇보다 엄청 편해서 회사에도 신고 다닌다. 편안한 신발을 신고 성큼성큼 걷다 보면 20여 년 전 대학을 졸업하고 막 기자 생활을 시작했던 때가 떠오른다. 새벽부터 밤늦게까지 경찰서 취재를 다닐 때에도 굽 높은 구두를 신다가 당시 〈사수〉 선배한테 된통 혼났다. 파이팅 정신이 부족하다나(지금 생각해 보면 그 힘든 상황에서 높은 구두를 신은 게 진짜 파이팅이었건만). 하는 수 없이 어르신들이 애용하는 단화를 사 신었다. 눈 딱 감고 스타일은 포기했었다.

그렇기에 최근 스트리트 패션의 유행이 눈물겹게 반갑다. 이건 가히 〈패션의 민주 혁명〉이다. 직장 초년병 시절뿐이던가. 무거운 노트북 가방을 메고 하이힐 신고 절룩거리던 과거의 수많은 나날이 원통해 죽겠다. 요즘엔 성별 구분마저 없어졌다. 여성이 남성복 같은 커다란 옷을 입을수록 시크해 보이는 시대다. 남 눈치 보지 않고 내 멋대로 산다.

이 고마운 유행을 선도한 브랜드 중 하나가 오프화이트Off-White이다. 1980년생 미국인 흑인 디자이너 버질 아블로Virgil Abloh가 2013년 만든 이 브랜드는 1990년대 중반 이후에 태어난 Z세대의 감성을 제대로 저격했다. 흑백의 사선 줄무늬가 들어간 큼지막한 스웨트, 나이키Nike와 협업한 스니커즈 등. 미국 일리노이 공대 건축과 석사인 〈가방끈 긴〉 디자이너 아블로는 아티스트 무라카미 다카시(村上隆)를 비롯해 몽클레르Moncler와 이케아IKEA 등과 협업하며 젊은 층 사이에서 우상으로 떠올랐다.

한편 오프화이트가 나온 2013년, 루이뷔통모에트에네시LVMH 그룹은 이전과는 전혀 다른 젊은 소비자의 출현을 주목하고 있었다. 그래서 그해 11월 〈LVMH 프라이즈〉라는 패션상을 신설해 신진 디자이너를 발탁하기 시작했다. 2006년 펜디Fendi의 인턴으로 일했던 아블로는 2015년에 LVMH 프라이즈 결선에 올랐고, 2018년 3월엔 루이뷔통 역사상 최초의 흑인 디자이너이자 남성복 아티스틱 디렉터로 발탁됐다. 루이뷔통 측은 〈버질의 독창적 창의력과 파괴적 접근 방식은 패션 월드뿐 아니라 오늘날 대중문화에서도 의미가 있다. 럭셔리에 대한 그의 감각은 루이뷔통 남성복이 미래로 향하는 데 중요한 역할을 할 것이다〉고 설명했다.

그로부터 석 달 후인 2018년 6월 팔레 루아얄Palais Royal 정원에서 아블로의 첫 번째 루이뷔통 남성복 컬렉션이 공개됐다. 그는 젊은 세대와 소통하기 위해 각국의 미술학도 3,000여 명을 이 패션쇼에 초대했다. 무지갯빛 런웨이 위로 흰색 후디를 입은 흑인 남성 모델들이 걸어 나왔다. 기존 럭셔리의 엄숙함과는 전혀 달랐다. 또 2019년 2월 파리 튀일리 정원Jardin des Tuileries에서 열린 두 번째 컬렉션에서는 태극기 무늬의 옷과 가방을 선보였다.

루이뷔통은 이미 2017년 뉴욕 뒷골목 브랜드 슈프림Supreme과 협업해 돈으로 환산할 수 없는 〈젊음의 이미지〉를 얻은 뒤였다. 루이뷔통과 슈프림, 즉 럭셔리와 스트리트 패션의 〈만남〉은 젊은 층의 소비 욕망을 활활 불타오르게 했다. 한정판을 손에 얻으려고 젊은이들은 매장 앞에서 노숙을 했다. 이런 노력으로 LVMH의 2018년 전체 매출은 468억 유로(약 60조 8,400억 원), 순이익은 63억 5,000만 유로(8조 2,500억 원)로 승승가도를 달리고 있다.

Z세대는 과거 X세대의 자녀 세대다. 약 25년 전, 지구상의 신세대로 통했던 부모로부터 태어나 어려서부터 디지털 환경에서 자라났다. 스스로 정보를 찾는 데 능하기 때문에 유행에 휘둘리지 않고 자기만족을 중시한다. 이렇게 고유한 취향과 패션을 추구하는 Z세대의 〈힙스터〉 문화를 정면으로 내세우며 2014년 혜성처럼 등장한 패션 브랜드가 베트멍Vetements이다.

동유럽 조지아에서 1981년 태어난 뎀나 바잘리아Demna Gvasalia는 벨기에 안트베르펜 왕립 예술 학교를 나와 메종 마르지엘라Maison Margiela와 루이뷔통 여성복 수석 디자이너를 거쳐 동료들과 함께 베트멍을 만들었다. 해체주의의 본원인 안트베르펜 왕립 예술 학교 출신답게 엄청나게 크고 긴 셔츠, 찢어진 재킷 같은 패션을 선보였는데 그 위력은 대단했다. Z세대의 부모 세대인 나조차 커다란 셔츠의 한쪽만 스커트 속에 집어넣고 한쪽은 빼 입는 일명 〈베트멍 패션〉을 따라할 정도였으니. 베트멍이란 브랜드 이름은 프랑스어로 그저 〈옷〉이다. 쿨하고 허무한 이름의 베트멍 쇼에는 잘생기지 않고 날씬하지 않은 일반인 모델들이 나왔다.

발렌시아가는 2015년 발 빠르게 바잘리아를 영입했다. 발렌시아가의 크리에이티브 디렉터로 임명해 그와 함께 〈불후의 명작〉 스니커즈를 선보였다. 두툼한 밑창을 가진 〈트리플 S〉라는 이 신발이 바로 못난이 스니커즈 열풍의 주역이다. 베트멍은 2018년 7월엔 〈2019 봄/여름 남여성복 통합 컬렉션〉을 선보였다. 남성복과 여성복의 구분이 의미 없다는 것이다. 베트멍은 세상에 나오면서부터 지금까지 쉬지 않고 기존의 패션 문법을 해체해 왔고, 젊은 층은 이에 열광했다. 과연 베트멍의 인기는 지속 가능할까. 그래서 베트멍의 진짜 도전은 지금부터라는 말이 나온다.

오프화이트 감성을 채용한 루이뷔통이나 발렌시아가와 베트멍 등과는 또 다르게 주목해야 할 프랑스의 패션 브랜드가 있다. 프랑스의 상징 같은 〈크리스티앙 디오르〉이다. 디오르는 우아함의 정의와 이미지를 〈지금 이 순간〉에 맞게 바꾸면서 변신하고 있다. 조신하지만 때로는 화려하게 유혹하는 여성상을 주체적으로 사고하고 진취적으로 일하는 여성상으로 바꾸고 있다.

1947년 파리 몽테뉴가 30번지에서 시작된 디오르는 브랜드 설립 69년 만인 2016년에 최초의 여성 크리에이티브 디렉터를 임명했다. 이브 생로랑Yves Saint-Laurent, 존 갈리아노John Galliano, 라프 시몬스Raf Simons 등 쟁쟁한 남성 디렉터들이 거쳐 간 자리를 물려받은 이 여성은 마리아 그라치아 키우리Maria Grazia Chiuri이다. 그녀는 패션쇼 티셔츠에 〈우리는 페미니스트가 돼야 한다〉, 〈왜 위대한 여성 예술가는 없는가〉라는 문구를 넣는 등 끊임없이 독립적 여성상을 일깨우고 있다. 1947년 여성의 허리를 잘록하게 만든 뉴룩으로 여성미를 극대화했던 디오르의 놀라운 변신이다. 과거 다이애나 영국 왕세자비가 고상하게 손에 쥐어 들었던 〈레이디 디오르〉 백에는 넓적한 가죽끈을 달아 크로스 백 형태로 만들었다. 여성들의 활동성을 높여 준 것이다.

2018년 3월에는 각국의 밀레니얼 세대 여성 50명을 몽테뉴가 디오르 본사로 초청해 〈Women@Dior〉라는 여성 멘토 프로그램도 진행했다. 행사의 목적은 패션, 경영, 기술 분야의 인재를 미래의 지도자로 양성하는 것. 프로그램에 참여한 젊은 여성들은 30세 이하 디오르 직원들과 일대일로 1년 동안 만나면서 창작과 마케팅 그리고 판매 등을 전수받는다. 이 자리에서 키우리는 말했다. 〈제게는 스무 살 딸이 있어요. 딸 덕분에 저는 새로운 세대의 여성, 마침내 세상에서 행동할 줄 아는 여성을 접하는 기회를 얻어요. 그래서 그녀들이 변화할 수 있도록 동행하고 패션계에서 그녀들과 작업하고 싶은 욕망이 생기죠.〉*

세계적 미투 운동 현상 이후 키우리가 선보인 니트 스웨터의 가슴 부분에는 이런 문구가 쓰였다. 〈그건 아니야, 아니야, 아니야, 아니라고! C'est non, non, non et non!〉. 또 2018년 9월 서울 청담동 디오르 플래그십 스토어 외관도 〈여성의 권리가 바로 인권 Women's rights are human rights〉이라는 문장들로 뒤덮여 장식됐다. 7개월 전 파리 로댕 박물관 Musée Rodin 전체를 감쌌던 장식을 서울에서도 실현한 것이다. 기쁠 때

* www.dior.com. 2018. 3.

도 슬플 때도 내 곁에서 응원해 줄 것 같은 듬직한 연대 의식이 느껴졌다. 으스대지 않고 친근할 것. Z세대와 함께 호흡하는 프랑스 패션의 행보다.

프랑스 출신의 세계적 디자이너 이브 생로랑의 동성 연인이자 50년 지기였던 피에르 베르제Pierre Bergé가 2017년 9월 8일 86세의 나이로 세상을 떠났다. 소식을 듣고 한동안 마음이 먹먹했다. 이들이 나왔던 2010년의 다큐멘터리 영화 「이브 생로랑의 라무르」(원제는 〈미친 사랑L'amour fou〉)를 본 후 베르제에 대해 깊은 연민을 느껴 왔기 때문이다.

　베르제는 1958년 생로랑이 크리스티앙 디오르에서 첫 쇼를 할 때 그를 만났다. 서적 중개상이었던 베르제는 수줍음 많고 근시인 생로랑과 한눈에 마음이 통했다. 뛰어난 디자이너였지만 비즈니스엔 젬병인 생로랑에게 그의 이름을 딴 브랜드를 만들어 주고 평생 사업을 키워 준 게 베르제였다. 연인이 창작의 스트레스에 눌려 술과 마약에 허우적댈 때마다 곁을 떠나지 않고 붙잡아 준 것도, 둘이 수집했던 미술품들을 크리스티 경매에 내놓아 약 7,000억 원을 사회에 환원한 것도 베르제였다.

그들은 모로코 마라케시의 마조렐 정원Jardin Majorelle도 사서 함께 가졌다. 매년 1월 파리에서 패션쇼를 끝내고 나면 따뜻한 마라케시로 가서 예술적 영감을 얻었다. 베르제는 생로랑이 2008년 6월 1일 세상을 뜬 후 파리와 마라케시에 이브 생로랑 박물관Musée Yves Saint Laurent 건립을 추진했다. 파리에서는 2017년 10월 3일, 마라케시에서는 2017년 10월 19일 문을 열었다. 그 두 박물관이 문을 열기 불과 한 달여 전 베르제는 생로랑이 먼저 간 세상으로 뒤따라 떠났다. 〈미친 사랑〉 같으니라고!

　　베르제는 2008년 6월 5일부터 2009년 8월 14일까지 생로랑을 애도하며 편지를 썼고, 이 편지들은 『이브에게 보내는 편지 Lettres à Yves』라는 책으로 묶여 세상에 나왔다. 그들의 미친 사랑을, 특히 베르제의 사랑을 나는 이 책을 통해 알게 되었다. 그들의 사랑을 눈으로 확인하고 싶었다. 그래서 그들의 여정대로 나도 여행을 했다. 2017년 2월엔 당시 한창 박물관이 지어지고 있던 모로코 마라케시에, 2018년 1월엔 파리에 문을 연 이브 생로랑 박물관에 가봤다.

　　온갖 색감이 넘치는 마조렐 정원과 마라케시 시장에서는 젊은 시절의 생로랑과 베르제가 어디선가 툭 튀어나올 것 같았다. 그들이 오랫동안 사무실로 썼던 파리 16구 마르소가 5번지의 이브 생로랑 박물관에서는 생로랑의 작업대 앞을 한참 동안 서성였다. 내가 그들의 사랑을 애도하는 방식이었다. 베르제가 생로랑에게 편지를 썼듯, 나는 이제 베르제에게 편지를 쓰려고 한다. 〈베르제에게 보내는 편지 Lettres à Bergé〉를……. 그들이 그곳에서 행복했으면 한다.

친애하는 베르제 씨,

당신이 처음 생로랑을 만났을 때를 떠올려 봅니다. 1958년 디오르 쇼가 끝나고 한 패션 잡지 에디터가 저녁 자리를 마련했다지요. 당신과 당신의 동성 연인이었던 화가 베르나르 뷔페Bernard Buffet, 그리고 생로랑을 초대해서요. 사랑은 정녕 결단인가요. 20세 때이던 1950년에 뷔페를 만나 8년간 사랑의 조력자로 지냈는데도 당신은 한순간 매몰차게 돌아섰습니다. 생로랑을 잡으려고요. 당신의 사전에 〈사랑의 양다리〉라는 비겁한 어휘는 없었습니다. 그리고 그날로부터 2008년 생로랑이 세상을 뜨기까지 50년 동안 당신은 그를 사랑했습니다.

당신을 피상적으로 알던 때엔, 패션 천재 생로랑 곁을 지키는 사업가로만 생각했습니다. 크리스티앙 디오르에서 잘린 생로랑에게 미국인 투자자를 구해 줘 다시 일할 수 있게 해준 고마운 동업자 말이에요. 그런데 당신이 생로랑에게 쓴 편지들을 읽으면서 문학과 예술 전반에 대한 당신의 해박한 식견에 매우 놀랐습니다. 10대 때부터 책을 다루며 장 콕토Jean Cocteau, 알베르 카뮈Albert Camus 등 당대 최고의 작가들과 어울렸기 때문일까요. 당신이 연인에게 보낸 편지에는 찬란한 문호들의 글이 자주 등장합니다.

〈윌리엄 터너William Turner 이전에는 런던에 안개가 없었다고 한 오스카 와일드Oscar Wilde의 말을 기억하지? 예술가들이 있어 우린 현실을 볼 수 있는 거야. 비록 현실이 고통스러워도 말이지. 이브, 당신은 예술가였어.〉 그뿐인가요. 파리 오페라 대표를 지내면서 한국의 지휘자 정명훈을 파리 바스티유 오페라 감독으로 발탁했던 것도 당신이었어요. 당신이야말로 생로랑이 재기를 발휘할 문화적 양분을 화수분처럼 공급한 뮤즈였던 거죠.

무정부주의자를 자처했던 당신은 어느 인터뷰에서 포르투갈의 소설가 페르난두 페소아Fernando Pessoa의 단편소설 「무정부주의자 은행가」를 읽어 보라고 권했습니다. 그래서 책을 봤더니 당신의 음성 같은 대목이 있더군요. 〈무정부의자가 원하는 게 뭐겠어? 바로 자유지. 자신과 다른 사람들을 위한, 전 인류를 위한 자유, 사회적 허구의 영합과 억압으로부터의 자유.〉 당신과 생로랑이 추구했던 자유, 자유롭기 위해 사회와 마주한 방식에 대해서는 존경심이 듭니다.

생로랑은 남성의 전유물이었던 턱시도 정장에서 영감을 얻은 여성복 라인 르 스모킹Le Smoking을 1966년 발표해 여성들에게 자신감을 줬습니다. 오트 쿠튀르의 기수이면서도 〈젊은 사람들이 돈이 없어 옷을 못 사 입으면 안 된다〉며 같은 해 기성복 라인인 생로랑 리브 고슈Rive Gauche도 별도로 만들었습니다. 최초로 흑인 모델도 무대에 올렸습니다. 당신은 또 어떤가요. 동성애자 권리 운동을 했고, 재정 위기에 시달리던 『르 몽드Le Monde』 신문을 인수했습니다. 2009년 2월엔 파리 그랑 팔레에서 생로랑과 20년간 수집한 예술품 733점을 내놓은 〈세기의 경매〉를 열어 수익금을 에이즈 퇴치 연구를 위해 기부했습니다.

당신들이 살았던, 세계적 예술품들이 소장돼 있던 파리 바빌론가 55번지 아파트 내부는 영화를 통해 보았습니다. 생로랑의 내성적 성격 때문에 파리의 유명 인사들도 별로 가본 적이 없던 신비의 장소였죠. 그런데 생로랑의 유해가 뿌려진 마조렐 정원은 저도 가서 구석구석 걸어 보았습니다. 화가 자크 마조렐Jacques Majorelle이 만들었지만 개발의 여파로 사라질 처지의 정원을 구한 게 당신들이었죠. 이젠 마라케시의 핵심 관광지로 연간 70만 명이 방문합니다.

뼛속까지 시리는 파리의 2월을 떠나 마라케시에 가보니 왜 당신들이 이곳을 사랑했는지 단박에 알 수 있었습니다. 열대 식물들, 파란 벽과 노란 화분, 몸의 근육을 기분 좋게 이완시키는 바람, 익살스럽고 순박한 베르베르 원주민들, 사막과 낙타, 그리고 생로랑이 1970년부터 2007년까지 매년 만들었던 러브 포스터들……. 2017년 10월 문을 연 이브 생로랑 마라케시 박물관에는 5,000점의 의상과 1만 5,000점의 액세서리, 수천 장의 스케치와 사진이 전시돼 있습니다. 생로랑이 2002년 1월 은퇴 선언을 하자 베르제, 당신이 그해 말부터 재단을 만들어 준비한〈연인의 위대한 유산들〉이죠.

베르제 씨, 당신은 50년간 삶의 희로애락을 함께했던 연인의 두 눈을 감겨 주고, 그와 함께 모은 예술품들이 다른 주인들을 만나 떠나가는 모습을 지켜보았습니다.〈당신, 기억해?〉혹은〈네가 그리워〉라는 말들은 어찌나 가슴을 찌르던지요. 당신은 하늘의 생로랑과 계속 대화하려고 그의 사후에 편지를 쓰셨다죠. 다시 연인을 만나 행복하신가요. 혹여 당신이 하늘에서 제게 왜 편지를 썼느냐고 묻는다면 이렇게 답하고 싶습니다.〈당신이 제게 미친 사랑을 가르쳐 주었기 때문입니다.〉

모로코 마라케시 마조렐 정원에는 파랑과 노랑, 주황의 강렬한 색감이 넘친다.

이브 생로랑이 1970~2007년 만든 러브 포스터들.

다니엘 뷔렌과 JR

2018년 5월 이른 아침, 따뜻한 크루아상과 커피로 호텔에서 아침 식사를 한 후 지하철을 타고 팔레 루아얄로 향했다. 루이 13세 때 리슐리외 재상의 저택이었던 이곳은 그가 세상을 뜬 후 왕가에 기증되면서 〈왕실 궁전〉이라는 뜻의 팔레 루아얄로 불리게 됐다. 어린 루이 14세와 오를레앙 공작이 살았으며 1784년부터는 서민들에게 개방됐다. 이곳을 소유하게 된 오를레앙 가문이 정원에 회랑을 들이고 상점들을 들이면서부터다. 18세기엔 프랑스 시민들의 토론의 장으로 북적거렸다는데, 현재는 프랑스 최고 행정 재판소 등이 입주해 있어 호젓한 분위기다.

옛 프랑스 왕궁의 18세기풍 정원으로 들어서기 전, 중정 격의 너른 마당엔 높고 낮은 줄무늬 기둥들이 서 있다. 이른 아침 꼭 들러 보고 싶었던 260개의 줄무늬 원기둥…… 프랑스의 대표 아티스트인 다니엘 뷔렌Daniel Buren의 「두 개의 고원Les deux plateaux」이라는 설치 작품이다. 출근 시간 전인데도 웨딩드레스와 턱시도 차림의 커플, 관광객과 전문 사진가 몇 명이 기둥을 배경으로 사진을 찍고 있었다. 2015년 파리 테러 때엔 팔레 루아얄에 프랑스 국기가 야간 조명으로 설치되면서 푸른빛으로 슬프게 빛났던 그 원기둥들. 봄 아침의 상쾌한 공기와 비둘기가 날아오르는 그곳은 그때와는 분위기가 확 달랐다. 나는 자유롭고 싶었다. 키 낮은 기둥 위에 서서 새가 나는 것처럼 양팔을 벌려 보고, 중간 높이의 기둥엔 걸터앉아 보고, 높다란 기둥은 껴안아 보았다. 주변을 둘러보니 한 젊은 청년은 어떻게 올랐는지 높은 기둥 위에 올라 요가를 하고 있었다.

1938년 태어난 다니엘 뷔렌은 프랑스 〈68혁명〉의 기수였다. 뷔렌은 혁명 당시 어울리던 젊은 예술가들과 모여 각 이름의 앞자리를 따 BMPT라는 그룹을 결성해 새로운 형태의 미술을 선보였다. 뷔렌은 세로줄 무늬, 올리비에 모세Olivier Mosset 는 동그라미, 미셸 파르망티에 Michel Parmentier 는 가로줄 무늬, 니엘레 토로니Niele Toroni 는 점과 같은 기본 도형 요소를 활용했다. 무한 반복이 가능한 이 요소들은 기존 회화에 대한 틀을 깨부쉈다. 그들은 미술관이나 갤러리라는 권위적 공간을 거부하고 길거리로 나와 포스터를 붙이고 퍼포먼스를 하며 사회와 정면으로 맞섰다. 1967년 파리 비엔날레에서 그들은 이렇게 선언한다. 〈예술은 환영이다, 예술은 거짓이다.〉

프랑수아 미테랑François Mitterrand 대통령 시절이던 1985년, 팔레 루아얄에 설치될 「두 개의 고원」이 발표되자 프랑스에서는 격한 논쟁이 일었다. 흑백의 줄무늬 원기둥이 과연 우아한 옛 왕궁과 조화로운

가. 우여곡절 끝에 1986년 설치된 이 작품은 뷔렌의 핵심 예술 개념, 즉 〈인 시튀 in situ〉를 담고 있다. 인 시튀는 〈그때 그 장소〉 또는 〈어느 특정 장소와 시간 속 작업〉을 뜻한다. 해방된 공간에서 주변을 고려해 장소와 맥락의 어울림을 찾는 것이다. 그는 팔레 루아얄이라는 역사적 장소를 추상적 장소로 탈바꿈시켰으며 그해에 베니스 비엔날레 황금 사자상을 받았다.*

전 세계를 돌며 2,600여 차례 전시를 치러 왔던 그는 80대가 된 지금도 왕성하게 활동한다. 흰색과 원색을 교차하는 8.7센티미터 폭의 줄무늬는 여전히 그의 주요 모티프다. 프랑스 정부가 동시대 최고의 작가를 초대해 전시하는 2012년 파리 그랑 팔레 모뉴멘타, 2014년 스트라스부르 현대 미술관「아이의 놀이처럼 Comme un jeu d'enfant: Travaux in situ」, 2016년 루이뷔통 재단 미술관「빛의 관측소 L'Observatoire de la lumière」, 최근엔 2018년 일본 도쿄의 긴자 식스 1주년 기념 설치 작품「찌르레기들처럼 Like a Flock of Starlings: Work in situ」까지 그 열정이 쉼 없다.

그 뷔렌을 2018년 7월 서울 종로구 『동아일보』 본사에서 만났다. 나는 그해 초부터 『동아일보』 100주년(2020년)을 준비하는 조직에 몸담고 있다. 국내에서 드문 100년 기업의 미래 비전을 어떻게 예술적으로 보여 줄까 고민하다가 뷔렌을 떠올렸다. 파리에 살 때, 뷔렌이 컬러풀하게 변신시켰던 루이뷔통 재단 미술관을 좋아했기 때문이다. 다

* 김수현, 『21세기 유럽의 현대미술』(서울: 눈빛, 2016).

양한 색깔의 필름을 붙인 유리창을 통해 햇빛이 미술관으로 들어오면 마음이 화사해졌다. 〈우리 회사도 이렇게 사회의 다양한 목소리를 반영해 사람들에게 행복을 주는 회사로 영속되면 좋겠다.〉

광화문 한복판에 위치한 동아미디어센터(21개 층)는 뷔렌의 아트 작업을 구현하기에 완벽한 유리 건물이다. 청와대와 인왕산이 보이고 앞에는 청계천이 흐르며, 조각가 클라스 올든버그Claes Oldenburg가 청계천 복원을 기념해 세웠던 설치 작품 「스프링Spring」도 세워져 있다. 일은 기적처럼 일사천리로 진행됐다.

뷔렌을 회사 각 층으로 안내하며 거장의 힘을 새삼 느꼈다. 건물을 위에서도 아래에서도 옆에서도 보는 그는 우리가 미처 발견하지 못했던 공간까지 찾아내었다. 관심이 가는 대상을 집중해 살펴보고 세세하게 질문했다. 재킷 주머니에 넣고 다니는 라이카Leica 카메라로 회사 주변도 꼼꼼하게 직접 촬영했다. 『동아일보』에게서 어떤 영감을 받았는지, 어떤 효과를 기대하는지 물었다.

「동아미디어그룹의 다채로운 모습을 새롭게 해석해 건물에 새로운 조형미를 주고 싶네요. 이 거대한 건물의 각 층에 일하는 사람들은 서로 다른 업무를 맡고 있잖아요. 단조로운 고층 빌딩으로 가득 찬 광화문 일대에 밝은 기운을 불어넣고 싶습니다. 이 건물에서 뿜어져 나올 낙관적이고 즐거운 분위기가 기대돼요. 하지만 내가 의도하는 모든 것은 작품 속에 내재돼 있고 이에 따른 효과는 결국 작품을 바라보는 관객의 몫이지요.」

그를 만나기 불과 두 달 전, 바쁜 일정에도 이른 아침 시간을 내서 팔레 루아얄로 달려갔던 건 뷔렌과의 작업이 한없이 설레고 기대됐기 때문이다. 만나 보니 일할 때 예리하게 눈이 빛나는 것 빼고는 소탈한 면모를 지녔다. 그가 작업한 동아미디어센터 작품명은 〈한국의 색, 인 시튀 작업Les Couleurs au Matin Calme, travail in situ〉. 노랑, 파랑, 빨강 등 밝은 색상들로 미래의 꿈을 모두와 함께 나누고자 하는 동아미디어센터의 변신은 2019년 3월부터 2020년 12월까지 계속된다.

뷔렌의 〈인 시튀〉 작업과는 또 다른 방식으로 사회에 적극 참여하는 프랑스 아티스트가 있다. 1983년 태어난 젊은 길거리 사진 벽화가 JR이다. 국내에서는 2018년 개봉한 다큐멘터리 영화 「바르다가 사랑한 얼굴들」의 감독 겸 주인공! 누벨바그 출신의 노장 감독 아녜스 바르다Agnès Varda와 JR은 트럭을 타고 프랑스 전역을 누비며 그곳에서 만난 평범한 사람들의 얼굴 사진을 찍었다. 그리고는 집채보다 더 거대한 사이즈로 사진을 출력해 마을 곳곳에 붙였다.

〈내 얼굴이 정말 저 벽에 붙느냐〉고 반신반의하며 카메라 앞에 섰던 화학 공장 노동자들은 나중에 공장 벽에 붙은 자신들의 근사한 모습에 놀란다. JR은 그저 평범한 사람들의 얼굴 사진을 야외 공간에 붙일 뿐인데, 신기하게도 그 얼굴들이 곧 사회에 전하려는 메시지가 된다. 폐광촌, 항구, 목장 등을 찾아다니며 마을 공동체의 문화와 기억을 주민들과 함께 찾는 작업이 감동적으로 그려진 영화였다.

내가 JR을 처음 알게 된 건 그가 2014년 파리 팡테옹Panthéon에서 열었던 설치 전시를 통해서다. 프랑스 위인들이 안장돼 있는 웅장한 신고전주의 건축물의 바닥과 벽에 온통 사람 얼굴 사진을 붙인 것이다. 프랑스 위인이 아닌, 세계 각국의 평범한 사람 4,000명의 얼굴을 찍은 흑백 사진이었다. 〈치즈〉 하며 웃는 것 같은 동양인, 생각에 잠긴 듯한 흑인, 아랍인……. 신선한 감동이었다. 하긴 우리 모두가 우리 인생의 영웅이지 않나. 한편으로는 우리 광화문 광장에 설치해도 좋겠다는 생각이 들었다.

JR은 2011년 국제 지식 공유 강연 행사인 TED가 수여하는 TED 프라이즈를 받았고, 세상을 보는 방법을 바꿔 보자며 상금 100만 달러(약 11억 원)로 〈인사이드 아웃Inside Out〉 프로젝트를 시작했다. 누구든 사회에 전하고 싶은 메시지와 인물 사진을 사이트(insideoutproject.net)에 올리면 JR 스튜디오에서 대형 포스터로 만들어 보내 주는 것이다. 지금까지 129개국에서 260만 명이 이 프로젝트에 참여해 각자의 지역 사회에 그들의 얼굴 사진을 붙였다. 내가 그를 처음 알게 된 팡테옹 작업도 이 프로젝트의 하나였으며, 일련의 프로젝트를 영화로 만든 게 「바르다가 사랑한 얼굴들」이었다.

그가 본명 대신 JR이란 가명을 사용하는 건 〈내가 누군지보다 내가 보여 주려고 하는 이들에게 관심을 가져 달라〉는 뜻이라고 한다. 60만 명이 본 그의 TED 강연 〈예술로 세상을 뒤집자Use art to turn the world inside out〉를 유튜브로 봤다. 〈여러분, 예술로 세상을 바꿀 수 있을까요. 전 열다섯 살 때 거리로 나가 낙서를 했어요. 친구들과 파리의 터널에도 가고 건물 옥상에도 올랐어요. 그땐 나 왔다 간다는 우리의 흔적을 남겼죠. 우연히 지하철에서 싸구려 카메라를 발견해 그 카메라로 사진을 찍어 열일곱 살 때부터 밖으로 나가 붙였어요. 도시는 제가 꿈꿀 수 있는 가장 멋진 갤러리였어요. 왜 전시를 갤러리가 결정해야 하나요. 사람들이 직접 거리에서 보면 되는걸요. 중동 사태로 소란스러울 땐 친구랑 직접 가봤어요. 얼마나 이스라엘 사람과 팔레스타인 사람이 다른가 보자고요. 요리사와 변호사처럼 두 나라의 같은 직업 사람들을 찍어 나란히 붙였어요. 사상 최대의 불법 전시회였던 셈인데, 누구도 어느 쪽이 어느 나라 사람인지 구분하지 못했어요. 이스라엘 군용 시설에도 붙였는데 아무 일도 일어나지 않았고요. 불가능하다고 생각하던 것도 가능하더라고요. 남들의 생각보다 좀 더 나아갔을 뿐인데요. 중요한 것은 사진을 붙여 뭘 말하고자 하는가입니다. 일례로 저는 스위스가 이슬람 사원 첨탑 건립을 금지한 법안을 통과시킨 몇 주 후 스위스에 가서 이슬람 첨탑 사진을 붙였습니다. 예술은 세상을 보는 방법을 바꿉니다. 사실 예술이 어떤 점은 바꾸지 못한다는 사실은 예술을 토론과 교류를 위한 중립 지대로 만듭니다. 그래서 여러분이 세상을 바꿀 수 있습니다.〉

나는 JR의 팬이 되었다. 그의 페이스북을 통해 보니 2018년 10월 3일엔 독일 통일 28주년을 맞아 베를린 브란덴부르크 문에 거대한 사진을 붙였다. 1990년 베를린 장벽 붕괴 당시 문을 넘는 사람들의 모습이었다. 사진의 힘, 사람의 힘을 또 다시 깨달았다.

제
2
장

혁신과
럭셔리

○

○

○

〈미래의 삶을 살아 보러 오세요〉라는 슬로건을 내걸었던
제3회 비바 테크놀로지는 사흘간의 행사가 끝난 뒤
125개국으로부터 10만 명의 방문객과 9,000개 스타트업
그리고 1,900명의 투자자가 참여했다는 성과를 발표했다.

20년 이상 기자 생활을 해오면서 각종 국내외 박람회를 취재했지만, 프랑스의 글로벌 스타트업 박람회인 비바 테크놀로지Viva Technology는 단연 인상적인 행사였다. 파리에 살던 2017년 6월 초, 제2회 비바 테크놀로지(2017년 6월 16~18일)가 열린다는 광고물이 지하철 곳곳에 붙었다. 비바 테크놀로지는 〈기술 만세〉라는 뜻이다. 광고를 보면서 당시 갓 당선된 에마뉘엘 마크롱 대통령이 미국의 파리 기후 변화 협약 탈퇴 선언 직후에 했던 영어 연설을 떠올렸다. 〈미국의 과학자, 공학자, 기업인, 시민 들은 프랑스로 오세요.〉 다른 나라들은 이민 장벽을 높이고 있을 때, 프랑스의 새 대통령은 기술인들을 〈모시기〉 위해 정반대 입장을 취한 것이다.

그런데 정작 시간을 놓쳐 이 행사에 가보지 못하고는 두고두고 후회했다. 언론과 페이스북을 통해 본 비바 테크놀로지는 예상보다 훨씬 쟁쟁했기 때문이다. 에릭 슈미트Eric Schmidt 전 구글Google 회장과 다니엘 장Daniel Zhang 알리바바Alibaba 그룹 CEO 등 참석진도 훌륭하고 각종 혁신상도 많았다. 마크롱 대통령은 〈프랑스를 유니콘(기업 가치 10억 달러 이상의 스타트업)의 나라로 만들겠다〉고 선언했다. 굉장히 〈으싸으싸〉 하는 분위기였다.

그래서 2018년 제3회 비바 테크놀로지 행사(5월 23~25일)는 꼭 제대로 보겠다고 다짐했다. 파리에서 1년 연수를 마치고 돌아와 내가 다니는 신문사의 미래 비전을 수립하는 일을 맡게 되었을 때 자연스럽게 비바 테크놀로지를 떠올렸다. 기술, 혁신, 창업가 정신……. 이 시대 언론사가 고민할 거리들을 이 행사가 다루고 있었다.

비바 테크놀로지 사무국에 온라인 프레스 등록을 마치고 나니 이 행사의 모바일 애플리케이션을 설치하라는 안내가 도착했다. 편리한 앱이었다. 여러 행사와 강의 그리고 연사 중에 관심 있는 항목을 골라 체크하면 저절로 일정표가 짜졌다. 해당 강의를 신청한 다른 참석자들의 프로필을 보고 서로 메시지로 연락할 수도 있었다. 각국의 스타트업 대표와 저널리스트들, 인공 지능AI 박사들, 커뮤니케이션 전문가들……. 이렇게 형성된 네트워크를 통해 나는 지금도 프랑스 스타트업들로부터 이메일을 받아 보고 있다.

행사가 다가오면서 주요 연사들의 면면이 공개됐다. 당시 읽고 있던 경영 서적 『히트 리프레시』의 저자인 사티아 나델라Satya Nadella 마이크로소프트MS CEO에 이어 마크 저커버그Mark Zuckerberg 페이스북Facebook CEO도 연사로 나선다는 소식이 올라왔다. 〈우와, 세상에나!〉 프로그램을 꼼꼼하게 살펴 아침부터 저녁까지 빡빡한 참관 일정을 짜서는 파리에 도착했다.

행사 첫날인 5월 23일 오전 9시. 파리의 포르트 드 베르사유 박람회장Paris Expo Porte de Versailles에 들어서자 동그란 눈을 가진 수십 개의 페퍼Pepper 로봇이 입구에서 관람객을 맞았다. 손정의 소프트뱅크Soft-Bank 회장이 2012년 프랑스 회사를 인수해 공들여 개발한 휴머노이드 로봇(신체를 닮은 로봇)이다. 소비자가 직접 조립할 수 있는 휴머노이드 로봇 인무브InMoov 부스에도 사람들이 붐볐다. 개발자 가엘 랑주뱅Gael Langevin이 직접 부스에 나와 로봇을 소개하고 있었다. 로봇은 다양한 질문에 대해 스스로 인터넷에서 답을 찾고, 리모콘을 통해 각 관절도 움직였다.

프랑스 항공기 제조업체인 에어버스Airbus가 만든 하늘을 나는 플라잉 카의 〈팝 업 시스템〉 부스도 인기 만점이었다. 드론 형태의 대형 에어 모듈을 활용해 하늘로 날아오르는 2인승 자동차로, 여느 자동차처럼 운행하다가 정체 도로에 들어서면 에어 모듈이 차 천장에 결합해 하늘로 날아오르는 원리다. 2024년 대중화 목표이니 공상 과학 만화에서 보던 일이 현실화될 날이 진짜로 얼마 남지 않았다.

오전 10시 30분 개막식. 강연장 앞자리에 앉은 VIP 참석자의 면면이 찬란했다. 마크 저커버그, 사티아 나델라, 지니 로메티Ginni Rometty IBM CEO, 다라 코스로샤히Dara Khosrowshahi 우버Uber CEO, 베르나르 아르노Bernard Arnault LVMH 그룹 회장 등. 실리콘 밸리에서도 좀체 볼 수 없는, 글로벌 회사 수장들의 집결이었다. 마크롱이 바로 전날 엘리제궁Palais de l'Élysée에서 〈테크 포 굿Tech for Good〉 회담을 열어 이들을 초대했기에 가능한 일이었다.

마크롱의 개막 연설이 시작됐다. 그는 이 행사에 앞서 〈유럽판 구글 프로젝트〉를 시동해 첨단 스타트업을 지원하고 5년간 AI 연구에 15억 유로(약 2조 원)를 투입한다는 〈통 큰 비전〉을 발표했었다. 그는 영어와 프랑스를 섞어 거침없이 말했다. 「일자리 창출과 혁신에 있어 가장 중요한 게 스타트업 활성화입니다. 프랑스 스타트업들은 지난해 29억 달러(약 3조 2,400억 원)를 모았습니다. 2015년과 비교해 세 배 이상 늘어난 액수입니다. 프랑스는 지금 미친 듯 변하고 있습니다. 창업을 위해 직장을 그만두면 2년 동안 실업 급여도 드리겠습니다. 프랑스를 〈혁신의 에코 시스템〉으로 만들겠습니다. 여러분, 내년에도 꼭 이 행사에 다시 와주셔야 합니다.」

마크롱은 그다음 날인 5월 25일에 발효되는 유럽 연합EU의 개인 정보 보호GDPR*를 각별히 강조했다. 페이스북의 개인 정보 유출 사고로 세계가 시끄러울 때였다. 「사회적 책임을 지는 착한 기술을 만들어야 합니다. 우리는 미국이나 중국과는 다른 유럽만의 규제 모델을 만들겠습니다.」 글로벌 IT 기업들이 유럽에서 벌어들이는 돈에 비해 지나치게 적은 세금을 내고 있는 걸 겨냥한 발언이었다. 유럽 시장에서 공정하게 사업하라는 얘기였다. 그는 글로벌 기업의 CEO들을 바라보더니 웃으며 말했다. 〈공짜 점심은 없으니까요〉라고. 정중하지만 압박감이 느껴지는 마크롱의 연설은 능숙한 국가 프레젠테이션이었다.

2016년 비바 테크놀로지를 처음 기획한 프랑스 마케팅 커뮤니케

---

* General Data Protection Regulation.

이션 그룹 퍼블리시스Publicis의 모리스 레비Maurice Lévy 의장은 이날 오후 강연장에서 마크 저커버그와 대담을 했다. 이 행사는 첫째 날과 둘째 날은 관련 업계와 언론계, 셋째 날은 일반 관람객을 대상으로 했는데 첫날부터 많은 인파가 몰렸다. 저커버그는 말했다.

「페이스북은 AI 센터를 전 세계적으로 네 곳 운영하고 있습니다. 캘리포니아, 뉴욕, 몬트리올, 파리입니다. 특히 파리 AI 센터는 지난 3년간 주요한 거점으로 발전했습니다. 파리 AI 센터에 추가로 1,000만 유로(약 130억 원)를 투자하겠습니다. 프랑스는 기초 수학이 강해 우수한 인재가 많습니다. AI 관련 대학 장학금도 더 많이 마련해 산업계와 학계 양쪽으로 인재를 더 키우겠습니다.」

파리로 온 저커버그의 〈선물 보따리〉였다. 페이스북만이 아니었다. 다라 코스로샤히는 마크롱과의 면담 이후 〈우버는 비행 택시의 미래 거점으로 프랑스를 택했고 향후 5년 동안 2,000만 유로(약 260억 원)를 투자하겠다〉고 발표했다. 프랑스의 유명 공학 계열 그랑 제콜인 에콜 폴리테크닉와 5년간 연구 협력 관계를 맺고 파리에 새로운 연구 개발 센터도 개소하겠다고 했다. MS는 3년간 342억 원, 구글은 5년간 1,080억 원을 들여 프랑스에 투자하겠다고 했다.

비바 테크놀로지는 퍼블리시스와 언론사인 레 제코 그룹이 주최하고 프랑스 우정 공사인 라 포스트La Poste, 통신사 오랑주Orange, 구글, BNP 파리바Paribas, LVMH 그룹이 〈플래티늄 후원사〉이다. 에어버스, 사노피Sanofi, 로레알L'Oréal, 프랑스 국영 철도SNCF 등도 파트너 회사로 참여한다. 일례로 프랑스 우편 사업을 맡는 라 포스트는 액셀러레이터 프로그램을 통해 스타트업을 발굴해 키우고 있다. 프랑스 투자 은행인 BPI 프랑스도 2017년 53개 스타트업에 1억 9,100만 유로(약 2,483억 원)를 투자했다. 단순한 기술 박람회가 아니라 대통령이 앞에서 진두지휘하고 기업들이 똘똘 뭉치는 치열한 글로벌 비즈니스 현장이었다.

첫날 정장 차림에 구두를 신고 종일 전시장 곳곳을 다녔더니 발이 아파 둘째 날부터는 운동화를 신었다. 스타트업 부스의 직원들도 편안한 청바지 차림이 많았다. 둘째 날에는 〈AI 업계의 구루〉로 통하는 페이스북의 수석 AI 과학자인 얀 르쿤Yann LeCun 뉴욕대 교수의 강의가 있었다. 〈AI의 미래〉란 제목이었다.「저희는 요즘 흉악 범죄를 담은 라이브 스트리밍 콘텐츠를 페이스북에서 실시간으로 걸러 낼 시스템을 개발하고 있습니다. 다들 AI의 미래를 궁금해하는데, 저는 기술이 인간을 지배하게 될 것이라고는 생각하지 않습니다. 지성은 지배욕과 동의어가 아니기 때문이죠.」

강연을 마치고 연단에서 내려오는 그를 쫓아가 강의를 잘 들었다고 인사했다. 한국에서 왔다고 하니 그는 반갑게 말했다.「저 이번 가을에 한국에 가요. 삼성전자가 AI에 관심이 크거든요.」그는 정말로 그로부터 넉 달 후인 9월에 서초동 삼성 사옥에서 강연을 하며 AI의 자기 지도 학습을 강조했다. 〈미래의 삶을 살아 보러 오세요Venez vivre le futur〉라는 슬로건을 내걸었던 제3회 비바 테크놀로지는 사흘간의 행사가 끝난 뒤 125개국으로부터 10만 명의 방문객과 9,000개 스타트업 그리고 1,900명의 투자자가 참여했다는 성과를 발표했다.

유럽 최고이자 세계 4위 부자인 베르나르 아르노가 1987년 가방 회사 루이뷔통과 주류 회사 모에트 에네시Moët Hennessy 를 합병해 설립한 그룹이 루이뷔통모에트에네시, 약자로 LVMH다. L과 V가 교차하는 무늬의 루이뷔통 모노그램 가방은 한국에서도 1990년대 들어 큰 인기를 끌었다. 여성들이 이 가방을 들고 다니는 모습이 3초마다 목격된다고 해서 〈3초 백〉이라고 불렸다. 명품에 대한 당시 한국인의 욕망과 경멸을 함께 담은 말이라고 생각했다.

럭셔리 분야를 오랫동안 취재하던 나는 LVMH의 성장과 변화가 언제나 놀라웠다. 우리가 개별 브랜드로 알고 있는 여러 브랜드가 사실은 LVMH라는 거대한 그룹의 우산 속에 있다. 백화점 명당에 매장이 위치한 루이뷔통, 크리스티앙 디오르, 펜디, 셀린Céline, 최근 모이나Moynat 까지 죄다 LVMH 그룹의 패션 브랜드들이다. 돔페리뇽 Dom Pérignon 샴페인, 리모와Rimowa 트렁크, 세포라Sephora 화장품, 태그 호이어TAG Heuer 시계, 파리 7구의 봉 마르셰Le Bon Marché 백화점도 LVMH 그룹의 브랜드다. 끊임없이 인수 합병을 해왔기 때문이다. 와인과 증류, 패션과 가죽, 향수와 화장품 등 6개 분야에서 무려 70개 브랜드가 모였다. 2018년 그룹 매출액이 468억 유로, 우리 돈으로 약 60조 원이다.

그러니 서울에 〈아르노 회장이 떴다〉라고 할 때마다 나는 어떻게든 그를 만나 한마디라도 듣고 기사를 써야 했다. 그는 1년에 한두 번 한국을 방문해서는 면세점 경쟁을 벌이는 한국의 유통 기업들을 만나 브랜드 입점을 논의하고 주요 매장을 둘러봤다. 몇 년 전부터는 그의 자녀들이 자주 동행해 한국의 재벌 2, 3세들과 관계를 쌓아 나갔다. 그의 주된 행선지인 서울 신라 호텔이나 청담동 매장들에서 그는 주로 건장한 한국의 경호원들에게 둘러싸여 있었다. 그런데 그렇게 만나기 힘든 아르노 회장을 파리에서는 아주 편하게 만났다. 비바 테크놀로지 2018에서였다.

비바 테크놀로지 2018의 둘째 날이었던 2018년 5월 24일 오전 10시, 포르트 드 베르사유 전시장의 스테이지 원 공간에서 〈LVMH 혁신 어워드〉 시상식이 열렸다. 시상식장은 행사 시작 30분 전부터 가득 찼다. 무대 앞쪽으로 가보니 아르노 회장이 자리를 잡고 내빈들과 인사를 나누고 있었다. 그의 양 옆에는 딸인 델핀 아르노Delphine Arnault 그룹 부사장과 아들인 알렉상드르 아르노Alexandre Arnault 〈리모와〉 사장이 앉았다. 다가가서 인사를 했다. 「안녕하세요. 회장님. LVMH 혁신 어워드에 대한 관심이 굉장하군요.」 아르노 회장은 빙긋이 웃으며

〈앞으로 더 기대해 주세요. 우리는 계속 혁신할거니까요〉라고 말했다. 기념사진을 찍자는 나의 제안에도 흔쾌히 응했다. 격의 없는 모습이었다.

LVMH 혁신 어워드는 LVMH 그룹이 잠재력 있는 스타트업을 발굴해 자신들의 브랜드와 협업할 기회를 주는 상이다. 첫해인 2017년엔 패션 스타트업 휴리테크Heuritech, 2018년엔 핀테크(금융+정보 기술) 스타트업인 오이스트Oyst 가 수상의 영예를 안았다. 2018년의 경우 820개 스타트업이 온라인 지원을 했고 심사 위원들이 30개 스타트업을 추려 최종 우승자를 뽑았다. 벤처 캐피털리스트, 저널리스트, LVMH 임원들뿐 아니라 각국 전자 상거래 업체 CEO들과 유명 음악 프로듀서도 이 심사에 참여했다.

LVMH는 왜 이 상을 만들었을까. 아르노 회장은 말했다. 「저 자신도 엔지니어이지만(그는 에콜 폴리테크니크 출신이다), 기술은 우리의 모든 사업 영역에 민첩함을 가져다줍니다. 우리는 프랑스에서 가장 큰 기업인데도 스타트업의 정신을 유지하려 합니다. 이 상을 통해 스타트업은 우리와 협업할 수 있고 우리 그룹은 창의성, 혁신, 기업가 정신의 가치를 거듭 확인할 수 있습니다.」 무대 화면에는 최종 심사에 오른 30개 스타트업 대표들의 영상 메시지가 방영됐다. 다들 젊고 밝으며 기대에 가득 찬 모습들이었다. 〈우리의 비전을 나누고 싶어서요.〉〈비즈니스 관계를 만드는 훌륭한 기회를 잡고 싶어요.〉〈중단하지 마세요. 하루하루가 중요하니까요.〉

2017년 제1회 LVMH 혁신 어워드를 받은 휴리테크는 요즘 글로벌 패션업계에서 〈가장 핫한〉 스타트업 중 하나로, 인스타그램 같은 SNS에 올라오는 이미지들을 AI 기술로 분석해 트렌드를 도출한다. 사진 속 인물이 어떤 브랜드의 핸드백을 들었는지, 어떤 소재의 코트를 입었는지 실시간 분석한다.

2013년 AI 박사 과정을 밟던 두 명의 학생은 매일 SNS에 쏟아지는 엄청난 양의 이미지를 보며 이것이 패션업계의 미래가 될 수 있다고 생각해 스타트업을 차렸다고 한다. 지금은 스물네 명의 직원 중 여덟 명이 AI 박사다. 이 회사의 공동 창업자인 토니 팽빌Tony Pinville은 〈LVMH 혁신 어워드를 받고 난 후 무엇이 달라졌느냐〉는 질문에 이렇게 답했다.

「미디어의 엄청난 관심을 받아 명성을 얻을 수 있었습니다. LVMH 그룹 내 크리스티앙 디오르와 스타시옹 에프Station F(2017년 6월 파리에 생긴 세계 최대 규모의 스타트업 인큐베이팅 공간)에서 협업한 것은 귀중한 경험이죠. 스타트업 에코 시스템을 체험했습니다.」

2018년 제2회 수상 스타트업인 오이스트는 2016년 설립된 핀테크 기업이다. 인터넷 결제의 여러 단계를 클릭 한 번으로 줄인 서비스를 제공한다. 줄리앙 푸사르Julien Foussard 오이스트 공동 대표는 이날 LVMH 혁신 어워드 수상 소감을 이렇게 밝혔다.

「우리의 비전은 이커머스를 단순하게 하는 것입니다. 우리 고객들이 최고로 만족스러운 〈쇼핑 경험〉을 누리기를 바랍니다. 조만간 여러분들은 우리 서비스를 통해 겐조Kenzo 향수를 단 한 번의 클릭으로 인터넷에서 구입하실 수 있게 됩니다.」

LVMH 혁신 어워드 시상식은 LVMH 그룹의 최고 디지털 책임자 CDO인 이언 로저스Ian Rogers가 2017년 첫해부터 진행하고 있다. 감회가 새로웠다. 2015년 LVMH가 디지털 변신의 드라이브를 시동시킬 때를 기억한다. 나는 그해 3월 스위스 바젤월드Baselworld 시계 박람회를 취재하러 갔는데, LVMH가 그룹 내 〈젊은 시계〉인 태그 호이어의 스마트 시계 출시 계획을 발표한 것이다. 난데없는 깜짝 발표에 밤잠 못 자고 기사를 쓰느라 힘들었지만 미래를 준비하는 LVMH의 설명은 분명 간담을 서늘케 했다. 〈젊은 고객을 만족시키려면 럭셔리 커넥티드가 필요하다. 스마트 시계의 앞날을 알 수는 없지만 일단 달리는 버스에 타야만 아니다 싶을 때 내릴 수 있다.〉*

당시 바젤월드에서 만난 럭셔리 시계업계 관계자들은 〈신흥 파워 애플Apple이 럭셔리 업계의 임원들을 빼 간다〉는 불만을 토로했었다. 그런데 그로부터 불과 6개월 후에 LVMH가 정반대의 시도를 했다. 패션 커리어가 전혀 없던, 애플 뮤직의 임원인 이언 로저스를 그룹의 CDO로 〈모셔 간〉 것이다. 이언 로저스는 LVMH 그룹의 디지털 정책을 총괄하며 이 혁신 어워드를 만들고 키웠다. 2017년에는 〈24 세브르Sèvres〉라는 이커머스 사이트를 열어 명품의 온라인 판매도 확대하고 있다. 럭셔리 쇼핑을 온라인으로 옮기는 게 아니라 온라인 쇼핑을 럭셔리하게 만들겠다는 게 이언 로저스의 말이다.

LVMH의 혁신에 대한 장려는 어워드에 그치지 않는다. LVMH에

* 김선미, 스위스 명품 태그 호이어…… 스마트 시계 2015년 내 선보여, 『동아일보』, 2015. 3. 21.

는 〈LVMH 럭셔리 랩〉이라는 혁신 연구 조직이 있다. AI 등의 학위를 가진 20~30명의 연구원이 가상 현실, 3D 프린팅, 블록체인 분야 스타트업들을 선발해 그룹 내 브랜드와 협업시킨다. 비바 테크놀로지 LVMH 부스의 주인공도 바로 이 랩과 협업하는 스타트업들이었다. LVMH 럭셔리 랩 연구원으로부터 루이뷔통 트렁크의 위치 추적 장치에 대한 설명을 듣다 보니, 해외 출장 때마다 항공사 실수로 자주 트렁크의 행방이 묘연해져 발을 구르는 내 친구가 떠올랐다. 단순히 폼나서가 아니라 실생활에 유용한 기술로서의 럭셔리. 눈을 들어 보니 LVMH 부스의 슬로건이 〈럭셔리의 미래〉였다.

프랑스가 각국의 젊은 창업가들을 설레게 하는 스타트업 기지로 떠오르게 된 결정적 계기가 있다. 프랑스 통신 재벌인 그자비에 니엘Xavier Niel 프리Free 회장이 2017년 6월 세운 세계 최대 스타트업 캠퍼스인 스타시옹 에프의 등장이다.

2017년 5월 취임한 에마뉘엘 마크롱 대통령은 정장 재킷 왼쪽 가슴에 〈라 프렌치 테크La French Tech〉(프랑스 스타트업 육성 프로그램)의 상징인 붉은 수탉 배지를 달고 스타시옹 에프 개관식에 참석해 연설했다. 파리 13구의 옛 기차역을 건축가 장미셸 빌모트Jean-Michel Wilmotte가 개조한 이곳엔 1,000여 개의 스타트업 직원 3,000여 명이 일한다. 프랑스에서 여덟 번째 부자(2018년 기준 재산 61억 유로)인 니엘 회장이 2억 5,000만 유로(약 3,250억 원)의 사비를 들여 만든 곳이다.

1967년생인 니엘 회장은 〈금수저〉가 아니다. 1986년 당시 18세의 나이에 통신망을 이용한 음란물 유통에 뛰어들어 갑부가 됐다. 〈미니텔Minitel〉이란 이름의 음란 채팅 사이트를 만들어 큰돈을 번 뒤 팔고 1995년 프랑스 최초 인터넷 서비스 제공업체 월드넷World-NET에 투자한 후 나중에 이 업체를 아예 인수했다. 이듬해 회사 이름을 일리아드Iliad로 바꾼 후 프랑스 대표 이동 통신사로 키웠다. 그리고 자회사인 프리를 설립해 초고속 인터넷 접속과 저비용 휴대 전화 서비스로 부를 쌓았다.

프리는 〈프랑스 이동 통신의 민주화 기수〉로 통한다. 나도 2016년 7월 파리에 도착한 바로 다음 날 프리에 가입했다. 오랑주 등 다른 이동 통신사들이 가입 조건으로 은행 계좌를 요구하는 것과 달리 프리는 신용 카드만 있으면 즉석에서 가입이 됐다. 월 19.99유로(약 2만 6,000원) 요금제면 프랑스 내 모든 통화와 문자 서비스가 무제한, 인터넷도 4G로 50기가까지 무료였다. 내가 초등학생 딸에게 가입시켜 준 월 2유로 요금제는 한 달에 두 시간 이내 통화가 무료이면서 무제한 문자 서비스를, 프리 와이파이로 무제한 인터넷 이용이 가능했다. 프리가 선풍적 인기를 끌자 기존 통신사들도 통신 요금을 앞다퉈 내렸다.

니엘 회장은 2013년엔 입학 조건과 교수진이 따로 없는 무료 코딩 스쿨 〈에콜 42〉를 파리 17구에 열었다. 그저 코딩에 〈미친〉 젊은이들 스스로가 서로에게 스승이 되는 곳이다. 틀에 박힌 길을 걸어오지 않았던 그는 독창적 방식으로 〈니엘 키즈〉들을 키우고 있다.

〈니엘 표〉 스타트업 기지가 스타시옹 에프다. 이곳을 2018년 5월 29일 찾아갔다. 파리 남동쪽 센강에서 멀지 않은 곳에 3만 4,000제곱미터 규모의 2층짜리 유리 건물이었다. 스타시옹 에프가 들어서기 전까지 이 일대는 관광 명소나 쇼핑 공간이 없는 별 볼일 없는 지역이었다. 그런데 불과 1년 만에 크로스 백을 맨 젊은 창업가들이 자전거를 타고 다니는 활기찬 지역으로 변신했다. 스타시옹 에프는 우체국, 커피숍, 미팅 공간이 있는 셰어 존, 입주 스타트업들의 근무 공간인 크리에이트 존, 레스토랑이 있는 칠 존 등 세 영역으로 구성돼 있었다. 안내 데스크에 도착해 나를 안내해 주기로 한 스타시옹 에프의 홍보 디렉터 록산 바르자Roxanne Varza를 기다리며 주위를 둘러보았다.

각 근무 공간은 유리 상자가 쌓여 있는 모양새의 건축 형태였다. 알록달록한 사무 가구가 유리창 밖에서 보였다. 1인용 침대 소파에 몸을 파묻고 일하는 직원들은 자유롭고 편안해 보였다. 로비에 설치된 미술품은 무라카미 다카시가 자신의 신체를 그대로 구현한 로봇이었다.「로봇 아라한Robot Arhat」*이라는 이 작품은 2015년 일본 도쿄 모리 미술관(森美術館)에서 처음 선보였다가 이 무렵 그랑 팔레에서 열린「아티스트와 로봇들Artistes & Robots」전시에도 나왔다. 다카시를 닮은 로봇은 사람이 가까이 다가서면 반야심경을 읊거나 눈동자를 이리저리 굴렸다.

「환영합니다.」내 눈앞에 나타난 록산 바르자는 유튜브와 페이스북에서 봤을 때보다 훨씬 아름다웠다. 2017년 6월 초 파리 OECD 포럼의 〈포괄적 기업가 정신〉 대담자로 나왔던 그녀는 20여 일 후엔 스

---

* 아라한은 소승 불교의 수행자 가운데서 가장 높은 경지에 오른 이를 뜻한다.

타시옹 에프 개관식의 사회를 맡았다. 당시 편안한 원피스 차림에 긴 머리를 뒤로 묶고, 유창한 영어와 프랑스어로 말하던 그녀는 밝고 자신감이 넘쳤다. 이란계 미국인으로 프랑스 마이크로소프트 등에서 스타트업 일을 해오며 2013년 비즈니스 인사이더Business Insider가 선정한 〈기술업계에서 가장 영향력 있는 여성 30인〉에 들었을 뿐 아니라 2015년엔 이란의 다섯 번째 부자에도 이름을 올린 30대 초반의 파워 우먼이었다.

그녀와 함께 스타시옹 에프 견학이 시작됐다. 알록달록 크레용 색상의 커다란 진흙 덩어리 설치물이 로비 한가운데에 놓여 있었다. 키치의 제왕으로 불리는 미국 현대 미술가 제프 쿤스Jeff Koons의 「플레이도Play-Doh」이었다.

「와, 제프 쿤스까지 굉장하군요.」

「저쪽에 아이웨이웨이(艾未未)의 나무 작품도 있어요.」

그런데 세계 현대 미술 3인방의 설치 작품들보다 더 인상적인 건 입주 스타트업 공간 1층에 있는 검은 직육면체 형태의 간이 조립식 공간이었다. 입구 기능을 하는 커튼을 젖히니 내부가 온통 녹색인 인공 숲이었다. 한 남성 직원은 눈을 감고 앉아 명상을 하고 있었다. 보는 사람 눈도 청량해졌다.

「스타시옹 에프는 업무 공간, 코워킹 커피숍, 제품 개발 공간, 레스토랑 등이 모여 있어 입주 직원들이 많은 시간을 보내는 곳이에요. 그래서 직원들의 몸과 영혼의 조화가 중요하다고 생각했어요. 잘 쉬어야 창의적 아이디어가 나오잖아요. 정기적으로 강당에서 여는 요가 클래스도 인기 있어요.」

혼자 조용하게 일하고 싶은 직원을 위해 전화 부스처럼 만든 1인용 유리 부스, 졸음이 올 때 몸을 맡기면 딱 좋아 보이는 둥그런 1인용 흔들의자……. 이런 일터, 느낌 있다!

페이스북, 마이크로소프트, 구글, 로레알, LVMH 등 이곳에 입주한 쟁쟁한 글로벌 기업들의 명패가 보였다. 한국 기업으로는 네이버가 있었다. 이 회사들은 20개가 넘는 스타트업 육성 프로그램을 제공하는데 주제가 세분화돼 있다. 메디테크, 핀테크, 푸드테크, 증강 현실, 사이버 보안……. 선발된 창업자는 월 195유로(약 25만 원)를 내고 스타시옹 에프 공간을 사용하면서 지원 기업의 코칭과 네트워킹, 본사와의 협업 기회를 제공받는다. 입주 스타트업끼리 뜻이 맞아 협업이 이뤄지기도 한다. 스스로가 서로에게 스승이 되는 곳. 니엘 회장이 세운 코딩 학교 에콜 42와 닮은 점이다.

이미 스타시옹 에프에 둥지를 틀었던 스타 스타트업들이 탄생했다. LVMH가 선발한 패션 스타트업 유베카Euveka의 스마트 마네킹은 AI 기술로 크기가 변환된다. 그동안 패션 회사들이 각국의 소비자 체형에 맞추기 위해 나라별로 크기가 다른 마네킹을 만들고 보관해야 했던 불편을 없앤 것이다. 이 제품은 2018년 미국 CES*에서 로봇과 드론 분야 혁신상을 받기도 했다. 또 크로노스 케어Kronos Care라는 스타트업은 소비자가 온라인으로 쇼핑한 럭셔리 제품의 포장과 운송을 세심하게 관리한다. 이 회사는 〈이베이eBay는 2,000달러짜리 루이뷔통 가방이나 10달러짜리 물건이나 똑같은 포장으로 배달한다. 우리는 고

---

*   Consumer Electronics Show.

객에게 무결점의 고급스런 소비 경험을 주고 싶다〉고 말한다.

로레알이 지원하는 뷰티 스타트업 실라주Sillages 는 고객이 직접 나만의 향수를 만들 수 있는 서비스를 제공한다. 이 회사 홈페이지에 접속해 몇몇 질문에 답변하면 챗봇 기능의 메신저 창이 뜨면서 본격적으로 고객의 〈취향 저격〉에 나선다. 향수를 그저 종이에 뿌려 보고 고르는 것은 키스도 하기 전에 결혼을 결정하는 것과 같다는 게 회사 측의 설명이다. 2016년 설립된 회사인데도 젊은 파리지앵들 사이에선 꽤 입소문이 났다.

바르자는 내게 꼭 보여 주고 싶은 곳이 있다며 데려갔다. 2018년 5월 25일, 그러니까 내가 방문하기 딱 나흘 전에 문을 연 스타시옹 에프 내 대형 레스토랑이었다. 라 펠리시타La Felicità란 이름의 이 레스토랑은 1,000개의 좌석과 5개의 주방, 3개의 바, 비어 가든 등이 마련된 유럽 최대 크기의 식당이다. 4,500제곱미터 규모의 널찍한 공간에는 열차 두 칸, 파라솔, 나무 들이 어우러져 축제 현장에 온 기분이었다. 우리는 검은색 문 앞에 섰다. 그 문에는 수십 개의 바비 인형이 달려 있었다.

「이곳은 뭐 하는 곳인가요?」

「한번 문을 열어 보세요.」

세상에나. 여자 화장실이었다. 화장실에 들어가 각 문을 열어 보고는 또 놀랐다. 인테리어가 모두 달랐다. 네온 무지갯빛 줄무늬의 화장실, 사람 내장 사진을 벽지로 바르고 분홍색 변기를 둔 화장실, 심지어 변기가 천장에 달린 화장실…….

바르자가 말했다. 「우리 스타시옹 에프에 입주한 인테리어 스타트업 트론Trone이 꾸민 화장실이에요. 니엘 회장은 항상 〈다르게 생각하기〉를 강조하는데, 그래서 그런지 변기가 천장에 매달린 화장실이 가장 좋대요!」 나중에 보니 남자 화장실 문에는 바비의 남자 친구인 켄 인형들이 달려 있었다.

라 펠리시타는 일반인에게도 문호를 개방해 이미 소식을 듣고 찾아온 사람들로 붐볐다. 파리의 새로운 명소로 소개된 신문 기사를 들고 온 관광객들도 보였다. 파리의 유명 경영 대학원 HEC* 출신의 30대 청년 두 명이 2015년 세운 음식 스타트업 빅 맘마Big Mamma 그룹이 파리에서 일곱 번째로, 그것도 요즘 가장 핫한 장소 중 하나인 스타시옹 에프에 문을 열었으니 그럴 만했다. 빅 맘마는 좋은 식재료와 저렴한 가격, 개성 넘치는 인테리어와 신속한 서비스를 내세우며 식당 창업의 표본으로 통하고 있다. 피자, 햄버거, 칵테일이 6~10유로. 점심으로 사 먹은 9유로짜리 치즈 버거가 맛있었다.

스타시옹 에프는 정기적으로 입주 스타트업 직원들의 자녀들을 회사로 초대해 엄마나 아빠가 일하는 공간에서 추억을 쌓게 한다. 이때 널찍한 1층 공간은 형형색색 소파와 구슬 풀 등 놀이터로 변신한다. 입주 직원들의 평균 연령은 30.9세, 창업가 프로그램에 참여한 스타트업의 40퍼센트는 여성이 창업자다. 공간이 달라지면 인간의 사고도 달라진다. 스타시옹 에프는 한국이 기업가 정신을 키우기 위해 가야할 길을 요모조모 보여 주고 있다.

*. École des Hautes Études Commerciales de Paris

우리는 검은색 문 앞에 섰다.
그 문에는 수십 개의
바비 인형이 달려 있었다.
세상에나. 여자 화장실이었다.

카르티에Cartier라는 말을 들으면, 무엇이 떠오를까. 예물 시계? 보석 반지? 브랜드 아이콘인 표범? 빨간색 포장 박스? 카르티에 여성 창업 어워드를 알기 전까지 내가 떠올리던 것들이다. 그런데 이 상을 알고부터 카르티에를 다시 보게 됐다. 170년 넘는 전통의 프랑스 럭셔리 브랜드 카르티에와 비즈니스에 취약한 여성 창업의 조합이 첫인상부터 참 신선했다.

카르티에 여성 창업 어워드는 카르티에가 국제 여성 포럼, 맥킨지 앤 컴퍼니McKinsey & Company, 프랑스 인시아드 경영 대학원과 손잡고 2006년부터 여성 창업가를 발굴하는 국제 대회다. 6개 대륙별 예선에서 세 명씩 결선 진출자 18명을 뽑고 프랑스 도빌에서 열리는 결선에서 6명의 최종 수상자를 낸다. 사업의 창조성, 지속 가능성, 사회적 파급 효과를 평가하는, 일종의 국제 사업 계획 대회이다. 창업한 지 1~3년 된 여성이라면 전 세계에서 누구나 지원 가능하다. 시상식에는 카르티에 CEO, 크리스틴 라가르드Christine Lagarde 국제 통화 기금IMF

총재와 같은 여성 멘토들이 참석해 자리를 빛낸다. 수백 대 1의 경쟁률을 뚫은 수상자들은 카르티에가 제작한 트로피, 상금 2만 달러(약 2,200만 원)와 함께 1년간 집중적인 경영 코칭을 받는다.

이 대회가 인상적이었던 것은, 창업 희망자들에게 물고기를 주는 게 아니라 물고기 잡는 법을 알려 주는 데 있었다. 내가 이 대회를 처음 알게 된 2014년엔 아첸요 이다차바Achenyo Idachaba가 나이지리아의 어획량을 감소시키는 수중 식물을 엮어 바구니를 만드는 사업으로, 다이애나 주Diana Jue는 인도의 저소득 농촌 주민들을 위한 기술 상품을 소개하는 카탈로그 사업으로 최종 수상자가 됐다.

아시아 결선 진출자였던 강원도 원주의 발효 초콜릿 황후 장지은 대표에게 전화를 걸어 참가 소감을 물어봤더니 이렇게 답했다. 〈최종 6명 수상자엔 끼지 못했지만 돈으로 살 수 없는 귀중한 것들을 얻었어요〉라고. 그는 지방 전문대를 나와 2010년 자본금 1,000만 원으로 회사를 차린 후 〈내가 과연 제대로 하고 있나〉 두려웠다고 했다. 그런데 와인과 치즈처럼 발효의 대가인 프랑스인들이 그의 발효 초콜릿에 관심을 보이자 자신감이 생겼다. 무엇보다 카르티에의 경영 수업은 창업자들에게 바로 지금 필요한 실질적 내용이었다. 외국 참가자들과 사회적 기여를 고민하며 넓힌 견문, 어워드 인맥과 미디어 노출도 그가 말한 〈돈으로 살 수 없는 값진 것들〉이다.

통계청에 따르면 2017년 기준 한국 기업의 〈5년 생존율〉은 28.5퍼센트에 불과하다. 5년 이내에 70퍼센트 이상은 문을 닫는다는 의미다. 유럽 주요 5개국(독일, 프랑스, 영국, 스페인, 이탈리아) 평균 42퍼센트에 비해 현저히 낮은 수준이다. 한 소상공인은 내게 〈창업은 전생의 죄인이 하는 일〉이라고 푸념했었다. 여성 창업은 더 고되다. 사회적 편견이 여전하고, 여성 스스로가 경제와 기술을 어려워하기도 한다. 그런데 약의 부작용을 알리는 애플리케이션을 만들어 2013년 카르티에 여성 창업 어워드를 받았던 리어노라 오브라이언Leonora O'Brien은 말한다. 〈여성들이 기술을 두려워하는 경향이 있지만 중요한 것은 아이디어이다. 아이디어가 좋으면 이를 뒷받침해 기술이 따라올 수 있다.〉

카르티에는 왜 이 상을 시작했을까. 회사 측은 설명한다. 〈우리도 170년 전엔 스타트업이었다. 100년 전 사람들은 시계를 주머니에 넣고 다녔는데, 카르티에 창업자의 손자인 루이 카르티에Louis Cartier가 비행할 때 시계를 꺼내 보는 게 불편하다는 조종사 친구 말을 듣고 손목시계를 고안했다. 개척자 정신과 기업가 정신은 인류의 삶을 나아지게 한다. 카르티에처럼 세상에 변화를 주는 기업을 키우고 싶다. 사람도 기업도 태어날 땐 모두 아기다. 아기를 잘 키워야 큰 기업이 나온다. 혁신과 도전, 창의성을 바탕으로 탁월한 품질을 만들어 내는 것이야말로 기업이 영속할 수 있는 길이다.〉 카르티에의 이런 정신은 구호에 그치지 않는다. 직원 10명 중 6명이 여성이고, 그중 절반이 매니저급이다. 이 상을 통해 100개 넘는 스타트업이 생겨나고 1,000개 넘는 일자리가 만들어졌다.*

---

* 박현영, 카르티에의 진짜 명품은 여자다, 『중앙일보』, 2013. 11. 12.

한국에서도 청년 창업을 지원하지 않는 게 아니다. 그런데 우리는 청년들에게 물고기 잡는 법이 아닌, 물고기만을 줬는지도 모른다. 중소 벤처 기업부가 2015~2017년 150억 원을 쏟아부어 만든 전통 시장 내 청년 상인 점포들 상당수가 폐허로 변했다고 한다. 이 기간 정부 지원으로 생긴 청년 점포 499곳 중 165곳(33퍼센트)이 폐업했고 19곳(3퍼센트)은 휴업 중이다. 청년 상인의 절반 이상이 폐업해 청년 상인 단지가 유명무실해진 전통 시장도 55곳 중 17곳(30퍼센트)이었다. 왜 그럴까. 정부가 연간 단위로 예산을 집행하느라 졸속으로 청년 상인 후보를 뽑고, 일부 청년은 애당초 정부 지원금만 노렸다고 한다. 정부 돈을 줘서 인위적으로 청년 상인을 대폭 만든다는 발상 자체가 성공하기 힘들다는 것이다.[*]

　　카르티에는 기업의 배려와 책임, 더 나아가 충성스런 젊은 고객의 신규 창출을 여성 창업에서 찾았다. 6개 대륙이라는 〈큰물〉에서 가슴 뜨거워지도록 아이디어와 감성을 공유하는 세계적 네트워크의 창업 축제를 만들어 냈다. 카르티에가 하는 걸 한국 기업들이 못할 바 아니다. K팝과 K뷰티의 글로벌 인기를 여성 창업 지원에 스마트하게 접목해 보면 어떨까.

---

[*]　오로라, 150억 대줬지만…… 청년 점포 33퍼센트가 문 닫았다, 『조선일보』, 2018. 10. 4.

간판이 없었다. 그 어떤 표지도 없었다. 꽤 큰 규모의 통유리 건물인데도 말이다. 안내를 맡은 샤넬Chanel 본사의 홍보 담당 직원은 몸을 기울여 소곤대듯 말했다. 「이곳의 주소를 노출하면 안 됩니다. 우리는 샤넬에 대한 이해를 돕기 위해 불과 몇 달 전부터 일부 기자들에게만 이곳을 보여 주고 있으니까요.」

드넓은 정원을 거쳐 건물 안으로 들어섰다. 굉장히 모던한 설계라 건축가가 누군지 물어봤으나 〈이 건물에 대한 묘사는 하실 수 없다〉는 서운한 답을 들어야 했다. 우리를 안내할 또 다른 프랑스 여성이 나타났다. 쇼트커트에 배우 쥘리에트 비노슈Juliette Binoche를 닮은 그녀는 검은색 진 바지와 검은색 샤넬 가죽 상의 차림이었다.

2017년 9월 나는 프랑스 파리의 북동쪽 끝에 있었다. 샤넬이 〈문화유산 보관소〉라고 일컫는 곳……. 이 정도는 밝혀도 될 것이다. 엘리베이터를 타고 들어서자 여러 방이 나왔다. 샤넬의 회사 정책상 직원

이름을 밝힐 수 없다 하니 그녀를 〈비노슈〉로 부르기로 한다. 패션 역사를 전공했다는 비노슈는 전자 키로 방문을 열고 새하얀 장갑을 낀 뒤 수납장의 버튼을 눌렀다. 닫혀 있던 양쪽 문이 스르르 열렸다. 과거부터 지금까지의 샤넬 드레스들…… 트레이드마크인 순백의 동백꽃 장식이 가득한 드레스(2005년 가을/겨울 오트 쿠튀르)를 본 순간, 나도 모르게 손을 뻗어 쓰다듬을 뻔했다.

1921년 세상에 처음 나왔던 샤넬 N°5 향수, 럭셔리 경매에서 확보했다는 1930년대 샤넬 파우더 화장품, 6,000여 점의 시대별 샤넬의 액세서리, 1957년 슈즈 디자이너 레이몽 마사로Raymond Massaro가 디자인한 샤넬의 영원한 클래식 구두 〈투 톤 슬링백 펌프스〉, 2009년 봄/여름 오트 쿠튀르 때 일본의 헤어 스타일리스트 가모 가쓰야(加茂克也)가 디자인했던 흰색 종이로 만든 꽃 머리 장식…… 비노슈가 내게 말했다. 「당신은 샤넬의 역사 속으로 다이빙한 거라니까요.」

방 내부 온도 20도, 습도 50~55퍼센트, 조도 80럭스 이하……. 샤넬의 역사는 과학적 시스템으로 관리되고 있었다. 그동안 패션쇼에 선보였던 주요 의상과 소품들을 선별해 전시해 놓은 방도 있었다. 프랑스 럭셔리의 힘은 〈아카이브〉에 있었다.

이 비밀의 건물을 방문하기 전, 샤넬의 자수와 깃털 장식을 만드는 공방 두 곳을 방문했다. 메종 르사주Maison Lesage와 메종 르마리에 Maison Lemarié. 가브리엘 샤넬이 만들고 2019년 2월 타계한 카를 라거펠트Karl Lagerfeld 크리에이티브 디렉터가 1983년부터 합류해 이어 왔던 샤넬 창의성의 원천(메종은 본래 〈집〉이란 뜻이지만 럭셔리 업계에서 브랜드 결속력을 높이기 위해 종종 차용한다)이다! 흥미로운 점은 디지털 세상이 될수록 〈샤넬 월드〉에서는 장인의 한 땀 한 땀이 늘어 간다는 점. 「어느 순간 자수도 대중화됐더라고요. 그래서 우리는 시적인 〈손맛〉을 만들기로 했어요. 조개와 나무로 자수를 하고, 3D 프린팅도 도입했어요.」

위베르 바레르Hubert Barrère 르사주 공방 디렉터는 첫눈에 보기에도 시적인 사람이었다. 질감 좋은 청록색 니트에 검은 뿔테 안경을 쓴 그의 사무실 벽면엔 그에게 영감을 주는 이미지들이 가득 붙어 있었다. 검은 선글라스를 쓴 라거펠트, 푸른 바다 위의 요트, 보석이 가득 박힌 튜브 톱 드레스, 날렵한 검은색 스포츠카, 그리고 턱을 괸 원숭이 사진까지……. 책상과 테이블 위에는 온갖 종류의 천 조각과 색연필이 널려 있었다. 함께 기념사진을 찍자고 하자, 바레르는 테이블 위에 있던 구슬 달린 흰색 깃털 장식을 내 검은색 실크 블라우스 어깨 위로 척 얹었다. 그리고는 활짝 웃으며 물었다. 「어때요? 훨씬 근사하지 않나요?」 정말로 확 달라보였다.

공방에는 직원들이 앉아 각자 맡은 작업을 하고 있었다. 누군가는 구슬 장식을, 누군가는 샤넬의 트레이드마크인 동백꽃잎 헝겊 장식을 만들었다. 「이 장식은 곧 패션쇼에 쓰일 거예요. 사진은 찍으시면 안됩니다. 미리 노출되면 카피 제품이 뜨거든요.」 이렇게 비밀리에 제작된 제품들은 2014년 DDP의 「컬처 샤넬: 장소의 정신」, 2017년 디뮤지엄 「마드모아젤 프리베 서울」 등의 아카이브 전시를 통해 〈서울 나들이〉를 하기도 했다.

가브리엘 샤넬이 샤넬을 만들었다면, 카를 라거펠트는 지금의 샤넬을 키운, 〈샤넬의 전설〉이 되었다. 파리에 살던 2017년 3월, 그랑 팔레에서 열린 샤넬 2017 가을/겨울 패션쇼에 초대받았을 때 쇼장 한가운데에는 37미터 높이의 거대한 로켓이 설치돼 있었다. 모델들은 우주 비행사가 프린트된 시폰 블라우스를 입고 무대로 걸어 나왔다. 라거펠트는 말했다. 「우주 비행사를 따라 별자리 속으로 우주여행을 떠나는 겁니다.」 모델들이 크리스털 별자리가 반짝이는 은색 부츠를 신고 피날레 워킹을 마치자, 로켓이 높다란 그랑 팔레 천장으로 솟아올랐다. 〈샤넬 표 우주여행〉이었다.

샤넬은 프랑스 혁신의 아이콘이다. 털실을 격자로 짜서 신축성 있게 만든 트위드 천으로 패션 월드를 제패했다. 나는 샤넬 트위드 재킷을 처음 걸쳐 봤던 순간을 잊지 못한다. 쫀득하면서도 몸을 따뜻하고 편안하게 감싸는 느낌! 다른 브랜드들이 아무리 디자인을 베긴들 넘볼 수 없는 경지가 바로 옷의 소재였다. 그런데 샤넬의 소재 혁신을 책임지는 사람이 한국인 김영성이다. 부산대 불어불문학과를 졸업하고 파리에서 뒤늦게 미술을 배운 뒤 1988년 샤넬 본사에 입사해 패브릭 리서치 책임자로 일하는데, 그녀의 역할이 워낙 커서 〈라거펠트의 오른팔〉로 통했다.

특히 샤넬이 2015년 5월 서울 DDP에서 열었던 2015/2016 크루즈 컬렉션 패션쇼에선 그녀가 고국에서 정성껏 고른 한국적 소재가 한껏 빛을 발했다. 나는 이 쇼에 갔을 때 금발의 모델들이 머리엔 가채를 쓰고, 하늘하늘한 오간자 소재의 드레스에 나전 칠기 상자 모양의 핸드백을 들고 나오는 걸 보면서 〈역시 샤넬〉이라고 감탄했다. 이 옷과 소품들도 내가 방문했던 샤넬의 비밀 방에 〈서울 컬렉션〉이란 이름으로 정갈하게 보관돼 있었다. 2018년 10월 문재인 대통령 부부가 프랑스를 방문했을 때 김정숙 여사가 입은 한글 무늬 트위드 재킷도 이 쇼에서 선보였던 옷이다.

안 이달고Anne Hidalgo 파리 시장은 2017년 3월 이렇게 발표했다. 「파리 시립 의상 박물관인 팔레 갈리에라에 프랑스 최초의 패션 상설 전시실이 2019년 말 개관합니다. 샤넬이 570만 유로(약 77억 원)를 지원하기로 했습니다. 그래서 이 전시실의 명칭은 〈가브리엘 샤넬 룸〉이 될 것입니다. 샤넬 덕분에 파리가 패션의 고향이란 걸 증명할 수 있게 됐습니다.」

샤넬의 비밀 방에는 『샤넬 캣워크Chanel Catwalk』라는 제목의 두툼한 화보집이 놓여 있었다. 라거펠트가 지휘한 1983년부터 2015년까지의 패션쇼를 사진 중심으로 소개한 〈브랜드 역사책〉이었다. 물어보니 몇몇 예술 서점에서 팔 것이라고 했다. 많이 무겁고 많이 비싼 그 책을 결국 찾아 사 들고 귀국했다.

2019년 2월 라거펠트가 85세로 생을 마감했을 때 나는 한동안 깊은 슬픔에 잠겼다. 그는 나의 〈영원한 영웅〉이다. 36년간 샤넬의 혁신을 주도해 온 그는 〈무덤에 남아 사람들을 거추장스럽게 하는 건 질색〉이라며 장례식 없이 화장 방식으로 훌쩍 떠났다. 참으로 라거펠트답게……. 가브리엘 샤넬 룸이 완성되면 꼭 가봐야겠다. 그건 곧 라거펠트의 〈비밀의 방〉이었으니…….

위베르 바레르 르사주 공방
디렉터는 첫눈에 보기에도
시적인 사람이었다.
질감 좋은 청록색 니트에 검은
뿔테 안경을 쓴 그의 사무실
벽면엔 그에게 영감을 주는
이미지들이 가득 붙어 있었다.

2017년 9월 파리 장식 미술관Musée des Arts décoratifs 앞에는 아침 일찍부터 긴 행렬이 늘어서 있었다. 프랑스 럭셔리 브랜드 크리스티앙 디오르가 창립 70주년을 맞아 연「크리스티앙 디오르, 꿈의 디자이너Christian Dior, Couturier du rêve」라는 이름의 전시(2017년 7월 5일 ~2018년 1월 7일)를 관람하러 온 행렬이었다. 두세 시간 기다리는 건 다반사라던데, 나는 서둘러 간 덕분에 1시간 정도 기다려서 미술관 안으로 입장할 수 있었다. 무대 한가운데 자리 잡은 마네킹은 디오르가 혁신의 패션 아이콘으로 우뚝 설 수 있게 한, 바 재킷Bar jacket 을 입고 있었다.

1947년 2월 12일 파리 몽테뉴가 30번지. 당시 신예 패션 디자이너이던 크리스티앙 디오르가 자신의 의상실에서 첫 패션쇼를 열었다. 무릎 아래로 주름을 풍성하게 잡은 플레어스커트, 가슴을 꽃봉오리처럼 강조하고 허리는 잘록하게 만든 바 재킷……. 패션 잡지『하퍼스 바자 *Harper's Bazaar*』의 카멜 스노Carmel Snow 편집장은 쇼를 본 직후, 〈세상에나, 이건 혁명이에요. 당신의 드레스는 완전히 새로운 룩new look이에요〉라고 말했다고 한다. 제2차 세계 대전을 지내면서 각진 어깨의 남성적 재킷을 입던 여성들에게 디오르는 여성의 우아함을 담은 꿈의 옷을 선사했다.

그 꿈의 옷들이 파리 장식 미술관 3,000제곱미터 공간에 300여 점 전시돼 있었다. 옷뿐 아니라 크리스티앙 디오르 디자인에 영감을 준 예술품과 가구를 연대와 주제별로 전시했다. 1905년 프랑스 그랑빌의 부유한 사업가 집안에서 태어나 파리 정치 대학(시앙스포)을 나온 디오르는 의상실을 열기 전엔 갤러리스트로 일했다. 그 자신이 컬렉터이자 화상으로 이때 친분을 맺은 동시대 아티스트들이 달리, 탕기, 자코메티, 콕토 등 세계적 초현실주의 예술가들이었다. 크리스티앙 디오르 70주년 전시를 맡은 두 큐레이터인 올리비에 가베Olivier Gabet 파리 장식 미술관장과 패션 역사가 플로랑스 뮐러Florence Müller는 디오르가 수집했던 예술품들과 디오르의 방을 전시에 구현했다. 미국의 사진작가 만 레이Man Ray가 1933년에 찍은 디오르의 갤러리 사진도 볼 수 있었는데, 세계적 초현실주의 작품들의 집대성이었다.

눈이 호강하는 전시였다. 특히 꽃의 향연이 인상적이었다. 노르망디의 그랑빌 집에서 어머니와 정원을 가꾸며 자란 디오르는 장미와 백합 등을 드레스 장식에 적용해 여성미를 극대화했다. 디오르가 죽은 뒤에도 크리스티앙 디오르의 크리에이티브 디렉터들은 설립자 디오르의 정신을 이어받으면서도 각자의 방식으로 디오르 드레스에 정원을 풀어냈다. 디오르의 여성미에 대해 뮐러는 말한다. 〈1910년대 폴 푸아레Paul Poiret, 1920년대 장 파투Jean Patou, 이후의 잔 랑뱅Jeanne Lanvin과 코코 샤넬도 여성적 우아함을 강조했던 디자이너들이었다. 그런데 디오르가 남달랐던 건 일찍이 사업을 국제화했다는 점이다. 뉴욕과 런던에도 진출하고 일본 다이마루(大丸) 백화점과도 손을 잡았다. 그는 제품 패키징까지 꼼꼼하게 챙기는 진정한 비즈니스맨이었다.〉*

    럭셔리 하우스 크리스티앙 디오르는 디오르가 1957년 세상을 뜬 후 지금까지 7명의 크리에이티브 디렉터가 이어서 이끌고 있다. 맨 처음 디오르를 바로 이어받은 디자이너는 이브 생로랑. 이후 마르크 보앙Marc Bohan, 잔프랑코 페레Gianfranco Ferrè, 존 갈리아노, 라프 시몬스를 걸쳐 지금은 첫 여성 디렉터인 마리아 그라치아 키우리다.

    디오르 70주년 전시는 각각의 크리에이티브 디렉터 공간을 따로 꾸며 〈여성 인체를 아름답게 구현하자〉라는 디오르의 정신이 어떻게 계승 발전되고 있는지를 보여 주고 있었다. 생로랑의 자유정신, 보앙의 날씬한 룩, 페레의 이탈리안 바로크 양식, 스타보다 더 스타 같았던 갈리아노, 간결한 미니멀리즘의 시몬스, 첫 쇼부터 디오르의 헤리티지를 반영해 혁신을 보여 줬다는 평가를 받은 키우리의 옷들이 황홀하게 펼쳐졌다. 고유의 개성을 발휘하되 브랜드 DNA가 일관되게 느껴지는 옷들이었다. 과거 설립자 디오르가 예술을 사랑했듯, 뒤를 이은 디렉터들도 예술에서 영감을 받았다. 제6대 디렉터인 라프 시몬스는

*　Connaissance des Arts, Christian Dior: Couturier du rêve(Paris: Connaissance des Arts, 2017).

미국의 설치 미술가 스털링 루비 Sterling Ruby의 그림을 고스란히 드레스 문양으로 풀어냈다. 이 과정을 담은 영화가 국내에도 개봉했던 프레데리크 청 Frédéric Tcheng 감독의 2014년 작품 「디오르 앤 아이」이다. 이 영화는 라프 시몬스를 주인공으로 했지만 〈디오르〉란 가치를 만들기 위해 무대 뒤에서 일하는 수많은 장인을 또 다른 주인공으로 보여준다.

2009년 3월 파리 패션 위크를 취재 갔을 때, 크리스티앙 디오르 패션쇼를 생생하게 기억한다. 당시 디오르는 퍼스트레이디 카를라 브루니 Carla Bruni가 특별히 사랑하는 브랜드였다. 군살 하나 없이 섹시한 카린 로이펠트 Carine Roitfeld 프랑스 『보그 Vogue』 편집장, 영화 「악마는 프라다를 입는다」의 실제 모델이었던 애나 윈터 Anna Wintour 미국 『보그』 편집장 등이 쇼 장의 앞줄을 채우고 있었다. 쇼는 프랑스 전자 음악인 로랑 울프 Laurent Wolf의 「노 스트레스」가 쩌렁쩌렁 울리며 시작됐다. 금색 모피 조끼를 입은 한 모델은 클레오파트라 같았고, 하늘색 투명 드레스를 입은 모델은 T팬티로 은밀한 부위만 가린 탐스런 엉덩이를 흔들며 무대를 누볐다. 1996년 디오르에 합류해 〈디오르=섹시〉 공식을 성립시킨 갈리아노가 쇼 끝에 무대에 나와 인사를 했다. 함께 본 세계적 패션 평론가 수지 멩키스 Suzy Menkes에게 쇼가 어땠냐고 물었더니 이렇게 답했다. 「뭐랄까. 이번 쇼는 열정이 부족해 보였어요. (쇼 치고는) 누구나 입을 수 있는 옷이었으니까요. 하긴 (금융 위기를 겪은) 지금은 럭셔리 산업이 어려운 때니까 (이해할 만하죠).」

디오르가 혁신하며 영속해 온 비결 중 하나는 다양한 비평 문화라고 생각한다. 마리아 그라치아 키우리가 2016년 9월 파리 로댕 박물관에서 첫 오트 쿠튀르 쇼를 마쳤을 때, 내가 다니던 패션 스쿨 에스모드 이젬의 앙토니 들라누아Anthony Delannoy 선생님은 말했다. 「줄줄이 나오던 검은색 긴 드레스가 너무 지루하지 않던가요? 오트 쿠튀르라면 추상시 같은 맛이 있어야죠.」

결과적으로 디오르의 첫 여성 디렉터 키우리는 자신만의 색깔을 확실히 내면서 앞으로 나아가고 있다. 나는 그녀가 프랑스어를 조합해 만든 〈자도르J'adore · I adore Dior〉 문구를 사랑한다. 그녀가 각종 인터뷰에서 밝힌 〈여성들은 자기 자신을 위해 스스로 당당하고 아름답고 싶어 한다〉는 견해에도 공감한다. 그녀는 2018년 9월 파리 패션 위크에서는 여성의 몸을 옥죄는 실루엣을 완벽하게 없애고도 한없는 우아함을 보여 줬다. 파리 외곽 불로뉴 숲에 있는 경마장을 쇼 무대로 꾸며서는 이스라엘의 유명 안무가 샤론 에얄Sharon Eyal의 현대 무용을 그 위에 올렸다. 설립자 디오르가 사랑하던 장미꽃잎들이 천장에서부터 눈처럼 뿌려지는 가운데 무용수들이 현대 무용을 하고 그 사이로 모델들이 걸어 나왔다.

2017년 6월 프랑스 남부 그라스의 향수 박물관Musée International de la Parfumerie에 갔을 때, 디오르 70주년을 맞아 그곳에서도 「크리스티앙 디오르, 향수의 정신Christian Dior, Esprit de parfums」이란 이름의 특별 전시가 열리고 있었다. 70년의 세월 동안 쌓아 온 아카이브의 힘은 강렬했다. 진열장에 들어 있는 향수 하나하나가 진귀한 예술품 같았다. 디오르가 타계 1년 전에 내놓은 디오리시모Diorissimo 향수는 프랑스 크리스털 회사 바카라Baccarat가 향수병을 만들었는데 뚜껑이 화려한 금꽃다발로 장식돼 있었다. 베르사유궁Château de Versailles 안에 있는 미니어처 꽃병 같았다.

1971년 부친의 가업을 물려받았던 베르나르 아르노 LVMH 그룹 회장은 1984년 경영 위기를 겪던 크리스티앙 디오르(화장품과 향수 부문)를 인수하면서 럭셔리 제국의 토대를 다졌다. 2017년 4월엔 기존 디오르 지분(74.1퍼센트)에 더해 나머지 지분까지 100퍼센트 사들이면서 옷과 가방 등 모든 디오르 제품을 완벽하게 LVMH 그룹의 우산 속에 편입시켰다.* 프랑스를 대표하는 브랜드 중 하나인 크리스티앙 디오르도 LVMH 소속이 된 것이다.

디오르는 단순히 패션 브랜드가 아니다. 70년 동안 여러 분야의 아티스트들과 호흡하며 창조적 유산을 남겨 왔고, 그 유산을 혁신하며 계승해 미래 세대에게 전하는 일에 매진하고 있다. 설립 100년을 앞두고 있는 언론사를 다니는 내게도 〈헤리티지를 잇는다는 것〉에 대해 생각할 거리를 준다.

---

* AFP, Luxe: LVMH absorbe la prestigieuse maison Dior, Le Point, 2017. 4. 25.

디오르 70주년 전시는
〈여성 인체를 아름답게 구현하자〉라는
디오르의 정신이 어떻게
계승 발전되고 있는지를
보여 주고 있었다.

내가 살던 파리 서쪽 16구의 집에서 우버를 불러 타면 10분 이내에 도착하던 불로뉴 숲. 그 숲속에는 돛을 단 거대한 유리 배 모양의 미술관이 있다. 프랑스 최고 부자인 베르나르 아르노 LVMH 그룹 회장이 약 8억 유로(약 1조 400억 원)를 투자해 2014년 문을 연 미술관이다.

불로뉴 숲은 파리 시민들에게 허파와 같은 곳이다. 파리 동쪽에 뱅센 숲이 있다면 서쪽엔 불로뉴 숲이 있다. 나는 종종 공유 자전거 벨리브를 타고 숲속을 달리고, 휴일엔 아이들과 함께 찾았다. 숲속엔 아이들이 좋아하는 동물원 겸 놀이공원 아클리마타시옹 정원 Jardin d'Acclimatation 이 있기도 하지만, 루이뷔통 재단 미술관 Fondation Louis Vuitton 을 둘러본 뒤 후문으로 나와 잔디밭에 자리를 펴고 집에서 싸온 김밥을 먹는 것도 즐거웠다.

미술관의 태동은 2001년으로 거슬러 올라간다. 그해 아르노 회장은 세계적 건축가 프랭크 게리 Frank Gehry 와 처음 만나 이 숲속에 미술관을 짓기로 의기투합했다. 그로부터 5년 후 루이뷔통 재단을 만들고 파리시와 공공 부지 임대차 계약을 맺었다. 〈루이뷔통 재단은 예술과 디자인을 장려하기 위해 2007년 1월 1일부터 1만여 제곱미터의 땅을 파리시로부터 55년간 장기 임차한다.〉

로스앤젤레스에 있는 월트 디즈니 콘서트홀WDCH과 스페인 빌바오 구겐하임 미술관Museo Guggenheim Bilbao 등을 설계했던 게리는 불로뉴 숲속에 유리 배를 띄웠다. 2014년 10월 미술관 개관식에서 이 미술관 대표인 아르노 회장은 〈LVMH 그룹이 경제적으로 성공한 것을 시민에게 조금이나마 돌려주고 싶다〉라고 말했다. 개관 때엔 중국 피아니스트 랑랑(郎朗)이 초청돼 기념 공연을 했고, 아르노 회장이 아끼는 미국 추상화가 엘즈워스 켈리Ellsworth Kelly의 캔버스 작품이 걸렸다.

아르노 회장은 1990년대부터 근현대 미술을 중심으로 주요 작가들의 작품을 1,000여 점 소장한 세계적 아트 컬렉터다. 파리 근현대 미술관장을 지내다 아르노 회장의 콜을 받고 루이뷔통 재단 미술관을 이끌고 있는 수잔 파제Suzanne Pagé 관장은 미술, 과학, 환경 등 융합 예술을 보여 주는 덴마크 작가 올라푸르 엘리아손Olafur Eliasson을 개관전 작가로 선정했다. 그의 「수평선 내부Inside the Horizon」 작품은 43개의 컬러 거울 기둥들이 물 위에 떠 있듯 긴 복도를 따라 배치된 설치 작업이었다. 관객들은 걸으면서 시시각각 변하는 거울 속 이미지를 경험했다.

피아니스트 부인을 둔 아르노 회장은 엄청난 클래식 애호가로도 알려져 있다. 본인 자신이 피아니스트 수준의 연주 실력을 종종 보여 준다는 얘기도 들린다. 그래서인지 루이뷔통 재단 미술관은 최대 350석까지 가능한 콘서트홀을 만들어 피아노 독주회부터 실내 관현악까지 매월 품격 있는 음악회를 열고 있다.

2016년 7월 아이들을 데리고 루이뷔통 재단 미술관에 갔다. 당시 이 미술관 최장수(9개월) 전시였던 「현대 중국 예술가들Des artistes chinois à la Fondation Louis Vuitton」이 열리고 있었는데 격동기 중국인들의 얼굴을 보라색으로 칠한 장 샤오강(张晓刚)의 그림을 아이들이 신기해 했다. 하지만 정작 가장 흥미로워했던 건 미술관 건물이었다. 본래 유리 건물인 이 미술관을 다니엘 뷔렌이 2016년 5월부터 1년간 한시적으로 알록달록 외관으로 변신시킨 것이다. 1938년생인 그는 1986년 베니스 비엔날레 황금사자상을 받는 등 세계적 명성을 갖춘 작가로, 8.7센티미터의 원색과 줄무늬 컬러 필름을 건물에 붙여 작품을 설치하는 미술가다. 공간으로부터 영감을 받아 건물과 주변 환경을 캔버스 삼는 그에게 유리 배 모양의 루이뷔통 재단 미술관은 더할 나위 없이 좋은 대상이었다. 그는 미술관 유리창 3,528개 중 1,427개에 빨강, 파랑, 초록, 노랑 등의 컬러 필름을 붙여 〈빛의 관측소〉라고 이름을 붙였다. 우리 가족은 컬러 유리창을 관통하는 햇빛이 미술관 안으로 비치는 걸 보는 걸 좋아했다. 미술관 꼭대기에 올라 컬러 유리창 사이로 파란 하늘과 흰 구름을 보는 것도 좋아했다.

그해 10월 어느 날, 평소 친하게 지내는 손소진 LVMH 파리 본사 상무가 내게 말했다. 「세르게이 슈킨Sergei Shchukin 전시 봤어요? 꼭 가서 보셔야 해요. 교과서에 나오는 작품은 다 걸려 있어요.」 러시아 미술 컬렉터 세르게이 슈킨은 프랑스 인상파 화가들이 주목받기 전부터 그들의 작품을 알아보고 사 모았다. 러시아 혁명으로 인해 프랑스에 정착한 그의 수집품을 러시아는 그의 사후 국유화했다. 당시 루이뷔통 재단 미술관에서 열렸던 전시 「현대 미술의 아이콘들, 슈킨 컬렉션 Icônes de l'Art moderne: La collection Chtchoukine」은 슈킨이 수집했던 작품 중 러시아 모스크바 푸시킨 미술관Pushkin Museum과 상트페테르부르크의 에르미타주 미술관Hermitage Museum에 있는 130여 점의 작품을 선보였던 것으로 관람객이 몰려 전시 기간을 연장했을 정도였다. 수준 높은 근현대 미술을 소개하는 루이뷔통 재단 미술관은 설립 3년 만에 관람객 350만 명이 방문한 파리의 랜드마크 미술관으로 자리 잡았다. LVMH는 『코네상스 데 자르Connaissance des Arts』란 아트 잡지도 펴내고 있는데, 파리의 주요 전시를 심층적으로 다루기 때문에 나는 서울에서도 2만 원이 넘는 비싼 돈을 주고 그 수입 잡지를 사 읽는다.

2018년 1월엔 파리에서 2주간 근속 휴가를 보내게 됐다. 파리에 사는 친구와 함께 찾아간 루이뷔통 재단 미술관의 전시는 「파리의 모마Etre moderne : Le MoMA à Paris」. 뉴욕 현대 미술관Museum of Modern Art에 있던 세계적 미술 작품 200여 점이 대서양을 건너 5개월 동안 파리에 걸렸다. 록펠러 가문 여성 등 세 명의 컬렉터가 단 84점의 작품을 소장한 가운데 1929년 시작한 모마는 이제 15만 점을 소장한 〈끝내주게 잘나가는〉 미술관으로 변신해 계속 공간을 확장하고 있다. 주요 걸작 200점이 파리로 잠시 날아갔던 것도 확장 공사 때문이었다. 모마와 루이뷔통 재단 미술관은 〈예술을 새로운 관점에서 보려하는 우리는 서로에 대한 믿음으로 협업하게 됐다〉고 했다.

역시나 미술사에서 유명한 작품들이 쟁쟁했다. 후기 인상파의 막을 연 세잔의 「목욕하는 사람Les Grandes Baigneuses」, 2012년 루이뷔통과 협업 제품을 내놓은 후 더욱 핫해진 구사마 야요이(草間彌生)의 「축적1 Accumulation No.1」, 브루스 나우먼Bruce Nauman 의 비디오 아트 「인간/필요/욕구Human/Need/Desire」 등. 친구와 내가 특별히 감탄했던 작품은 재닛 카디프Janet Cardiff의 설치 미술 「40 성부 모테트Forty Part Motet」였다. 하나의 방에 마흔 개의 스피커를 두고 관람객이 그 사이를 거닐면 소리가 나게 했는데, 소리와 소리가 만나 이루는 화음들을 듣고 있으니 영성 세계에 눈을 감고 앉은 느낌이었다. 그날 처음 루이뷔통 재단 미술관을 와본 친구는 〈우와, 천상의 소리다〉라고 말했다. 우리는 미술관 벽에 걸린 모마의 연표를 찬찬히 봤다. 모마는 유럽에서 자신들의 빛나는 역사를 마음껏 뽐내고, 루이뷔통 재단 미술관은 모마의 예술적 후광을 고스란히 얻고 있는 셈이었다. 미술과 럭셔리의 컬래버레이션은 서로의 고급스런 취향을 날실과 씨실처럼 나눠 짜는 작업이란 생각을 다시금 했다.

이 미술관이 불로뉴 숲 안에 건립이 추진될 때, 〈명품의 나라〉 프랑스에서도 시민의 숲에 상업주의 〈명품 미술관〉이 들어선다는 비난이 있었다. 그래서 아르노 회장은 장기 임차가 끝나는 55년 후엔 미술관을 파리시에 무상으로 귀속시킬 것을 약속했다. 길버트와 조지Gilbert & George, 장미셸 바스키아Jean-Michel Basquiat, 리처드 프린스Richard

Prince 등 그 자신이 소장한 세계적 작가들의 작품들을 미술관에 풀어 두었다. 아마추어 미술 애호가도 현대 미술을 향유하게 만들겠다는 의지였다. 루이뷔통으로서는 미래 세대 고객과 만나는 기막히게 근사한 방법이기도 하다.

우리나라에도 루이뷔통 재단 미술관 못지않은 미술관이 있다. 2004년 용산구 한남동에 세워진 삼성 미술관 리움이다. 세계적 건축가인 렘 콜하스Rem Koolhaas, 마리오 보타Mario Botta, 장 누벨Jean Nouvel이 설계해 연면적 3만 제곱미터 규모로 들어선 리움은 한국 고미술과 국내외 현대 미술의 보고이다. 그런데 국보급 150여 점을 포함해 1만 5,000점을 소장한 세계적 미술관이 2년 넘게 개점 휴업 중이다. 리움의 마지막 기획 전시는 2016년 9월부터 2017년 2월까지 진행한 「올라푸르 엘리아손: 세상의 모든 가능성」이었다. 2017년 3월 홍라희 전삼성 미술관 리움 관장과 홍라영 전 리움 총괄 부관장이 사퇴했기 때문이다. 최순실 국정 농단 사태와 관련이 있을 텐데 기업 미술관의 태생적 한계를 감안하더라도 미술 애호가들에겐 안타까운 일이다. 〈서울에 가면 꼭 리움에 가서 전시를 본다〉라고 말하던 해외 인사들의 얼굴이 떠올라 나도 아섭다.

2017년 6월 30일 세계 최대의 스타트업 캠퍼스인 스타시옹 에프 개관식에는 에마뉘엘 마크롱 대통령과 안 이달고 파리 시장 등이 참석해 연설을 했다. 토크 콘서트 형식으로 진행된 이 행사에서 이들은 무대 밑에 서서 흐뭇하게 웃고 있던 한 남성에게 개관의 영광을 돌렸다. 2억 5,000만 유로(약 3,250억 원)의 사비를 들여 이곳을 만든 그자비에 니엘 프리 모바일 회장이다. 그런데 그의 바로 옆에는 그만큼이나 키가 큰 여성이 스타시옹 에프의 개관을 함께 기뻐하고 있었다. 그녀의 이름은 델핀 아르노. 한 번의 결혼과 이혼 후 2010년부터 니엘 회장과 동거 중인 그녀는 베르나르 아르노 회장의 장녀이자 본인도 LVMH의 이사로 있다. 루이뷔통의 주요 크리에이티브 디렉터들을 발굴해 키웠고, 스타시옹 에프의 220제곱미터 규모에 LVMH 스타트업 프로그램도 운영한다.

그러니까 〈혁신의 나라, 스타트업의 나라〉를 외치는 마크롱 대통령은 세계 4위 부자인 아르노 가족 네트워크의 든든한 후원을 등에 업고 있는 셈이다. 이뿐 아니다. 〈프랑스=혁신의 나라〉 공식을 만드는 데 기여한 글로벌 스타트업 행사 비바 테크놀로지의 후원 언론사는 경제 전문지 『레 제코』인데, 이 신문의 주인이 바로 LVMH 그룹이다. 비바 테크놀로지가 열리는 동안 관련 특집판을 냈던 일간지 『르 파리지앵 *Le Parisien*』도 LVMH 그룹이 소유주(2015년 인수)이다.

통신 재벌이자 프랑스에서 여덟 번째 부자인 니엘 회장도 언론사 주다. 그것도 프랑스 언론을 대표하는 세계적 일간지 『르 몽드』의 주인이다. 2010년 경영 위기에 몰렸던 『르 몽드』를 살린 새 지배 주주는 3명이라 〈트리오〉로 불렸다. 세계적 패션 디자이너 이브 생로랭의 동업자이며 문화 사업가인 피에르 베르제, 은행가 마티외 피가스Matthieu Pigasse 그리고 니엘 회장이다. 2010년 당시 니콜라 사르코지Nicolas Sarkozy 대통령은 사회당 지지자인 이들의 『르 몽드』 인수를 노골적으로 반대했지만 『르 몽드』 기자 조합은 신문 독립을 수호할 자본으로 이들 트리오를 택했다. 베르제가 2017년 세상을 뜨자 나머지 둘은 베르제의 지분도 사들였다. 『르 몽드』는 주간지 『르 누벨 옵세르바퇴르 *Le Nouvel Observateur*』를 2014년 사들여 이름을 『롭스』로 바꿨다. 그러니까 니엘 회장은 『롭스』의 주인이기도 하다. 『르 몽드』 산하에는 『텔레라마 *Télérama*』라는 문화 연예 잡지도 있다.

프랑스에서 재벌의 미디어 소유는 심화되고 있다. 프랑스 부자 1~3위(2018년 기준)가 모두 언론사주다. 프랑스에서 두 번째 부자인 프랑수와앙리 피노François-Henri Pinault 케링Kering 그룹 회장은 일간지 『르 푸앵*Le Point*』의 소유주다. 케링 그룹은 생로랑, 구찌Gucci 등의 브랜드를 거느린 럭셔리 기업이다. 프랑스에서 세 번째 부자인 전투기 제조 그룹 다소Dassault의 세르주 다소Serge Dassault 회장은 2018년 5월 93세의 나이로 타계했는데 다소 그룹은 보수 일간지 『르 피가로 Le Figaro』의 주인이다. 이 밖에도 『디렉트 스와르 Direct Soir』는 프랑스에서 일곱 번째 부자인 뱅상 볼로레Vincent Bolloré 회장의 볼로레Bolloré 그룹, 『파리 마치 Paris Match』는 라가르데르Lagardère 그룹이 소유한다. 최대 민영 TV 채널인 TF1의 주인은 프랑스의 세계적 건설 업체인 부이그Bouygues 그룹이다.

프랑스에서 최근 관심을 받는 부자 중 한 명은 파트리크 드라이Patrick Drahi다. 그가 회장으로 있는 통신 그룹 알티스Altice 산하의 이동 통신사 SFR은 프랑스의 권위 있는 지성지로 통하던 『리베라시옹 Libération』과 『렉스프레스L'Express』를 인수한데 이어 24시간 뉴스 채널 BFM TV와 라디오 방송 RMC 지분까지 인수하면서 방송과 통신 융합 시대의 미디어 공룡으로 나서고 있다. 스위스 거주자로 탈세가 의심되는 드라이 회장이 당시 프랑수와 올랑드François Hollande 대통령의 부탁을 받아 친정부 성향의 미디어들을 사들였다는 시각이 많았다. 그는 〈SFR 프레스Presse〉 모바일 애플리케이션도 만들어 『렉스프레스』와 BFM TV뿐 아니라 『르 주르날 뒤 디망슈 Le Journal du Dimanche』, 『오주르디 앙 프랑스 Aujourd'hui en France』과 같은 미디어들의 뉴스를 전하고 있다.* 이렇게 프랑스 언론이 몇몇 부자에 의해 경영되다 보니, 친기업과 친부자 성향으로 분류되는 마크롱 대통령이 이래저래 미디어의 도

---

* 마리 베닐드. 통신이 신문을 집어삼킬 때. 『르 몽드 디플로마티크』, 2017. 9.

움을 받는다는 얘기가 나오는 것이다.

프랑스의 네다섯 번째 부자는 프랑스 럭셔리를 대표하는 샤넬의 최대 주주다. 알랭 베르트하이머Alain Wertheimer와 제라드 베르트하이머Gérard Wertheimer 형제다. 이들 형제는 창업자 가브리엘 샤넬과는 아무 상관이 없으며 화장품 회사 부르조아Bourjois의 소유주인 이 가문이 백화점 갤러리 라파예트Galeries Lafayette의 창립자 소개로 샤넬을 만나면서 인연을 맺게 됐다. 그런데 1910년 파리에서 영업을 시작한 이래 경영 실적을 공개하지 않았던 샤넬이 108년 브랜드 역사상 처음으로 2018년 6월 실적을 공개했다. 샤넬은 2017년 한 해 동안 96억 2,000만 달러의 매출을 올렸고(전년 대비 11.5퍼센트 증가), 영업 이익은 27억 달러, 매출 대비 영업 이익률은 28퍼센트였다. 샤넬의 매출은 루이뷔통에는 뒤지며 구찌와 에르메스Hermès에는 앞선 것이다. 샤넬은 패션, 시계, 보석, 와인 등의 각 부문으로 경영되고 있다. 블룸버그Bloomberg 통신은 베르트하이머 형제의 지분 가치가 각각 230억 달러(약 25조 원)로 세계 부자 순위에서도 40위 안에 들 것이라고 분석했다.[*]

샤넬의 주주들도 혁신의 아이콘이다. 1930년대 전성기를 맞았던 샤넬 브랜드는 1971년 창업자인 코코 샤넬이 세상을 뜨면서 옛날 브랜드로 여겨지기 시작했다. 그때 샤넬 주주들이 꺼내 든 카드는 새로운 디자이너의 영입이었다. 1983년 샤넬에 합류한 독일 출신의 디자

---

[*] 유승호, 108년 만에 실적 공개한 샤넬…… 매출 100억 달러 육박, 『한국경제』, 2018. 6. 23.

이너 카를 라거펠트는 여태껏 끊임없이 젊은 기운을 불어넣으며 샤넬을 최고급 럭셔리로 재탄생시켰다. 나는 2015년 브뤼노 파블로프스키Bruno Pavlovsky 샤넬 패션 부문 사장과 인터뷰하면서 라거펠트가 어떤 사람인지 질문했었다. 「라거펠트는 전 세계에서 어떤 일이 일어나는지 항상 촉각을 세운다. 과거에서 특정한 것을 가져와 미래를 준비하고, 창조에 대해 끊임없이 갈구한다. 그가 일단 영감을 얻으면 그의 팀이 함께 형태를 만들어 나간다. 그와 지적인 친밀감을 느끼며 일하는 게 기쁘다.」

라거펠트의 영감이 지나치게 창의적이라 경영에 반영하지 못할 때도 있지 않을까. 파블로프스키 사장은 함박웃음을 짓더니 말했다. 「내가 맡은 1차적 책임은 라거펠트와 그의 팀이 새로운 컬렉션을 잘 성공시킬 수 있도록 지원하는 것이다. 〈하지 말라〉라고 하는 게 아니라 원하는 방향으로 나아갈 수 있도록 도움을 준다. 그래야 창의성을 활발하게 가질 수 있다. 2차적 책임은 제품이나 광고, 쇼룸 디스플레이를 통해 전 세계 샤넬 부티크가 가장 아름답게 고객에게 다가설 수 있도록 최적화하는 일이다. 우리의 가장 큰 관심은 샤넬이 매력적인 브랜드로 반짝이면서 고객들을 놀라게 하는 것이다. 고객이 샤넬을 싫어할 수도 있다. 그러나 다시 관심을 갖고 돌아오게끔 만든다.」[*] 미디어와 럭셔리, 프랑스 부자 네트워크를 이루는 중요한 두 개의 축이다.

---

[*] 김선미, 고객이 샤넬 싫어할 수도 있다. 그러나 다시 관심 갖고 돌아오게 만든다, 『동아일보』, 2015. 5. 11.

통신 재벌이자 프랑스에서 여덟 번째 부자인 니엘 회장도 언론사주다.
그것도 프랑스 언론을 대표하는 세계적 일간지 『르 몽드』의 주인이다.

사진 장프랑수아 로베르 Jean-François Robert

제
3
장

젊은
정치

o
o o

프랑스의 논쟁적 작가 미셸 우엘베크는 말했다.
〈마크롱의 선거 캠페인은 쇠락의 길을 걸어온 프랑스 사람들을
긍정주의로 바꾸는 그룹 테라피였다.〉

수탉이 젊어졌다

2018년 7월, 프랑스 축구 팀인 레 블뢰Les Bleus(파란색 군단이라는 뜻의 프랑스 축구 팀 별칭)가 러시아 월드컵 우승 트로피를 거머쥐었다. 1998년 프랑스 월드컵에서 우승한 지 꼭 20년 만에 우승컵을 되찾은 것이다. 현장에서 재킷 상의를 벗고 날렵한 셔츠 차림으로 이 경기를 응원하던 에마뉘엘 마크롱 대통령은 우승이 확정되자 자리에서 일어나 주먹을 불끈 쥐고 환호했다. 대표 팀도 대통령도 다 젊었다. 기뻐 춤을 추는 대표팀 11명의 평균 나이는 26세, 프랑스를 우승으로 이끈 대표 팀의 스타 공격수 킬리앙 음바페Kylian Mbappé는 불과 19세였다. 시상식 때 갑자기 내린 폭우를 우산 없이 몸으로 맞으며 선수들을 껴안고 격려하는 마크롱 대통령과 디디에 데샹Didier Deschamps 대표 팀 감독은 40대였다.

프랑스 대표 팀의 상징은 갈리아 수탉이다. 프랑스의 국조가 수탉인 까닭이다. 프랑스 패션 브랜드 르 코크 스포르티프Le Coq Sportif의 〈르 코크〉가 바로 수탉이다. 한동안 축구뿐 아니라 정치 사회적으로

〈늙은 수탉〉이란 비아냥거림을 들었던 그 수탉이 젊어졌다.

내가 마크롱에 대해 처음 관심을 갖게 된 것은 그가 프랑수아 올랑드 시절 프랑스 경제산업디지털부 장관을 맡고 있던 2016년 1월이다. 당시 미국 라스베이거스에서 세계 최대 가전 쇼인 CES가 열렸는데 느닷없이 〈프랑스의 CES 침공〉이 뉴스가 된 것이다. 각국에서 500여 개의 스타트업이 참가해 신제품과 신생 서비스를 선보인 유레카 파크Eureka Park 전시장은 온통 붉은색 수탉 그림으로 뒤덮였다. 프랑스 정부가 추진하는 정보 통신ICT 산업 육성 프로젝트인 〈라 프렌치 테크〉의 수탉 로고를 프랑스 스타트업들이 일제히 전시 부스에 달았기 때문이다. CES를 취재하던 미디어들의 시선이 젊은 프랑스, 활기찬 수탉의 모습으로 향했다. 이 프로젝트를 진두지휘했던 게 당시 30대의 마크롱 장관이었다. 그는 CES 현장에서 말했다. 〈기업가entrepreneur라는 말은 본래 프랑스어입니다. 프랑스야말로 혁신 국가입니다.〉

나는 마크롱이 주도했던 라 프렌치 테크라는 조어에도 흥미를 느꼈다. 영어 〈더The〉에 해당하는 프랑스 정관사 〈라La〉와 프랑스 기술을 뜻하는 영어 〈프렌치 테크French Tech〉를 결합시킨 것이다. 이 새로운 단어에서는 〈영어를 할 줄 알아도 프랑스어로 묻지 않으면 대답하지 않겠다〉고 하던 과거 프랑스인들의 콧대를 찾아볼 수 없다. 뭔가 바꿔 보겠다는 의지가 느껴졌다. 프랑스가 역사적으로 중앙 집권 성격이 강한 국가라 할지라도, 〈경제, 산업, 디지털〉이라는 거대한 경제 영역을 한 부처가 담당하고 그 수장을 30대 젊은 장관이 맡았다는 점도 놀라웠다.

그로부터 10개월 후인 2016년 11월, 프랑스에서 1년 연수를 할 때 한국의 교보문고와 비슷한 대형 서점 프나크Fnac의 신간 코너에서 『혁명Révolution』이라는 제목의 책을 보게 됐다. 〈프랑스를 위한 우리의 투쟁 C'est notre combat pour la France〉이라는 문구가 적혀있는 책 뒷면에는 에마뉘엘 마크롱 전 경제산업디지털부 장관이 환하게 웃는 사진이 실려 있었다. 그의 자서전이었다. 당시 그는 전진을 의미하는 〈앙 마르슈!En marche!〉라는 신당을 갓 만든 프랑스 대선 레이스의 신인에 불과했지만 나는 그 책을 구입했다. 장관 시절 스타트업과 혁신을 강조하던 그의 활약을 알고 있던 데다가 책의 첫 부분이 의미심장했다.

〈우리는 새로운 시대에 직면했다. 세계화, 디지털화, 불평등의 확대, 기후 위기, 지정학적 충돌과 테러리즘, 유럽의 쇠퇴, 서구 사회의 민주적 위기, 사회의 심장부에 도사리는 불신……. 세상이 대혼란과 격변으로 가득 찬 징후들이다. 우리는 현실을 직시하고 거대한 변화에 대해 논의해야 한다.〉 시간 내서 남의 나라 대선 후보의 책을 읽고 있으니 기왕이면 대통령으로 당선돼도 좋겠다고 막연히 생각했는데 그는 정말로 대통령이 됐다.

마크롱은 책의 첫 장 〈나는 누구인가〉를 통해 그간 살아온 이력을 기술하고 있었다. 〈나는 서른여덟 살이다〉(2016년 당시)로 시작하는 글에 따르면 그는 1977년 프랑스 북부의 소도시 아미앵에서 의사 부부의 아들로 태어나 유복하게 자랐다. 그의 남동생 로랑과 여동생 에스텔도 각각 심장병과 신장병 전문의다. 책을 읽어 보면 마크롱은 초년과 청년 시절 두 명으로부터 큰 영향을 받았다. 그의 할머니와 스승인 철학자 폴 리쾨르Paul Ricœur이다. 마크롱은 어린 시절 할머니와 많은 시간을 보냈다. 몰리에르Molière, 장 라신Jean Racine, 조르주 뒤아멜Georges Duhamel 등 할머니가 좋아한 작가들의 책을 소리 내어 읽었다고 한다. 책 속에 파묻혀 지냈던 소년의 취향은 피아노와 연극으로도 이어졌다.

파리 낭테르 대학에서 철학을 전공할 때에는 이 대학 철학과 교수인 폴 리쾨르의 집필을 돕는 자료 조사를 했다. 리쾨르를 만나기 전까지는 그의 글을 읽어 보지 않았다는 마크롱은 2년 남짓 그의 문하에서 〈텍스트를 통해 어떻게 생각하는지를 배웠다〉고 썼다. 리쾨르는 생존 당시 자크 데리다Jacques Derrida, 위르겐 하버마스Jürgen Habermas와 더불어 〈살아 있는 3대 철학자〉로 통했던 석학으로, 다양한 사상의 해석에서 발생하는 갈등을 중재해 대화의 철학자로 불린다.

리쾨르 재단의 운영자였던 철학자 올리비에 아벨Olivier Abel은 이런 분석을 내놓았다. 〈마크롱 대통령은 연설할 때《이와 동시에 en même temps》라는 표현을 자주 반복한다. 예를 들어 노동 시장 자유화와 취약 계층 보호라는 양립하기 힘든 두 가치를 이야기할 때 이 말을 쓴다. 리쾨르의 영향을 받은 수사학으로 보인다.〉* 마크롱의 학창 시절 친구인 마르크 페라치Marc Ferracci 시앙스포 교수도 비슷한 말을 했다. 〈마크롱은 리쾨르부터 국가가 모든 것을 다 할 수는 없다는 것을 배웠다. 부의 재분배 이전에 기업 친화적 정책들이 필요하며 불평등 완화를 위해 복지 혜택만으로는 충분하지 않다는 것도 깨달았다.〉**

* Joe Humphreys, Paul Ricoeur: The philosopher behind Emmanuel Macron, The Irish Times, 2017. 5. 30.

마크롱은 좌파 사회당인 프랑수아 올랑드 정부에서 경제산업디지털부 장관을 맡아 우파 경제 개혁을 주도하다가 사직서를 내고 출마했다. 〈좌도 우도 아니다〉라는 구호를 내걸고 침체된 경제에 지친 프랑스 유권자들에게 다가갔다. 스승 리쾨르로부터 전수받은 〈통합의 사상〉적 영향을 정치로 구현하겠다고 나선 것이다. 그는 제조업 부활을 통한 경제 살리기와 일자리 창출, 환경 문제 해결, 미래 세대에 대한 투자, 유러피언 드림의 재건 등을 강조했다.

파리에 살면서 프랑스 대선 레이스를 지켜보는 건 흥미진진했다. 2016년 11월 프랑스 제1야당인 중도 우파 공화당의 대선 경선 1차 투표에서 니콜라 사르코지 전 대통령이 먼저 낙마했다. 당시 급상승세를 보이며 1위를 차지했던 프랑수아 피용François Fillon 전 총리는 그로부터 1주일 후 알랭 쥐페Alain Juppé 전 총리를 꺾고 공화당 대선 후보가 됐지만 아내의 위장 취업 의혹 스캔들이 터지며 세력이 꺾였다. 극우 정당인 국민 전선FN의 마린 르펜Marine Le Pen 후보와 공화당 피용 후보에 밀려 결선 투표에 오를 가능성이 희박하던 마크롱에게 호재가 된 것이다.

출마한 대선 후보 11명의 선거 포스터가 곳곳에 붙기 시작했다. 5명의 주요 후보만 참여했던 2017년 3월 1차 TV 토론과 달리, 4월 2차 TV 토론에는 대선 후보 11명이 다 나왔다. 이 토론은 〈각 후보가 한 번에 1분 30초씩 평균 17분밖에 발언하지 못해 어수선했다〉는 평가

** Anne-Sylvaine Chassany, Emmanuel Macron, France's providential man on the move, The Financial Times, 2017. 4. 28.

를 받기도 했지만, 대선 후보 전원이 TV 토론에 참여한 건 프랑스 선거 사상 처음이었다. 프로그램을 공동 주최한 프랑스 민영 BFM TV와 C NEWS는 유권자들에게 정책을 알릴 기회를 모든 후보에게 균등하게 제공하고 싶었다고 했다.

프랑스 대선은 두 번의 투표로 이뤄진다. 1차 투표에서 과반수의 표를 얻은 후보가 없으면 최다 득표자 두 명을 대상으로 결선 투표를 한다. 지금껏 1차에서 대통령이 당선된 경우는 없다. 2017년 4월 23일 1차 투표에서 1, 2위였던 앙 마르슈!의 마크롱 후보(24퍼센트)와 국민전선의 마린 르펜 후보(22퍼센트)가 5월 7일 2차 투표에서 격돌했다.

그런데 1차 투표 직전 막판 돌풍을 일으켰던 후보가 있다. 〈굴복하지 않는 프랑스〉 정당의 장뤼크 멜랑숑Jean-Luc Mélenchon이었다. 모로코에서 태어나 마오쩌둥의 인민복을 즐겨 입는 그는 엘리트주의의 대척점에 서서 지향하는 바가 명확했다. 반자유 무역, 반세계화의 기치 아래 최저 임금 인상, 주 4일 근무, 올랑드 정부에서 마크롱 장관이 노동 시장 유연화를 위해 개정한 노동법 폐지 등을 공약으로 내세웠다. 당시 내가 프랑스에서 만났던 젊은이들과 택시 운전사들은 〈멜랑숑이 이 사회의 불평등을 해결할 수 있을 것 같다〉는 기대감을 보였다. 이민자를 다 내쫓을 듯한 마린 르펜은 두렵고, 성장과 경제적 기회의 평등을 동시에 잡겠다는 젊은 마크롱은 뜬구름 얘기를 하는 것 같다고도 했다. 대선 2차 TV 토론 후 여론 조사에서 가장 설득력 있는 후보로 꼽힌 것도 멜랑숑이었다. 투표일이 가까워 올수록 나는 〈이러다가 르펜과 멜랑숑, 좌우 포퓰리즘 간 대결이 되겠다〉는 생각도 했다.

하지만 프랑스 국민의 최종 선택은 마크롱이었다. 1차 투표에서 르펜을 이기고 1위를 차지한 마크롱은 2차 투표에서 여유 있게 르펜을 제쳤다. 노동 개혁을 추진하면서 복지는 강화한다는, 양립하기 어려워 보이는 젊은 마크롱의 〈제3의 길〉에 프랑스 국민은 일단 희망을 걸어 본 것이다. 프랑스의 논쟁적 작가 미셸 우엘베크Michel Houel-lebecq는 말했다. 〈마크롱의 선거 캠페인은 쇠락의 길을 걸어온 프랑스 사람들을 긍정주의로 바꾸는 그룹 테라피였다.〉*

* Michel Rose, Macron the mould-breaker-France's youngest leader since Napoleon, www.reuters.com, 2017. 5. 8.

〈프랑스를 위한 우리의 투쟁〉이라는
문구가 적혀있는 책 뒷면에는
에마뉘엘 마크롱 당시 전 경제산업디지털부
장관(현 대통령)이 환하게 웃는 사진이
실려 있었다. 그의 자서전이었다.

Emmanuel Macron

Révolution

C'est notre combat pour la France

Extraits   XO

프랑스 국민은
젊은 대통령 마크롱에게
희망을 걸었다.

대통령의 단골 양복점

2017년 6월 프랑스 파리 2구 아부키르가 19번지. 스마트폰의 구글 맵 애플리케이션을 켜서 찾아간 건물 벽면에는 조나스 에 시에Jonas & Cie 라는 작은 초록색 간판이 붙어 있었다. 이곳이 대통령의 단골 양복점 이라니……. 에마뉘엘 마크롱의 단골 양복점 조나스 에 시에는 간판이 어른 손바닥 두 개 크기 정도로 작아서 하마터면 못 찾고 지나칠 뻔했 다. 파리에서의 1년 연수가 한 달 정도밖에 남지 않아 일부러 찾아간 곳이었다. 불과 한 달 전 프랑스 제25대 대통령(제5공화국의 여덟 번 째 대통령)으로 당선된 마크롱 대통령이 몇 년 전부터 이곳에서 옷을 사 간다는 신문 기사를 읽었기 때문이다.

양복점은 2층에 있었다. 오래된 프랑스 건물의 계단을 걸어 올랐 다. 입구에서 이어지는 좁다란 통로에는 역시나 마크롱 대통령 부부를 비롯해 프랑스 유명 정치인들의 방문 사진이 벽면에 가득 걸려 있었 다. 도미니크 스트로스칸Dominique Strauss-Kahn 전 IMF 총재, 마티아스 페클Matthias Fekl 전 프랑스 내무 장관 등.

오전 10시로 다소 이른 시간이었음에도 이미 고객이 10여 명 와 있었다. 20대 후반에서 40대 초반까지로 보이는 젊은 분위기의 남성들이었다. 수수한 분위기였다. 벽면의 옷걸이에는 재킷, 바지, 조끼, 셔츠, 홀 중앙 테이블에는 구두, 양말, 넥타이, 스카프, 계산대 옆에는 가죽 벨트가 진열돼 있었다. 정장 한 벌에 대개 350유로(약 45만 원), 넥타이는 30유로(3만 9,000원), 가죽 벨트는 50유로(약 6만 5,000원). 꽤 합리적인 가격표를 달고 있었다. 재킷과 바지의 모양새는 클래식하면서도 날씬했고, 셔츠의 색감은 하늘색과 분홍색 등 경쾌했다.

가만히 보니, 처음 지나쳐 온 통로 맞은편이 맞춤 장인들의 작업 공간이었다. 이 양복점은 기성복 이외에도 주문부터 완성까지 약 5주일이 걸리는 맞춤복을 550유로(약 71만 5,000원)에 판매하고 있었다. 줄자를 들고 한 손님의 팔 길이를 재던 로랑 투불Laurent Touboul 사장을 만났다. 그는 1980년부터 아버지 장클로드 투불Jean-Claude Touboul과 함께 이 양복점을 열어 37년째 양복을 만들어 팔고 있다. 그에게 다가가 말했다.

「안녕하세요. 이 집에 정치인 단골이 많다고 들었습니다.」

「보시면 아시겠지만, 이곳에서는 불필요한 시선에 신경 쓰지 않고 편안하게 옷을 고를 수 있어요. 손님들이 우리에 대한 신뢰를 갖고 있다고 생각합니다.」

투불 사장에게 〈마크롱의 취향〉을 물었더니 하나하나 옷을 꺼내 보여 준다. 잉글리시 포켓(가슴 왼쪽에 두 개, 오른쪽에 한 개의 주머니)이 달린 짙은 푸른색 정장과 흰 셔츠, 작은 점무늬의 푸른색 넥타이다. 주목할 점은 넥타이 폭이 6.5센티미터로 좁다는 것. 남성복이 발달

한 이탈리아에서부터 클래식으로 통하던 넥타이의 폭은 주로 8~9센티미터였다. 그런데 만 39세의 젊은 대통령이 6.5센티미터 폭의 넥타이를 자주 매면서 프랑스에서는 좁다란 넥타이가 유행이 된 것이다.

마크롱의 젊은 스타일은 2017년 대선 후보 시절 표심을 얻는 데 상당히 유리하게 작용했다. 한 벌에 40만 원대인 비교적 〈착한 가격〉과 몸에 약간 달라붙는 재단 방식의 양복이 〈마크롱=소탈하고 젊은 정치인〉의 이미지를 만들어 냈다. 그의 경쟁 후보였던 공화당의 프랑수아 피용이 파리의 최고급 부티크에서 4만 8,500유로(약 6,300만 원) 상당의 양복을 샀고 심지어 돈은 친구가 대신 냈다는 한 주간지의 보도가 터져 나온 것과 대조되는 모습이었다. 피용은 15년간 아내를 의회 보좌관으로 허위 채용해 세비를 횡령했다는 의혹까지 받았던 터라 이 〈양복 스캔들〉 이후 지지율이 뚝 떨어졌다.

마크롱의 아내 브리지트 마크롱Brigitte Macron의 스타일도 〈젊다〉. 마크롱 대통령이 고등학생일 때 자신의 연극 교사였던 브리지트 트로뇌Brigitte Trogneux와 사랑에 빠져 온갖 반대를 무릅쓰고 15년 후 결혼한 일화는 유명하다. 그들이 처음 만났을 때 브리지트는 마크롱보다 25세 많은, 아이 셋의 엄마였다. 그녀는 세간의 시선에 아랑곳없이 이혼을 하고 마크롱을 택했다.

현재 60대 중반인 브리지트의 스타일은 프랑스 여성들을 매료시킨다. 운동으로 다져진 군살 없는 다리, 푸른색 스커트 정장과 베이지색 하이힐의 세련된 매치, 스모키 눈 화장과 옅은 베이지 핑크색의 립스틱, 날씬한 스키니 진 등. 나는 럭셔리 브랜드에서 일하는 파리지엔 친구들을 만날 때마다 브리지트를 어떻게 생각하는지 물어봤다. 〈진정한 파리지엔이지.〉〈브리지트를 보면 나이는 숫자에 불과해.〉〈자기 관리에 철저한 브리지트를 보면 내 스스로를 반성하게 된다니까.〉

마크롱도 그의 자서전에서 〈브리지트는 지금껏 단 하루도 운동을 게을리하지 않는다〉고 썼다. 브리지트는 루이뷔통에서 무료 협찬을 받아 공식 석상에서 거의 대부분 루이뷔통 패션을 선보이고 있다. 사르코지 시절에는 영부인 카를라 브루니가 크리스티앙 디오르의 옷을 자주 입었다. 모델 출신인 브루니가 빨간색과 보라색, 우아한 실크 드레스를 선보였다면 브리지트는 파란색과 흰색, 무릎을 드러내는 깨끗한 실루엣의 스커트 정장으로 젊고 역동적인 프렌치 여성의 이미지를 발산하고 있다. 〈프랑스의 제인 폰다Jane Fonda〉라는 말도 듣는 그녀는 청바지와 스니커즈도 잘 활용할 줄 안다. 2018년 8월 덴마크를 방문했을 때엔 흰색 루이뷔통 애프터 게임 스니커즈를 신어 젊은 감각을 한껏 드러냈다.

영국 일간지 『가디언 The Guardian』은 〈왜 브리지트 마크롱은 역대 프랑스 퍼스트레이디 중 가장 사랑받나〉라는 기사를 실었다.* 내조를 잘하지만 신중하고 독립적이며, 강인하지만 정치적 야심은 없는 브리지트의 스타일이 여성들의 마음을 사로잡는다는 얘기였다. 프랑스 주간지 『파리 마치』의 설문 조사에서도 응답자의 67퍼센트는 브리지트에 대해 〈매우 좋은〉 의견을 나타냈다고 한다. 가디언은 〈브리지트는 지금껏 우울하거나 화난 모습을 보여 준 적이 없다〉며 〈그녀가 매일

---

* Agnès Poirier, Why Brigitte Macron is the most loved French first lady for years, The Guardian, 2018. 8. 4.

아침 남편과 함께 파리 곳곳을 걷는 습관이 마크롱 대통령으로 하여금 보다 명료하게 생각하고 사람들을 만나 생각을 나누게 한다〉고도 썼다.

　40대 초반의 젊은 대통령과 그 누구보다 젊은 감각의 퍼스트레이디. 이 부부의 스타일은 『보그』나 『하퍼스 바자』와 같은 글로벌 패션 잡지들도 집중해 다루고 있다. 나는 파리에서 1년간 럭셔리 패션 비지니스를 공부했다. 각국에서 모인 학생들과 파리지앵 강사들이 한국의 패션에 깊은 관심을 보였다. K팝과 K뷰티가 세계의 이목을 끌고 있는 지금, 우리는 왜 〈청와대 패션〉에 이를 잘 적용하지 못할까.

간판이 작아
하마터면 찾지 못할 뻔한
〈대통령의 단골 양복점〉.

투불 사장에게 〈마크롱의 취향〉을 물었더니
하나하나 옷을 꺼내 보여 준다.
잉글리시 포켓이 달린
짙은 푸른색 정장과 흰 셔츠.
작은 점무늬의 푸른색 넥타이다.

양복점은 2층에 있었다.
마크롱 대통령 부부를 비롯해
프랑스 유명 정치인들이
이곳에 단골로 드나들며 옷을 사 간다.

마크롱의 〈혁명〉

에마뉘엘 마크롱은 경제를 잘 아는 대통령이다. 그는 프랑스의 명문 고등학교인 앙리 4세 고교, 파리 낭테르 대학, 시앙스포, 국립 행정 학교ENA*를 나온 뒤 프랑스 재정 감사 총국과 로스차일드Rothschild 투자 은행을 거쳐 2012년 정부에 합류했다. 그가 공직에 입문하는 과정에서 주요한 역할을 했던 인물이 있다. 한국에도 잘 알려진 프랑스 석학 자크 아탈리Jacques Attali이다. 프랑수아 미테랑 대통령의 국정 자문이었던 아탈리는 니콜라 사르코지 정부에서 성장 촉진 위원회 위원장을 맡고 있던 2007년 마크롱을 소개받아 이 위원회의 문서 보고 담당 부책임자로 임명했다. 마크롱은 당시를 이렇게 회고한다. 〈이 위원회는 나에게 프랑스를 만드는 지식인, 공무원, 기업가 들을 만나고 그들을 통해 배우는 동시에 다양한 주제에 관심을 두게 된 기회였다.〉

마크롱은 이후 프랑수아 올랑드 차기 대통령을 위한 경제 업무를

---

*   Ecole Nationale d'Administration.

맡았고, 올랑드가 2012년 대선에서 승리하자 아탈리의 추천을 받아 경제수석비서관으로 엘리제궁에 입성했다. 2014년부터 경제산업디지털부 장관을 맡다가 앙 마르슈!를 창당해 2017년 5월 14일 프랑스 제25대 대통령이 되었다.

마크롱은 기업인들의 전폭적 지지를 얻는 대통령이기도 하다. 그는 로스차일드 투자 은행의 인수와 합병 전문가로 일하며 기업들에 많은 수익을 올려 줘 〈금융의 모차르트〉라는 찬사를 받았다. 그런데 갓 정당을 만들어 소속 국회 의원도 없던 정치 신예 마크롱은 대선 후보 시절 언론 매체에 자주 등장했다. 『르 몽드』, 『레 제코』, 『르 파리지앵』 등 프랑스의 유력 언론들이 마크롱과 친한 프랑스 부자 기업인들 소유이기 때문 아니겠냐는 이야기들이 나왔다.

마크롱은 1804년 황제 대관식을 올릴 당시 35세였던 나폴레옹 보나파르트 이후 프랑스 역사상 가장 젊은 지도자가 됐다. 역시나 그는 거침이 없었다. 경제산업디지털부 장관을 지내던 2015년에 주 35시간 근무를 완화하고 국제 관광 지구 내 상점에서는 일요일과 야간 영업을 허용하는 등의 경제 개혁법(일명 마크롱 법)을 추진했다. 온갖 반대 여론이 들끓었지만 의원들을 일일이 설득해 이 법을 결국 의회에서 통과시켰다. 그는 확고했다. 기업을 돕는 정책은 부자가 아닌 국가를 위한 것이며, 기업을 지키지 않으면서 노동자를 보호할 수 있다고 생각하는 것은 오산이라는 주장이다. 이러한 그의 신념은 그가 대선 후보로 나서면서 2016년 출간했던 자서전 『혁명』에도 여러 차례에 걸쳐 나온다.

〈프랑스에서 기업가 정신이 꽃피우기 위해 내가 바라는 것이 두 가지 있다. 첫째는 리스크 감수를 보상하는 세법이고, 둘째는 재능과 혁신으로부터 부를 이루는 것이다. 현행 부유세를 포함한 프랑스의 세법이 자신들의 노력으로 기업과 혁신 분야에서 부를 이루고 투자하는 이들에게 불이익을 주어서는 안 된다. (중략) 프랑스의 노동 관련 규정은 지나치게 경직돼 있다. 모든 규정이 법률로 명시돼 있기 때문에 모든 산업 분야에 동일하게 적용된다. 말도 안 되는 일이다. 우리는 이미 주당 근무 시간 35시간 적용이 어떤 결과를 낳았는지 목격했다. 어떤 기업은 35시간 근무로 충분하지만 어떤 기업은 부족할 수 있다. 근무 시간을 늘리고 줄이는 건 노사 양측이 협상을 통해 결정해야지 법률로 강제할 일이 아니다.〉

취임 이후 마크롱은 〈친기업, 친EU〉의 기치를 내걸고 〈프랑스 주식회사〉의 판매원처럼 행동했다. 2018년 1월엔 글로벌 기업인들을 대거 베르사유궁으로 초대해 그 자리에서 41억 달러(약 4조 5,500억 원)의 투자와 2,200개의 일자리를 유치했다. 스타트업 창업가와 투자자들을 프랑스에서 살면서 일할 수 있게 하는 〈프렌치 테크 비자〉를 홍보하고, 〈부유세〉는 사실상 폐지해 파리를 유럽의 금융 중심지로 만들겠다고 강조했다. 그해 5월 글로벌 스타트업 행사인 제3회 비바 테크놀로지에서 열정적으로 프랑스를 홍보하는 그를 현장에서 보면서 나는 그의 개혁 의지를 강하게 느꼈다.

마크롱은 노동 시장 유연화와 법인세 인하 등 친기업 정책을 질풍노도처럼 추진했다. 국철 경영 효율화와 공무원 감축처럼 과거 프랑스 대통령들이 감히 손대지 못했던 개혁들도 줄줄이 예고했다. 1937년 국유화된 이래 방만과 비효율의 대명사였지만 어느 정권도 건드리지 못했던 프랑스 국영 철도 공사SNCF에도 손질을 가했다. SNCF 노조가 마크롱 개혁안에 맞서며 2018년 4월부터 1주일에 이틀씩 대규모로 파업을 하며 맞설 때 나는 프랑스로 출장을 갔었다. 〈마크롱 대통령도 SNCF엔 도리가 없겠지〉라고 생각했다. 그런데 그는 전국적 파업에도 불구하고 노조원들의 신분 보장과 복지를 줄이는 개혁안을 끝내 관철시켰다.

자신의 임기가 끝나는 2022년까지 유럽 최고 수준인 법인세율(33.3퍼센트)은 25퍼센트까지 낮추고, 철 밥통 공무원은 12만 명을 감축한다는 약속도 했다. 프랑스 다소 그룹이 소유한 일간지 『르 피가로』는 〈프랑스의 고질적 고용 경직성이 마크롱식 개혁으로 상당 부분 완화됐다〉고 반겼다. 지난 10여 년간 유럽의 현안을 앞장서 해결한 앙겔라 메르켈Angela Merkel 독일 총리가 2018년 10월 여당 당수직을 내놓고 퇴장을 예고하자 마크롱은 〈유럽의 리더〉로 전면에 부상하는 모양새까지 보였다. 〈유럽 재건〉을 외치는 그는 각국 지도자들이 만나 국제 협력과 민주주의를 논의하자는 파리 평화 포럼도 창설했다.

마크롱은 〈개혁〉과 〈혁신〉을 입에 달고 살았다. 그의 추진력이 놀라우면서도 솔직히 외국인인 내 눈에도 현기증이 날 정도로 밀어붙인다 싶었다. 프랑스 노동계는 〈마크롱의 정책이 불평등을 촉발한다〉며 반발했다. 대기업과 부유층에게만 우호적인 〈부자들의 대통령〉이라는 불만이 사회 곳곳에서 터져 나오기 시작했다. 2018년 8월엔 정부

서열 3위이자 탈원전주의자로 유명한 니콜라 월로Nicolas Hulot 환경부 장관이 사임했다. 자크 시라크Jacques Chirac부터 올랑드 정권까지 계속 입각 제의를 받고도 거절했던 그는 마크롱의 제의에는 〈새로운 정치 상황이 행동의 기회를 제공한다〉며 수락했었다. 그러나 끝내 〈마크롱 정부는 여전히 로비스트와 불가분의 관계에 있으며, 정부가 환경 문제에 우선순위를 두지 않았다〉고 폭로하며 물러났다. 월로 장관의 사임 후 프랑스 전역에서 11만 5,000여 명이 거리로 쏟아져 나와 역대 최고 규모의 환경 보호 시위를 벌였다. 마크롱식 〈혁명〉에 빨간불이 켜지기 시작했다.

마크롱은 〈개혁〉과 〈혁신〉을
입에 달고 살았다.
그의 추진력이 놀라우면서도
솔직히 외국인인 내 눈에도
현기증이 날 정도로 밀어붙인다 싶었다.

노란 조끼 시위

〈프랑스 혁명은 밀가루 전쟁으로 시작했지만 우리는 유류세로 시작했다.〉 노란 조끼를 입은 프랑스 시위대원 프랑크 뷜러Frank Buhler는 영국 BBC와의 인터뷰에서 이렇게 말했다.[*] 2018년 11월 17일 프랑스의 여느 시위이겠거니 시작했던 노란 조끼 시위Mouvement des gilets jaunes가 한 달 이상 계속되면서 에마뉘엘 마크롱 대통령의 리더십은 크나큰 타격을 입었다. 취임 직후 60퍼센트대였던 그의 지지율은 20퍼센트대로 추락했다.

노란 조끼 시위는 마크롱 정부의 유류세(휘발유와 경유 등 기름 소비를 줄이기 위해 부과하는 세금) 인상에 반발하는 운전자들이 노란 조끼를 입고 거리로 뛰쳐나오면서 시작됐다. 프랑스에서 긴급 상황에 대비해 차량에 의무적으로 둬야 하는 그 노란 조끼다. 직접적 원인은 유류세 인상이었지만 시간이 갈수록 마크롱 반대 시위로 확산됐다.

[*] Lucy Williamson, Are French riots a curse or a blessing for Macron?, BBC, 2018. 11. 21.

파리 개선문 일부가 훼손되는 등 시위는 점차 과격해졌고, 다섯 차례 시위 동안 무려 70만 명이 참가했다.

마크롱은 12월 5일 유류세 인상 계획을 취소하고, 10일에는 엘리 제궁에서 대국민 담화를 발표하면서 최저 임금 인상 등 시위대 요구를 상당 부분 수용했다. 하지만 그가 사실상 폐지했던 부유세(1980년대 프랑수아 미테랑 사회당 정부 때 만들어져 2017년까지 재산 130만 유로 이상의 부유층에게 부과했던 직접세)는 부활하지 않겠다고 못 박았다. 그는 〈여기에서 물러나면 프랑스는 약해질 것〉이라고 했다. 성난 민심은 쉽게 가라앉지 않았다. 사람들은 노란 조끼 시위를 〈현대판 프랑스 혁명〉으로 불렀다.

노란 조끼 시위의 도화선은 한 평범한 시민이 2018년 10월 18일 자신의 페이스북에 올린 4분 38분짜리 영상이다. 프랑스 북서부 소도시 보알에 사는 50대 여성 자클린 무로Jacline Mouraud는 〈프랑스는 어디로 가는가. 침묵하는 건 공범이 되는 것〉이란 글을 올린 뒤 영상에서 이렇게 말했다. 〈자녀가 셋이라 10년 전 SUV를 샀는데 마크롱 정부의 유류세 인상으로 기름값이 치솟아 차를 운전하고 다닐 수 없다. 마크롱 대통령은 엘리제궁의 그릇을 바꾸고 수영장을 설치하는 것 외에 프랑스인의 돈으로 대체 무엇을 하는 것인가. 당신은 그 자리에 있을 이유가 없다.〉 영상은 620만 건 이상 조회되며 SNS를 통해 불길처럼 퍼져 나갔다.

시위대가 노란 조끼를 입게 된 것도 SNS를 통해서다. 프랑스 남부 소도시 나르본에 사는 30대 자동차 정비공 지슬랭 쿠타르Ghislain Coutard는 10월 25일 자신의 페이스북에 영상을 올리고 유류세 인상에 반대하면 같이 노란 조끼를 입고 시위하자고 촉구했다. 공식 대표도 없고 특정 정파가 주도하지도 않은 프랑스 노란 조끼 시위의 탄생이다.

역대 프랑스 대통령 중 가장 젊은 이미지를 내세우며 적극적으로 SNS를 활용했던 마크롱이 SNS로 인해 정치적 위기에 몰렸다. 2017년 5월 14일 취임 이후 불과 보름 만에 그를 〈지구를 구하는 젊은 슈퍼맨〉으로 격상시켰던 게 SNS였다. 도널드 트럼프Donald Trump 미국 대통령이 파리 기후 변화 협약 탈퇴를 선언한 직후인 그해 6월 1일 마크롱은 엘리제궁에서 긴급 담화를 했다. 그것도 프랑스 정상으로서는 이례적인 영어 담화를! 〈탈퇴 결정에 실망한 미국의 과학자, 공학자, 기업인, 시민 들은 프랑스로 오십시오. 프랑스에서 제2의 고향을 찾을 수 있습니다.〉

이 영상이 SNS에서 수백만 건 공유되면서 마크롱은 순식간에 환경 의식이 투철한 젊은 글로벌 리더의 이미지를 얻었다. 엘리제궁 홍보팀은 웹 사이트* 하나를 급히 만들어 대통령의 동영상을 곧바로 올렸다. 트럼프의 2016년 대선 구호 〈미국을 다시 위대하게Make America Great Again〉를 패러디한 〈지구를 다시 위대하게Make Our Planet Great Again〉였다. 영국 BBC 방송은 마크롱을 향해 〈반(反)트럼프 지도자의 탄생〉이라고 했다.

---

* www.makeourplanetgreatagain.fr.

마크롱 입장에서는 〈프랑스를 혁명하겠다〉고 내건 자신의 개혁이 노란 조끼 시위에 부딪친 것이 원통하고 억울할 수도 있다. 그는 대선 후보 시절 때부터 자신의 저서 『혁명』에서 명확하게 밝혔던 공약들인 기업의 기(氣)와 지구 살리기를 모범생답게 추진했을 것이다. 온실가스 감축을 위해 프랑스가 2014년 도입한 탄소세, 즉 유류세 세율을 계속 올리면 거둬들인 세금으로 재생 에너지 확대나 전기 자동차 개발, 일부는 정부 재정 적자를 메우는 데도 쓸 수 있겠다고 계산했을 것이다.

그런데 바로 이 지점에서 프랑스 국민들의 누적된 불만이 폭발했다. 대표적 생활 밀접형 간접세인 유류세는 저소득층일수록 부담이 상대적으로 커진다. 더욱이 비싼 파리 집값을 감당할 수 없어 외곽이나 지방에 살 경우 대중교통 인프라가 부족해 부득이하게 차를 몰 수밖에 없다. 정부는 친환경 차를 사면 여러 감면 혜택을 준다는데, 10년 이상 된 차를 처분하고 새 차를 살 경제적 여유는 없다. 그러니 마크롱 정부의 유류세 정책에 대해 지방 거주자와 저소득층은 울분을 터뜨린다. 〈대통령은 세계의 끝을 걱정하지만, 우리는 당장 이번 달의 끝을 걱정한다. 정부가 나의 배고픔을 아느냐〉는 그들의 주장은 〈우리는 먹을 빵이 없다〉고 했던 230년 전의 1789년 프랑스 혁명을 절로 떠올리게 한다. 프랑스 언론들은 대통령이 프랑스 사회의 〈지역적, 재정적 분열〉을 키웠다고 분석했다.

나는 노란 조끼 시위를 보면서 마크롱이 세 가지를 놓쳤다고 생각한다. 첫째, 속도다. 개혁과 혁신을 외치는 그는 어딘가에 쫓기듯 조급

함을 보였다. 『뉴욕 타임스*The New York Times*』는 마크롱 정부의 개혁 속도를 시속 320킬로미터 이상 되는 고속 철도 TGV에 빗댔다.[*] 마크롱은 기후 변화 방지를 명분으로 유류세를 1년 동안 23퍼센트나 올렸다. 이 과정에서 일부 시민 단체가 유류세 세수(稅收) 중 실제 기후 변화를 막기 위해 쓴 비율이 20퍼센트에 그쳤다는 것을 정부 결산서에서 확인했다. 2018년 8월 니콜라 윌로 환경부 장관도 사임하면서 〈마크롱 정부에 기대를 걸고 합류했지만 정작 환경 문제에 우선을 두지 않더라〉고 폭로했다. 프랑스 국민들은 〈역시나 마크롱은 부자들만을 위한 대통령이었다〉며 들고 일어났다.

둘째, 소통이다. 마크롱이 정말로 지구의 미래를 걱정했다면 국민들과 진정성 있는 대화를 통해 설득을 해야 했다. 그러나 그는 늘 확신에 찬 어조로, 때로는 훈계조로 가르치려 했다. 서민 대상으로 유류세를 가파르게 올리는 것도, 50만 유로(약 6억 5,000만 원)를 들여 엘리제궁 연회실을 치장하는 것도^{**} 친절하게 설명하지 않았다. 또 노란 조끼 시위에도 불구하고 부유세는 끝내 부활하지 않겠다고 했다. 경제적 불평등을 파헤친 『21세기 자본』의 저자 토마 피케티Thomas Piketty 파리 경제 대학 교수는 대통령의 대국민 담화가 있던 2018년 12월 10일 〈유럽 민주화를 위한 선언〉을 발표하면서 대기업과 부유층에 대한 증세로 연간 8,000억 유로의 예산을 확보해 불평등과 기후 변화에 대처

---

[*]   Alissa J. Rubin, France's Yellow Vests confront Macron with a new reality, The New York Times, 2018. 12. 17.

^{**}   Pauline Laforgue, Comment Emmanuel et Brigitte Macron veulent refaire la déco des 365 pièces de l'Elysée, Closer, 2018. 11. 30.

하자고 했다. 그는 마크롱을 향해 〈2020년대까지 대통령 자리를 유지하려면 부유세를 부활해야 한다〉라고 말했다.[*]

마지막으로 공감의 정치다. 마크롱은 자신이 어떻게 프랑스 제25대 대통령이 됐는지를 기억해야 했다. 빈부 격차와 실업에 시달리던 프랑스 국민들은 〈검증되지는 않았어도 새로운 얼굴〉에서 희망을 찾아보려고 그를 뽑았다. 그런데 그는 제왕적 군주의 모습을 너무 자주 드러내고 말았다. 프랑스 저널리스트 안엘리자베트 무테Anne-Elisabeth Moutet 는 이렇게 분석한다. 〈마크롱 대통령은 도전적이고 젊은 매력으로 승승장구해 왔지만, 국민들의 고통에 공감하는 데엔 실패했다. 과거 마크롱과 비슷한 엘리트 배경을 가졌던 자크 시라크 대통령은 자신의 고귀한 예술적 취향은 감춘 채 일부러라도 농민에게 다가가 서민 이미지를 부각시켰다.〉[**] 마크롱은 경제는 잘 알아도 정작 공감의 정치는 부족한 측면이 있었다.

내가 느끼는 프랑스의 저력은 그다음부터이다. 인터넷과 SNS로 촉발돼 자발적으로 거리로 뛰쳐나온 노란 조끼 시위의 분노를 마크롱은 〈대국민 사회적 대토론회〉로 돌파했다. 2019년 1월 중순부터 두 달 동안 프랑스 전국을 돌며 일일이 국민의 생생한 목소리를 들었다. 100만 명 이상이 각 지역에서 모여 9,000여 차례 토론회를 열고 온라

---

[*]   Nicolas Demorand, Léa Salamé, Thomas Piketty: Si Macron veut être le Président des années 2020, il va falloir qu'il rétablisse l'ISF, France Inter, 2018. 12. 10.

[**] Anne-Elisabeth Moutet, Macron faces up to France's déplorables, capx.co, 2018. 12. 13.

인 설문 조사에도 30여 만 명이 참여했다. 정부는 환경, 재정 지출, 시민의 권리, 공공 서비스 등 네 가지 주제에 대해 34개의 질문을 던지고 이에 대한 국민의 뜻을 정책에 반영하겠다고 했다. 토론 분량이 워낙 방대해 자료 분석에 AI를 활용하겠다는 계획도 발표했다.

프랑스 사회는 노란 조끼 시위 이후에 나라 전체가 〈토론 공화국〉이 되었다. 프랑스 역사상 유례가 없던 새로운 여론 수렴 절차이자 대규모 참여 민주주의 형태다. 이 토론회에 대해서는 야권에서도 〈마크롱의 퍼포먼스는 성공적〉이란 평가를 내놓는다. 〈불통〉에서 〈소통〉 이미지로 거듭난 마크롱은 지지율이 반등하자 다시 EU 연대 강화를 촉구하며 유럽의 차세대 리더로서 입지를 다지는 모양새다. 국민의 목소리를 정책에 잘 담아낸다면 그가 꿈꾸는 〈혁명〉은 다시 힘을 얻을 것이란 전망이 나온다.

노란 조끼 시위는 마크롱 정부의 유류세 인상에
반발하는 운전자들이 노란 조끼를 입고
거리로 뛰쳐나오면서 시작됐다.

2017년 6월, 평소 내가 관심을 갖고 있던 수학자가 프랑스 하원 의원으로 당선됐다. 수학계의 노벨상으로 통하는 필즈상을 2010년에 받은 세드리크 빌라니 Cédric Villani 의원. 마크롱 대통령이 대거 내세운 정치 신인 중 한 명이었다. 그를 처음 알게 된 것은 2014년 8월 그가 서울 코엑스에서 열린 세계 수학자 대회에 참석했을 때였다. 어깨까지 오는 긴 머리, 커다란 거미 브로치, 폭이 넓은 스카프형 넥타이……. 프랑스 리옹 대학 교수와 세계적 수학 연구소인 앙리 푸앵카레 Henri Poin-caré 연구소장을 지낸 그는 개성 넘치는 패션으로 〈수학계의 레이디 가가 Lady Gaga〉로도 불렸다. 당시 그는 〈대중에게 수학이 일상생활과 동떨어져 있지 않다는 것을 보여 주고 싶다. 수학을 대중화하는 것은 수학자에게 자신의 영역을 넓히는 동시에 존재 가치를 확인해 준다〉고 말했다.

그런데 그를 파리에서 볼 기회가 생겼다. 빌라니가 2017년 6월 20일 파리 카르티에 현대 미술 재단 Fondation Cartier pour l'art contemporain에서 〈속도의 밤Nuit de la Vitesse〉이라는 예술 강연회를 진행한다는 것이었다. 이 미술관에 전시를 보러 갔다가 그곳에 붙은 안내문을 보고 알았다. 수학자가 대중을 상대로 〈예술 강연〉을 이끈다는 게 참신했다. 나는 강연 전날 미술관에 전화를 걸어 재차 확인했다.

「빌라니가 여전히 진행하나요? 어제 국회 의원에 당선됐는데요.」

「네. 그럼요. 빌라니가 진행합니다.」

하긴 국회 의원 당선과 예정된 토론 진행이 무슨 상관이람. 괜한 염려를 했다고 생각했다.

프랑스 럭셔리 기업 카르티에가 파리 14구 라스파이 대로에 세운 카르티에 현대 미술 재단은 기업 메세나(문화 후원)의 혁신적 표본으로 꼽힌다. 1984년 설립돼 1994년 현재의 장소로 이전한 후 스기모토 히로시(杉本博司), 이불, 브루스 나우먼 등 동서양 아티스트들을 소개하며 현대 예술과 대중의 가교 역할을 해왔다. 〈속도의 밤〉은 이 미술관이 1994년부터 진행하는 〈불확실성의 밤Les Nuits de l'Incertitude〉 강연 시리즈 중 하나로, 빌라니는 몇 년 전부터 이 강연을 이끌어 오고 있었다. 〈박쥐의 밤Nuit des Chauve-Souris〉(2014), 〈꿀의 밤Nuit du Miel〉(2015), 〈바람의 밤Nuit du Vent〉(2016) 등. 미술관 전시와 연계해 예술가, 과학자, 철학자 등 다른 분야의 전문가들이 나와 한 주제를 다양한 시각으로 접근하는 대담이었다.

〈속도의 밤〉은 그 무렵 내가 이 미술관에서 봤던 「오토포토Autophoto」 전시와 관련이 있었다. 위대한 100명의 사진가가 찍은 자동차 관련 사진 500점을 통해 자동차가 시간과 공간에 대한 우리의 인식을 어떻게 바꾸어 놓았는지를 보여 주는 전시였다. 자크 앙리 라르티그Jacques Henri Lartigue부터 레이몽 드파르동Raymond Depardon 그리고 워커 에번스Walker Evans에 이르기까지 작가들도 쟁쟁했거니와 자동차 백미러를 통해 보는 고속도로 사진처럼 자동차와 속도의 관점에서 세상을 바라보게 하는 사진들이 많았다. 빌라니와 전문가들은 속도에 대해 어떤 얘기를 들려줄까. 설레는 마음으로 카르티에 현대 미술 재단을 찾아갔다.

카르티에 미술관은 현대 건축의 거장 장 누벨이 설계한 유리 미술관도 근사하지만 뒤편의 작은 야외 정원이 호젓해 좋다. 〈속도의 밤〉은 이 정원에서 진행됐다. 빌라니가 자신의 트레이드마크인 거미 브로치와 스카프 차림으로 들어서기에 다가가 인사를 건넸다. 〈한국에서 왔다〉고 하자 그는 세계 수학자 대회 때 서울을 방문했던 이야기를 하며 반가워했다. 서로의 연락처를 나눈 뒤 맨 앞줄에 자리를 잡았다.

〈속도의 밤〉은 유럽 우주 기구ESA* 소속 우주 항공사 장프랑수아 클레르보이Jean-François Clervoy가 포문을 열었다. 우주 왕복선 애틀랜티스와 디스커버리 탑승을 비롯해 우주에서 675시간을 보낸 그는 우주에서의 시간에 대해 들려주었다. 그는 현재 프랑스 항공 우주 기업 노베스파스Novespace의 대표를 맡아 우주 비행사가 겪는 무중력 상태를 일반인도 체험할 수 있는 항공기 〈제로지Zero-G〉를 운영하고 있다. 포물선 비행을 하면 그 정점에서 30초 정도 무중력 상태가 되는데, 2시간 30분 동안 비행하며 체험할 수 있는 무중력 상태는 5분이라고 한다.

*   European Space Agency.

한 번도 생각하지 못한 무중력의 시간을 떠올려 보는 게 흥미로웠다.

최근 과학계의 뜨거운 감자인 하이퍼루프Hyperloop에 대한 얘기도 나왔다. 전기 자동차 업체 테슬라Tesla의 최고 경영자인 일론 머스크Elon Musk가 2012년 공언한 후 각국에서 개발 중인 하이퍼루프는 최고 시속 1,200킬로미터까지 낼 수 있는 초고속 교통 수단이다. 진공에 가까운 아진공 튜브를 이용해 공기 저항을 최소화하기 때문에 미국 샌프란시스코에서 로스앤젤레스까지 불과 30분이면 주파한다. 속도의 패러다임이 송두리째 바뀌는 시대에 인류의 미래는 어떻게 될까. 과연 인류는 머스크의 꿈처럼 화성에도 이주해 살 수 있을까. 그 밖에도 철학자, 가수 겸 작곡가, 작가, 엔지니어 등이 나와서 속도에 대한 다양한 시각들을 풀어냈다. 철학자 엘리 뒤링Elie During은 찰리 채플린Charlie Chaplin의 옛날 무성 영화를 보여 주며 속도를 미학적 관점에서 보라고 했다. 속도의 아름다움이라……. 어느덧 땅거미가 내려앉은 미술관 정원에서 나는 상상의 나래를 폈다.

빌라니가 2014년 서울 방문 무렵에 펴냈던 자전적 에세이 『살아 있는 정리』는 내가 수학의 세계를 이해하는 데 큰 도움이 됐다. 아마도 이 책을 읽었기 때문에 그의 미술관 강연까지 찾아간 것이 아닐까 싶다. 빌라니가 동료 수학자 클레망 무오Clément Mouhot와 함께 레프 란다우Lev Landau가 제시한 비선형적 〈란다우 감쇠〉*를 수학적 정리로 탄생시킨 과정을 담은 책으로, 이들은 이 정리로 필즈상을 받았다. 이 책

---

* 에너지 산란이 수반되지 않은 고온 플라스마 속에서 입자 간 충돌이 전해지는 종파의 감쇠.

에도 〈속도〉에 대한 부분이 나온다. 〈속도, 문제는 속도야! 속도에 의존성이 없을 때는 푸리에 변환 후에 변수들을 분리할 수 있었지. 하지만 속도가 끼어들면 어떻게 해야 하지? 비선형 방정식에서는 반드시 속도를 감안해야만 하는데!〉*

책에는 그가 늘 하고 다니는 거미 브로치에 대한 몇몇 힌트도 나온다. 〈거미 브로치를 달면 문제를 풀 때 아이디어가 잘 떠오른다. 어렸을 때 피아노 선생님께 배운 대로 손가락을 거미처럼 쫙 펴고 널찍한 책상 위의 키보드를 정력적으로 두들긴다. 거미 브로치는 프랑스 리옹 리벨륄 공방에서 주문해 맞춘다. 사람들이 브로치에 관심을 보이다가 어색함이 사라지면 나는 광선을 빗나가게 하는 곡선, 최적 수송의 문제 등에 대해 말하고 또 말한다……〉 거미 브로치는 대중에게 수학을 친근하게 소개하는 그의 〈필살기〉인 셈이다.

2017년 7월 파리에서의 1년 연수를 마치고 귀국한 지 얼마 지나지 않아 빌라니가 프랑스 국회 과학 위원회 위원장으로 선출됐다는 뉴스가 들려왔다. 천재 수학자가 정치인으로 한 달을 살아본 소감은 어떨까. 그는 대중에게 파고드는 또 다른 방법으로 정치를 택했던 것일까. 한 달 전 〈속도의 밤〉 때 받았던 그의 연락처로 연락을 해보았다. 그는 〈의원이 되고 나니 스케줄이 괴물처럼 정신없다. 남부 에손 주에서 파리 오르세까지 교외선으로 통근하면서 데이터를 분석하고 정책을 구상한다. 몇 년 만에 처음으로 여름휴가를 떠나지 않고 일할 예정

* 세드리크 빌라니, 『살아 있는 정리』, 이세진, 임선희 옮김(파주: 해나무, 2014).

이라 집 정원에서 암탉들에게 모이를 주거나 화초에 물을 주며 일상에서의 여유를 찾고 있다)고 근황을 전했다.

그는 왜 정치에 뛰어들었으며, 수학을 정치에 어떻게 접목하고 있을까. 왜 예술 영역과 협업할까. 평소 궁금하던 것들을 질문해 신문에 소개했다. 나의 질문에 대한 그의 답변은 이랬다. 〈본래 정치를 할 생각은 없었다. 그런데 마크롱 대통령과 함께하는 정치라면 완전히 다른 새로운 정치가 되리라 생각했다. 유럽, 무(無)이데올로기, 발전과 실용 등 그가 추구하는 가치들이 내 생각과 딱 맞아떨어져서다. 나는 정치 활동에 있어 수학자로 분류되기를 원치 않지만 투표, 선거 규칙, 알고리즘, 사이버 보안, 인공 지능 등 수학이 중대한 역할을 맡을 정치 활동이 무궁무진하다고 생각한다. 수학이 내 정치 아드레날린을 자극한다. 또 수학자와 예술가는 공유하는 부분이 많다. 풍부한 감정, 상상, 깊은 사고 그리고 좌절까지…….〉*

빌라니는 국회 과학 위원장을 맡아 프랑스 인공 지능 정책의 밑그림을 그렸고, 2020년 파리 시장 선거에도 나가겠다고 출사표를 냈다. 사회 문화의 다양성이 줄고 계층 간 장벽이 커지는 파리를 첨단 기술을 활용해 활력 넘치게 바꾸겠다는 포부다.** 빌라니의 정치 실험이 어디까지 성공할지는 알 수가 없다. 다만 수학을 우대하는 프랑스 사회 분위기는 왠지 많이 부러웠다.

---

* 김선미, 의회로 간 프랑스 천재 수학자, 수학의 힘으로 정치 바꿔 보겠다, 『동아일보』, 2017. 7. 24.

** Julien Duffé, Pauline Théveniaud, Municipales à Paris: J'irai jusqu'au bout, assure Cédric Villani, Le Parisien, 2018. 10. 26.

빌라니는 국회 과학 위원장을 맡아
프랑스 인공 지능 정책의 밑그림을 그렸고,
2020년 파리 시장 선거에도 나가겠다고
출사표를 냈다.

〈속도의 밤〉은 우주 항공사 장프랑수아 클레르보이가 포문을 열었다.
우주 왕복선 애틀랜티스와 디스커버리 탑승을 비롯해
우주에서 675시간을 보낸 그는 우주에서의 시간에 대해 들려주었다.

소설가 공직자

고백하자면, 나는 에리크 오르세나Érik Orsenna란 이름만 들어도 가슴이 뛴다. 그는 이제 70대가 된 백발의 할아버지 소설가. 그럼에도 그를 흠모하지 않을 수 없다. 그를 처음 알게 된 건 소설 『오래오래』를 통해서다. 우선 소설책 날개의 작가 소개가 짱짱했다. 〈대학에서 철학과 정치학을 공부하다가 경제학으로 전공을 바꿔 런던 정경 대학에서 유학한 뒤에 경제학 박사 학위를 받고 11년 동안 파리 1대학과 고등 사범학교에서 국제 금융과 개발 경제학을 가르쳤다. 1981년 국제 협력부의 자문 위원으로 행정부에 들어간 뒤 미테랑 대통령의 문화 보좌관, 최고 행정 재판소 심의관과 재판관, 국립 고등 조경 학교 학장, 국제 해양 센터 원장 등 주요 공직을 두루 거쳤다.〉*

소설은 수십 년간 이어져 온 남녀의 불륜을 다루는데, 불륜이 이토

---

* 에리크 오르세나, 『오래오래』, 이세욱 옮김(파주: 열린책들, 2012).

록 아름답고 유머스러워도 되나 싶었다. 그 앞뒤로 읽었던 내가 좋아하는 작가들, 파울로 코엘료Paulo Coelho, 제임스 설터James Salter, 베른하르트 슐링크Bernhard Schlink의 불륜 소설들과는 또 다른 그 무엇이 오르세나의 『오래오래』에 있었다. 소설 속 남자 주인공은 원예가 가브리엘, 여자 주인공은 프랑스 외교 공무원인 엘리자베트다. 파리 식물원에 두 아이를 데리고 온 엘리자베트에게 한눈에 반한 가브리엘은 아내를 둔 채 집을 나오지만, 엘리자베트는 이혼할 생각이 없이 그저 가브리엘과의 사랑을 즐기고 싶어 한다. 그렇게 시작된 외교관 유부녀와 집 나온 원예가 남자의 오랜 장거리 연애……. 낭만적이고 희생적인 가브리엘은 프랑스 베르사유궁 정원, 스페인 세비야의 알카사르 정원Jardines del Alcázar de Sevilla, 영국 시싱허스트 캐슬 정원Sissinghurst Castle Garden, 베이징 원명원(圓明園) 등 세계적 정원들로 엘리자베트를 이끌어 사랑의 추억을 쌓는다.

엘리자베트는 벨기에 브뤼셀의 EU 본부에서 파견 근무를 할 때는 가브리엘과 1년간 동거도 했지만 파견이 끝난 뒤엔 미련 없이 짐을 싸 집으로 돌아갔다. 그녀는 불륜에 대해 확고한 입장을 가졌다. 〈혼외의 사랑은 이 병에 걸린 사람들을 고양시킬 수도 있고 타락시킬 수도 있다. 끊임없이 온갖 것을 창안해서 범상함을 초월해야지 아니면 차츰차츰 너절한 타성에 빠져들어 그저 생리적인 욕구나 채우려고 만나는 관계가 되고 만다.〉

일편단심 남자의 사랑도, 가족과 애인을 둘 다 잡겠다는 여자의 사랑도 저마다의 사랑일 것이다. 세월이 흘러 노인이 된 가브리엘은 원명원 복원 사업의 고문 원예가로 일하며 중국 여성 번역가를 만나 새로운 사랑에 빠지려 한다. 그 순간, 레지옹 도뇌르 훈장을 받고 40년 공직 생활을 명예롭게 끝낸 엘리자베트가 평생 처음으로 질투에 사로 잡혀 류머티즘의 숱한 공격을 이겨 낸 다리로 달려온다.

지적이고 해학적인 그의 소설에 나는 흠뻑 빠졌다. 비록 나보다 나이는 한참 많아도 동시대 작가이기에 느낄 수 있는 문화적 감성의 동질감이 있었다. 특히 그의 소설에 등장하는 해박한 지식들은 그의 사회적 경력과 깊숙이 관련돼 있었다. 그의 공직 경험은 엘리자베트의 삶에, 국립 고등 조경 학교장의 경험은 가브리엘의 삶 속에 구석구석 녹아 있었다. 경제학자에다 문화와 행정 분야 공직자 생활을 한 소설가가 조경 학교 학장을 맡았다니. 난 이것이야말로 프랑스적 삶이라고 생각했다. 조경은 환경과 과학, 미학, 예술적 상상력의 총체적 산물 아니던가. 나는 이 소설을 재미있게 읽은 후 그가 소개한 세계적 정원들을 하나하나 찾아다녀 결국 다 가보게 됐다. 파리에 살 때는 파리 식물원이 마음 속 보석 같은 장소였다. 어린아이들이 그 식물원에 딸린 동물원에서 동물들을 보며 좋아할 때, 나는 가브리엘과 엘리자베트의 첫 만남을 떠올려 보곤 했다.

에리크 오르세나의 본명은 에리크 아르누Érik Arnoult. 열세 살 때 작가가 되겠다는 꿈을 품고 꾸준히 습작해 1974년 소설『로욜라의 블루스Loyola's Blues』로 문단에 데뷔했다. 훗날 프랑스 총리가 된 당시 그의 지도 교수 레이몽 바르Raymond Barre는 제자가 진지하지 않은 경제학자로 비칠 것을 우려해 반드시 가명으로 소설을 발표하도록 권했다고 한다. 그래서 아르누는 자신이 좋아하던 쥘리앵 그라크Julien Gracq의 소설 『시르트의 바닷가』에 나오는 가상의 도시 오르세나를 필명으로 삼았다.

나는 『오래오래』를 읽은 후 그의 소설 『두 해 여름』과 『프랑스 남자의 사랑』, 동화 『새들이 전해 준 소식』, 에세이 『물의 미래』, 『종이가 만든 길』, 『코튼 로드』, 국내에는 번역이 안 된 『행복한 남자의 초상: 앙드레 르 노트르 1613~1700 *Portrait d'un homme heureux: André Le Nôtre 1613-1700*』, 『모기의 지질학 *Géopolitique du moustique*』, 『도시의 욕망 *Désir de villes*』을 읽었다. 전작주의자까진 안 돼도 내가 구해 읽을 수 있는 책은 다 읽었다. 1998년 프랑스 학술원(아카데미 프랑세즈) 회원으로 지정돼 프랑스 최고의 소설가 중 한 명이자 석학으로 통하는 그의 책엔 누구도 따라할 수 없는 그만의 직업적 체험과 다양한 여행 경험이 풍부하게 담겨 있다. 나는 그를 통해 프랑스 베르사유궁 정원과 보르비콩트성Château de Vaux-le-Vicomte 정원을 만든 루이 14세의 궁정 조경사 앙드레 르 노트르를 충분히 이해할 수 있었다. 그를 통해 물, 종이, 목화, 모기 그리고 도시의 역사와 의미를 되짚어 볼 수 있었다.

하루도 빼먹지 않고 매일 새벽에 두 시간씩 글을 쓴다는 그는 나머지 22시간은 자신의 글의 자양분이라고 생각하며 왕성하게 활동한다고 한다. 그에게 1988년 프랑스 공쿠르상을 안겨 준 『식민지 박람회 *L'Exposition coloniale*』는 외무부 자문 위원으로 활동한 경험을 바탕으로 했다. 또 미테랑 대통령 문화 보좌관으로 엘리제궁의 연설문을 썼던 경험은 그의 소설 『큰 사랑 *Grand amour*』과 프랑스 브레아섬에서 아마추어 번역자로 활약했던 일은 『두 해 여름』의 근간이 됐다.* 그보다 덜 바쁜 삶을 살면서도 글을 쓸 시간이 없다고 한탄하는 사람이 얼마나 많던가, 나를 포함해서!

니콜라 사르코지 시절 문화부 장관 제의를 받았지만 거절했던 그는 에마뉘엘 마크롱의 부름엔 답했다. 자크 아탈리의 소개로 마크롱을 처음 만났던 오르세나는 마크롱 당시 경제산업디지털부 장관이 신당을 창립해 대통령 후보에 나설 때부터 〈마크롱 대통령 만들기〉에 적극 나섰다. 마크롱은 취임 후 대선 공약이었던 프랑스 내 1만 6,500여 곳의 도서관의 개혁 임무를 오르세나에게 부여했다. 프랑스 도서관 홍보 대사로 나선 오르세나는 프랑스 전역의 도서관들을 돌며 지역 주민들의 연대 장소로서, 프랑스 문화의 재도약을 위한 장소로서 도서관의 중요성을 설파하고 있다. 프랑스 정부가 공공 도서관의 일요일 및 저녁 시간 개방 확대를 위해 벌이는 전국적 캠페인의 선두에 오르세나가 있다.

우리나라에도 각종 학문 분야를 넘나들며 좋은 글을 쓰는 분들이 많다. 좋은 소설가도 많다. 그런데 공직자 출신인 좋은 소설가는 잘 떠오르지 않는다. 필명으로 낸 소설을 내게 보내 준 어느 중앙 부처 고위 공무원과 인공 지능을 소재로 소설을 쓰고 있다는 재기 넘치는 고위 공무원, 이 두 명의 지인이 떠오르긴 한다. 소설은 아직 엄두를 못 냈지만 20여 년 글 쓰며 살아온 내가 드는 생각은 결국 글이란 다양한 직

---

* 『오래오래』 이세욱 역자 해설 〈세월아 비켜라, 사랑의 기사가 나가신다!〉 중에서.

간접 경험을 자양분으로 태어난다는 것이다. 공직 생활, 특히 일반인은 잘 모르는 영역에서의 경험이 소설로 풀어내진다면 얼마나 유익하고 흥미진진할까.

내가 좋아하는 프랑스 소설가 중엔 프랑스 국회 행정 담당 비서로 일했던 미셸 우엘베크란 작가도 있다. 그가 2015년 『샤를리 에브도Charlie Hebdo』 습격 사건 당일에 출간한 『복종』을 읽고 나는 소름이 돋는 듯 깜짝 놀랐다. 2022년 이슬람 정권이 들어선 프랑스 사회를 그린 디스토피아 소설로 프랑스 사회를 잠식하는 이슬람과 이에 복종하는 인간 군상을 그려 낸 것이다. 주인공인 40대 소르본 대학교수는 이슬람이 집권당이 되면서 실직했다가 총장이 제시한 임용 조건을 고민 없이 받아들이고 대학으로 돌아간다. 〈1,300만 원의 월급, 시내 한복판의 방 세 개 아파트, 강의는 교양 수업만 맡으면 되고 아내는 세 명까지 둘 수 있음. 단 이슬람교로 개종해야 함.〉 소설 속에 프랑스 국민전선의 마린 르펜 대표 등 실명이 많이 나오기 때문에 읽는 내내 섬뜩한 실화란 착각이 들 정도였다. 사회 비판은 소설에 그치지 않았다. 우엘베크는 그해 『뉴욕 타임스』에 칼럼을 기고해 〈이제 프랑스인들은 테러에 익숙해져 버렸다. 이 불행한 상황의 책임은 프랑스 국민을 보호하는 데 실패한 정치인에게 있다〉고 주장하기도 했다.

우엘베크는 2019년 1월 출간한 소설 『세로토닌Sérotonine』에서는 노란 조끼 시위를 예견해 또 다시 화제에 올랐다. 그의 신간은 노란 조끼 시위가 시작되기 전에 이미 집필이 끝났기 때문이다. EU의 공동 농업 정책으로 황폐해진 프랑스 노르망디에서 성난 농민들이 도로를 점거하며 분노를 드러내는 내용이 현실과 매우 흡사하다는 평이다. 우엘베크는 이 소설을 통해 다시 한번 〈통찰력 가득한 소설가〉로 자리매김했다.

소설 쓰는 프랑스 정치인으로는 현 총리인 에두아르 필리프Édouard Philippe도 있다. 그가 2011년 썼던 정치 스릴러 소설『어둠 속에서Dans l'ombre』는 영화사에 판권이 팔려 각색 작업이 진행 중이다. 프랑스 대통령 선거전의 치열한 종반을 배경으로 막후 경쟁과 치정을 다룬 소설이다. 2011년 당시 노르망디 르아브르 시장이었던 필리프 총리는 공화당 거물 알랭 쥐페 전 총리의 보좌관이었던 질 부아예Gilles Boyer와 이 소설을 함께 썼다고 한다. 드라마틱하기로 따지자면 한국 정치도 빠질 데가 없다. 매일 새벽 두 시간씩 일어나 책을 쓰는 공직자가 많아졌으면 좋겠다. 재미없는 출판 기념회용 자서전이 아닌, 가슴이 두근거리게 흥미진진한 소설을!

지적이고 해학적인
에리크 오르세나의 소설에
나는 흠뻑 빠졌다.
비록 나보다 나이는 한참 많아도
동시대 작가이기에 느낄 수 있는
문화적 감성의 동질감이 있었다.

2017년 12월 8일 파리 앵발리드Invalides에 프랑스 전현직 대통령 부부들이 검은색 옷차림으로 속속 나타났다. 나폴레옹 1세의 지하 무덤과 군사 박물관이 있는, 우리 식으로 하면 국립 현충원 같은 곳에서 열린 장례식에 참석하기 위해서다. 장례의 주인공은 12월 5일 92세로 세상을 뜬 〈프랑스의 국민 지성〉 장 도르메송Jean d'Ormesson. 고인은 1973년 당시까지 최연소 나이(48세)로 프랑스 학술원(아카데미 프랑세즈)의 종신회원이 됐으며 『르 피가로』의 주필도 지냈다. 1956년부터 50권의 책을 펴냈고 TV를 통해서도 대중과 적극 소통했다. 나이가 들어서까지 왕성하게 활동해 국내에서 2012년 개봉했던 영화 「엘리제궁의 요리사」에서 미테랑 대통령 역할을 연기하기도 했다.

대열을 이룬 프랑스 군대와 추모 인파가 지켜보는 가운데, 마크롱 대통령은 군악대의 연주에 맞춰 천천히 앵발리드 안뜰을 한 바퀴 돌아 걸었다. 그리고는 도르메송 유가족들의 손을 일일이 꼭 잡고 애도한 뒤 연단에 섰다.

〈친애하는 여러분, 연못의 물이 매우 맑아도 그 깊이를 알기 위해선 오랫동안 몸을 기울여 봐야 합니다. 이 말은 앙드레 지드André Gide가 장 드 라브뤼예르Jean de La Bruyère에 대해 자신의 일기에 썼던 내용인데요. 그런데 이 말이야말로 도메르송에게 특히 잘 어울립니다. 도르메송은 그 누구보다도 맑고 투명함을 사랑한 분이었기 때문입니다. 그가 그토록 사랑했던 지중해, 작가의 은밀한 섬에 있던 하얀 집, 그가 좋아하는 스키를 탔던 눈부신 눈 덮인 비탈길, 태양 가득한 터키 연안 작은 만의 투명함처럼⋯⋯. 그 스스로가 투명한 존재였습니다. 어떤 장소든 어떤 토의든 어떤 상황이든 그가 함께하면 투명하게 빛났습니다. 그는 우울한 사람들과 비관론자들에게 삶의 즐거움을 주는 것 같았습니다.〉

프랑스 호숫가를 연상시키는 한 편의 잘 만들어진 문학 같은 추모 사였다. 그 표현의 깊이와 아름다움에 경탄의 마음이 들 정도였다. 마크롱은 이어 말했다. 〈나는 우리가 어릴 때부터 쓰는 이 연필을 당신의 관 위에 놓겠습니다. 이 단순하고도 매혹적인 연필을 놓으며 당신을 향한 우리의 무한한 감사와 추억을 올립니다.〉*

추모사를 마친 마크롱은 프랑스 삼색 국기를 덮은 도르메송의 관 위에 천천히 다가갔다. 그리고는 푸른색 연필 양쪽 끝을 조심스럽게 두 손으로 잡고 관 위에 올렸다. 프랑스 최고 지성을 향한 이 추모의 모습은 프랑스 주요 방송들을 통해 생중계됐다. 나는 실시간으로 페이스북에 올라오는 중계를 지켜보면서 〈클래스가 다른 추모〉에 숙연

---

* Présidence de la République, Hommage à Jean d'Ormesson aux Invalides, www.elysee.fr, 2017. 12. 8.

해졌다. 잘 깎인 연필은 소박했지만 고귀한 여운을 남겼다. 그래서 도르메송이 펴냈던 철학 소설 『어디서 어디로 무엇을』을 찾아 꺼내 펼쳐 보았다.

〈나는 많이도 웃었다. 세상은 재미있다. 나는 단어들, 아이러니, 봄날의 스키, 용기, 바다까지 내려온 올리브 나무와 소나무로 뒤덮인 해안, 찬탄, 방자함, 섬의 작은 술집, 삶의 모순들, 노동과 무위, 속도와 소망, 루비치와 큐커의 영화들, 캐리 그랜트, 진 티어니, 시고니 위버, 키라 나이틀리를 좋아한다. 나는 운이 좋았다. 태어났으니. 나는 태어남을 불평하지 않는다. 당연히 나는 죽을 것이다. 그때까지는 살아 있다.〉[*] 과거엔 무겁고 어렵게 느껴졌던 그의 책이 마크롱의 추모사를 듣고 난 후엔 반짝이는 생명력으로 빛났다. 「엘리제궁의 요리사」에서 마음씨 좋은 대통령을 연기했던 도르메송의 모습이 또렷하게 떠올랐다.

도르메송이 세상을 뜬 다음 날인 12월 6일엔 〈프랑스의 국민 가수〉가 타계했다. 74세를 일기로 사망한 록 가수 조니 알리데Johnny Hallyday다. 도르메송 때처럼 장례식장에 전현직 대통령이 총출동한 것은 물론, 알리데의 운구 행렬은 시민 수십만 명이 울먹이며 지켜보는 가운데 파리 개선문에서 샹젤리제를 거쳐 마들렌 성당La Madeleine으로 향했다.

알리데의 본명은 장필리프 스메Jean-Philippe Smet. 1943년 파리에서 태어난 알리데는 발레리나였던 고모 손에서 자라며 공연장을 다녔다.

[*]　장 도르메송, 『어디서 어디로 무엇을』, 이세진 옮김(서울: 마디, 2016).

사촌의 미국인 남편으로부터 〈리 할리데이Lee Hallyday〉란 별명을 얻게 되고 마침 미국 영화에 나온 엘비스 프레슬리Elvis Presley를 보면서 록 가수의 꿈을 꾸기 시작했다. 할리데이의 프랑스어 발음이 〈알리데〉다. 1950년대 프랑스에서 샹송만이 통할 것이란 편견을 깨고 미국식 로큰롤을 성공시킨 그는 〈프랑스의 엘비스 프레슬리〉로 불렸다. 프랑스 음악 산업사상 가장 많은 앨범을 판 가수 중 한 명이며, 각국을 돌며 3,000번의 공연을 통해 3,000만 명의 관객을 만났다.

알리데의 장례식은 12월 9일 〈국민적 경의〉라는 이름으로 마들렌 성당에서 치러졌다. 프랑스 전역에서 온 700대의 오토바이가 그의 운구와 동행했다. 파리 지하철 공사는 그를 추모하기 위해 〈록〉이란 단어가 들어간 파리 뒤록역의 이름을 〈뒤록 조니Durock Johnny〉로 임시 개명해 간판을 바꿔 달았다. 당시 파리를 여행하던 여동생이 사진 한 장을 카카오톡으로 보내왔다. 사진 속 에펠탑에는 〈고마워요 조니 Merci Johnny〉라는 조명이 반짝이고 있었다.

작가와 록 가수의 사망을 온 국민이 애도하며 추모하는 나라, 프랑스. 나는 이 추모의 모습을 보면서 문화에 대한 예우와 추모의 품격을 생각했다. 우리나라의 어떤 문화 예술인이 세상을 뜨면 전현직 대통령이 장례식장에 나와 추모를 할까. 생각해 보면 파리 시내 곳곳에 묘지와 기념탑이 있어 누구나 언제든 찾아가 추모의 꽃다발을 올릴 수 있는 나라가 프랑스다. 우뚝 솟은 에펠탑은 국가의 희로애락에 맞춰 조명을 바꿔 국민이 한마음으로 되게 한다.

그런데 프랑스인들은 추모에 대해 높은 사회적 관심과 엄격한 기준을 동시에 갖고 있다. 1970년대 프랑스의 낙태 합법화를 주도하며 여성 인권의 상징이었던 철학자 시몬 베유Simone Weil의 유해는 세상을 떠난 지 1년 만인 2018년 7월 팡테옹으로 이장됐다. 수천 명의 국민이 그녀의 유해를 팡테옹으로 옮겨 달라고 청원 운동을 벌였기 때문이다. 팡테옹은 빅토르 위고Victor Hugo, 장자크 루소Jean-Jacques Rousseau 등 프랑스를 대표하는 위인 75명이 영면해 있는 곳으로 이 중 여성은 과학자 마리 퀴리Marie Curie 등 3명뿐이었지만 베유가 이장됨으로써 4명이 됐다.

세계적 팝아트 작가인 제프 쿤스의 튤립 꽃다발 조각이 파리에 세워지지 못하고 있는 것도 한 예다. 파리에 살던 2016년 나는 신문을 읽다가 깜짝 놀랐다. 쿤스가 파리 시립 현대 미술관MAMVP*과 팔레드 도쿄Palais de Tokyo 사이에 대형 작품을 설치한다는 기사가 실려 있었다. 쿤스 작품을 파리에서 볼 수 있다니……. 쿤스는 〈2015년 파리 연쇄 테러 1주년을 맞아 테러 희생자들을 추모하고 싶다〉고 했다. 한 손에 컬러풀한 튤립 모양 풍선을 든 높이 12미터, 너비 8미터의 대형 조각 「튤립 부케Bouquet of Tulips」를 만들어 세우겠다는 계획이었다. 쿤스의 전시는 프랑스 남부 아비뇽(2000), 베르사유궁(2008), 파리 퐁피두 센터Centre Pompidou(2014~2015)에서 열리며 엄청난 관객 파워를 입증한 바 있었다. 그런데 이번에 새롭게 설치된다는 장소는 에펠탑과 센강이 내려다보이는 파리 최고의 관광 명소 중 하나였다. 작가는 작품의 아이디어를 내고 미국 후원자들이 제작비 350만 유로(46억

* Musée d'Art Moderne de la Ville de Paris.

원)를 내서 독일에서 작품 제작이 거의 끝났다고 했다.

그러나 프랑스 문화 예술계의 반응은 싸늘했다. 건축가 도미니크 페로Dominique Perrault 등 프랑스 문화 예술인 24명은 일간지 『리베라 시옹』에 성명을 내고 설치 반대를 주장했다. 쿤스가 세계적 작가이긴 하지만 파리 테러 희생자를 기리는 조형물이라면 프랑스 작가들에게 도 기회가 주어져야 하며, 작품 설치 장소도 테러 발생 지점과 상관없 는 관광 명소라는 지적이었다. 결국 작가는 아이디어만 냈을 뿐인데 파리 최고의 장소를 내준다면, 추모보다는 쿤스 띄우기에 상업적으로 이용된다는 것이다. 쿤스가 이전에 베르사유궁에서 전시를 할 때 〈저 급한 키치 문화가 프랑스의 위대한 유산의 명예를 실추시킨다〉는 논 란을 받았던 것을 떠올리게 했다. 〈우리의 슬픔에 대해 우리의 귀한 장 소를 외국 작가에게 내주기 싫다〉는 프랑스의 자존심 때문에 쿤스의 작품은 아직까지 파리에 설치되지 못했다.

2017년 3월 14일은 내게 잊지 못할 날이다. 내가 숭상하는 한 여인을 우연히 마주친 날이기 때문이다. 학교에 갔다가 지하철 파시역에서 내려 유치원으로 둘째를 데리러 가던 중 그녀를 만났다. 내 인생의 영웅, 크리스틴 라가르드 IMF 총재다. 파리에 사는 동안 운 좋게도 많은 유명인들과 마주쳤다. 아이들과 불로뉴 숲속의 놀이 공원 아클리마타시옹 정원에 갔을 땐 어린 딸과 함께 그곳을 찾은 카를라 브루니를 만났고, 귀국하던 날엔 우리 동네에서 영화를 찍던 소피 마르소Sophie Marceau도 만났다. 그럼에도 가장 뿌듯한 건 라가르드 총재를 만난 일이다.

1944년 설립된 IMF 사상 첫 여성 총재, 프랑스 첫 여성 재무부 장관을 비롯해 역대 프랑스 최장수 장관. 엄청난 커리어 우먼에 패션 감각까지……. 그녀를 얼떨결에 마주친 순간, 〈아, 내가 이러려고 파리에 왔구나〉 싶었다. 진분홍색 깃이 달린 감색 차이나 칼라 재킷과 진분홍색 바지를 입은 그녀는 큼지막한 주황색 모노프리Monoprix 슈퍼마켓

장바구니를 들고 있었다. 본능적으로 다가가 인사를 했다.

「아, 한국에서 온 기자라고요? 그러면 윤종원 주 OECD 대한민국 대표부 대사도 아시겠네요.」

「예. 그렇습니다. 그런데 이 동네에 사세요?」

「네. 바로 저기예요.」

명색이 기자인데 현재 글로벌 경제 상황에 대한 질문을 던져야 하나 잠시 고민하다가 그만두었다. 대신 어린 자녀 둘을 데리고 1년간 파리에서 공부하고 있다고 이야기하니, 〈훌륭하다, 응원한다〉고 따뜻하게 말해 주었다. 나중에 윤종원 대사(현 대통령 경제수석비서관)로부터 전해 들으니 라가르드 총재는 독일에서 열릴 G20 정상 회의 준비를 위해 파리 집에 들른 듯했다. 그 후로도 동네에서 라가르드 총재를 마주쳤는데, 그때마다 그녀는 빛나는 은발에 모노프리 장바구니를 든 차림으로 해님처럼 환하게 먼저 인사해 주었다.

라가르드 총재는 그해 9월엔 한국에 와서 〈2017 대한민국 여성 금융인 국제 콘퍼런스〉에 참석했다. 이 자리에서 그녀는 말했다. 〈여성이 계속 위로 올라가려면 매일 결연한 각오를 다져야 합니다. 높은 위치에 오른 후에도, 우리 여성들은 능력과 가능성을 의심하는 시선을 한 몸에 받으며 매일 실력을 갈고 닦아 증명해야 하죠. 하지만 모든 걸 다 가질 수는 없어요. 그럴 필요가 없는 사회 분위기를 만드는 게 중요합니다.〉

그녀는 1956년 파리에서 태어나 파리 10대학을 졸업한 후 미국에서 변호사로 활동하고 2005년 프랑스로 돌아와 통상부 장관과 농업

부 장관을 거쳐 G8 국가 최초의 여성 재무부 장관에 올랐다. 2011년 엔 IMF 사상 첫 여성 총재로 선출됐다. 두 번 결혼하고 두 번 이혼했으며, 두 명의 아들을 둔 것으로 알려져 있다. 〈저도 로펌에서 일하던 시절, 커피 좀 따르라는 요구를 받은 적이 있어요. 한국 여성들처럼 미친 듯이 일과 육아를 병행하느라 고생했죠. 육아 휴직은 꿈도 못 꾸던 시절이었고요. 이제는 여성의 고통을 사회가 나눠야 합니다. 가사, 양육, 돌봄을 남녀가 동등하게 부담할 성 평등 문화와 환경을 조성해야 합니다. 기업 문화도 좀 더 가족 친화적으로 바뀌어야 하고요. IMF도 이를 위해 앞장서 노력하려 합니다. 고령화에 대응하는 효과적 방안이 바로 여성 노동력을 높이는 것이니까요. 여러분, 든든한 내 편을 만드세요. 웃으면서 전진하세요. 무슨 일이 있어도 웃음을 잃지 마세요.〉[*]

라가르드 총재는 2018년 10월엔 지타 고피나스Gita Gopinath 하버드 대학 경제학과 교수를 차기 IMF 수석 이코노미스트로 임명했다. IMF 설립 역사상 여성이 수석 이코노미스트가 된 것은 74년 만에 처음이다. 라가르드 총재는 〈고피나스는 흠잡을 데 없는 학문적 자격과 입증된 지적 리더십 경력을 갖춘 걸출한 경제학자라 중대한 시점에 우리 연구 조사 부문을 이끌 적격자〉라고 직접 설명했다. 최근 파리에 본부가 있는 OECD와 세계 은행에도 여성 수석 이코노미스트가 일하게 되면서 세계 3대 경제 기구를 여성이 〈접수〉했다.[**] 여성이 앞서 물길을 내고 후배 여성을 발탁해 길러 내니 정말로 세상이 달라졌다.

---

[*]   이세아, 여성들, 완벽할 필요 없다…… 내 편 만들고, 웃음 잃지 말라, 『여성신문』, 2017. 9. 13.

[**] 방현철, 세계 3대 경제 기구에 여성 수석 이코노미스트, 『조선일보』, 2018. 10. 4.

프랑스 여성들은 1944년에 투표권을 획득했다. 1968년 파리 낭테르 대학 학생들이 시작한 반체제 사회 운동인 〈68혁명〉을 통해 남녀 평등과 여성 해방에 대한 눈을 떴다. 그럼에도 기존 남성 중심의 영역에서 주목할 만한 여성 리더가 별로 없다가 2010년대 들어 분위기가 확 바뀌었다. 2014년엔 파리 역사상 첫 여성 시장이 탄생했다. 중도 좌파 사회당의 안 이달고 시장이다. 파리 코뮌 붕괴로 폐지된 파리 시장직이 1977년 부활한 이후 여성이 임기 6년의 시장에 당선된 게 처음이다. 1959년 스페인계 이민자 가정에서 태어난 이달고 시장은 프랑스 리옹 3대학을 나와 노동 행정 분야에서 일하다가 2001년부터 파리 부시장이 돼 시정 경험을 쌓았다.

나는 이달고 시장을 2016년 10월 세계 3대 아트 페어로 꼽히는 파리 피악FIAC 행사장에서 봤다. 그랑 팔레와 맞은편 프티 팔레Petit Palais에서 동시에 열린 피악에 이달고 시장은 브뤼노 쥘리아르Bruno Julliard 파리 수석 부시장 등과 함께 참석했다. 당시 나는 딸과 함께 프티 팔레에 전시된 한국 작가 서도호의 「집 속의 집」 시리즈를 보고 있다가 이달고 시장 일행과 마주쳤다. 검은색 바지 정장에 푸른 스카프를 길게 늘어뜨린 이달고 시장도 서도호의 작품을 관심 깊게 봤다. 피악 디렉터인 제니퍼 플레이Jennifer Flay는 〈이달고 파리 시장이 전적으로 피악에 협조해 줘 감사하다〉라고 했다. 이달고 시장이 그랑 팔레와 프티 팔레 사이의 도로를 막고 그 위에 예술 문구를 설치할 수 있게 해 줬던 것이다.*

* Laurie Hurwitz, For FIAC, Projects sprawl all over Paris as dealers ring up sales inside the Grand Palais, Artnews, 2016. 10. 21.

이달고 시장은 자신의 뚜렷한 이목구비만큼 강단 있는 시정을 펼치고 있다. 생태주의자인 그녀는 2016년 5월부터 〈파리 호흡Paris Respire〉이라는 이름의 제도를 도입해 대기 오염과의 전쟁을 선포했다. 사실 파리의 파란 하늘만큼 예쁜 하늘도 드물다. 그런데 대기 오염이 심해지면 이 하늘이 돌변한다. 나는 에펠탑이 센강 건너로 손에 잡힐 듯 보이는 파리 16구 트로카데로 광장 주변에 살았는데 공기가 나쁜 날엔 1킬로미터 이내 거리인 에펠탑이 시야에서 사라져 버렸다. 이달고 시장은 그래서 종종 대기 오염이 심각한 날엔 차량 2부제를 시행하면서 대중교통을 공짜로 이용할 수 있게 했다. 한 달에 한 번씩 샹젤리제 거리를 〈차 없는 거리〉로 만들고, 배출 가스가 많은 차량은 파리 도심에 아예 들어오지 못하게 막았다. 2018년엔 파리 대중교통의 상시 무료화를 검토한다는 파격적 발표도 했다. 자전거 도로를 늘려 2030년까지 파리에 자동차보다 자전거가 더 많이 다니게 하겠다고 했다.

그런데 2018년 9월 브뤼노 쥘리아르 수석 부시장이 〈이달고 시장과 주요 정책들에 대한 이견이 심각해 수석 부시장직을 사퇴한다〉고 발표했다. 2년 전 프티 팔레에서 이달고 시장 바로 곁에 있던 그 부시장이다. 그는 특히 교통망 투자에 막대한 돈이 드는 대중교통 전면 무료화에 대해 반대하면서 이달고 시장이 정책의 일관성 없이 독선적 행정을 펼친다고 비난했다. 2020년 다시 시장 선거를 앞두고 있는 이달고로서는 위기에 처했다.*

---

* Loris Boichot, Bruno Julliard, Premier adjoint à la maire de Paris, démissionne et cible Anne Hidalgo, Le Figaro, 2018. 9. 17.

2013년에는 『르 몽드』가 첫 여성 사장 겸 편집국장을 배출했다. 주인공은 옛 소련과 동유럽 국제 문제 전문 기자로 활약했던 나탈리 누게레드Natalie Nougayrède. 『르 몽드』에서 여성 편집국장은 2010년 실비 카우프만Sylvie Kauffmann이 처음 나왔으나 사장까지 오른 건 누게레드가 최초였다. 그러나 누게레드는 『르 몽드』의 디지털 전략을 두고 편집국과 갈등을 빚다가 취임 14개월 만에 사임했다. 당시 프랑스 AFP 통신은 〈누게레드 사장이 말을 걸기 어려운 사람이었다〉는 소식통의 발언을 전하면서 〈그 때문에 『르 몽드』 선임 에디터 11명 중 7명이 그의 독선적 경영 스타일을 문제 삼으며 집단 사임했다〉고 분석했다. 누게레드는 사임 의사를 밝히면서 〈경영진과 나에 대한 편집국의 개인적이고 직접적 공격 때문에 혁신 계획을 추진할 수 없어 물러난다〉고 직원들에게 이메일을 보냈다.*

이달고 파리 시장과 누게레드 전 『르 몽드』 사장이 정말로 독선적인지, 조직과 불협화음을 빚었는지 나로선 자세히 알 길이 없다. 다만 팔은 안으로 굽는다고, 내가 여자라서 그런지 이들이 각자의 자리에서 프랑스 역사상 〈첫〉 여성 수장으로 올라 역할을 수행하기까지 겪었을 시련을 짐작해 본다. 더욱이 그들은 기존 지형을 흔드는 변화를 진두지휘했다. 여성 리더십 프로그램이 많은 기업계와 달리 정치와 언론은 그간 주로 남성 영역이었다. 이 분야에서 리더가 된 여성은 스스로 단단해져야 했을 것이다. 남성과 똑같은 강도로 말해도 〈독선적 여자〉란 평을 들었을지도 모른다. 그래서 당당한 실력을 갖추고 웃음을 잃지

* 전승훈, 불통의 리더십, NYT-르 몽드 첫 여성 편집국장 동시에 물러나, 『동아일보』, 2014. 5. 16.

말라는 라가르드 IMF 총재의 조언이 더욱 절실하게 다가온다.

파리에 살 때 지하철 속에서 본 한 젊은 임산부는 내게 신선한 충격을 줬다. 그녀는 지하철에 타자마자 자리에 앉아 있던 한 남성에게 〈제가 임신했으니 좀 앉아야겠네요〉라고 웃으며 말했고 남성은 기꺼이 벌떡 일어섰다. 나는 과거에 배가 잔뜩 불러서도 왜 아무도 자리를 양보해 주지 않나 속으로만 안타까워했다. 난 그때 왜 당당하게 내 권리를 주장하지 못했을까. 그날 이후 여자 후배들이 임신을 하면 그 파리지엔 임산부 애기를 해줬다. 세상은 변하고 있고 여자들도 바뀌고 있다고. 함께 응원하며 힘내자고.

안 이달고 파리 시장은
파리시의 대기 오염을 줄이기 위해
저돌적인 시정을 펼치고 있다.
우리 아이들에게 살 만한 지구를
물려줘야 한다는 것이다.

파리 16구 같은 동네에 살아
가끔 장 보는 길에 마주친
크리스틴 라가르드 IMF 총재.
언제나 당당하고 세련된
〈여성 리더십의 롤 모델〉이다.

제
4
장

철학이
있는
교육

○　○○

프랑스엔 공립 학교, 사립 학교,
이중 언어 학교, 영어 학교 등
다양한 종류의 학교가 있고
동네마다 학교마다 성격과 분위기가 다르다.

내가 파리로 1년간 살러 갈 때 딸은 만 여덟 살, 아들은 세 살이었다. 어린 아들은 별 걱정을 안 했지만 딸의 학교 선택은 꽤 고민이 되었다. 한두 달도 아니고, 3~4년도 아닌 딱 1년. 고민 끝에 딸은 영어와 프랑스어를 절반씩 가르치는 이중 언어 학교에 보내기로 했다. 수업료가 들지 않는 프랑스 공립 학교에 보내고 싶었지만, 아이가 1년 내내 프랑스어를 익히느라 고생만 하다가 돌아올 것 같았다. 파리의 영어 학교는 너무 비싸서 절충으로 선택한 게 이중 언어 학교였다. 자녀를 미리 보내 본 지인들에게 조언을 얻어 일찌감치 EIB 몽소 학교*로 정하고 출국 전 입학금을 미리 보냈다. 아들은 일단 파리에 도착한 뒤 동네 유치원에 등록하기로 했다.

새 학기의 시작은 2016년 9월이었다. 그해 7월 파리에 도착했지

---

*   École Internationale Bilingue Monceau.

만 파리의 7~8월은 여름휴가 기간이라 학교도 상점들도 긴 방학에 들어간다. 아들의 경우, 8월 말 동네인 16구 구청에 가서 각종 관련 서류를 내고 파시 공립 유치원을 배정받았다. 그 무렵 딸이 다니기로 한 몽소 학교는 전통 있는 파리의 이중 언어 학교답게 학부모들에게 영어와 프랑스어로 각각 이메일을 보내왔다. 반 배정과 함께 여러 안내를 했는데, 그중 내가 놀란 건 새 학기 준비물에 대한 목록이었다.

볼펜 색깔과 연필 굵기 그리고 필통 크기 등이 나열된 새 학기 준비물 목록엔 공책 줄 간격까지 상세하게 적혀 있었다. 나같이 어리둥절해할 학부모들을 위해 학교에서 가까운 문구점도 안내돼 있었다. 바로 다음 날, 이 문구점에 가서 준비물을 챙겼다. 한국에서 챙겨 온 필통과 공책도 있었지만 학교 방침을 따르기 위해 규격에 맞는 걸로 다시 샀다. 프랑스 문구 브랜드 클레르퐁텐Clairefontaine의 공책은 그날 이후 나의 〈애정 아이템〉으로 등극했다. 1858년 설립돼 프랑스 학교 공책을 만들어 판매하는 이 브랜드는 가벼운 중성지를 사용해 필기감이 부드러워 나 같은 〈문구 홀릭〉을 매료시킨다. 필기구를 가득 넣을 수 있는 파우치 형태의 비닐 필통은 연분홍색 홍학들이 수채화처럼 그려 있는 것으로 골랐다. 아이의 준비물이었는데 엄마인 내가 옆에서 더 신났다.

문구점에는 어른 손바닥 두 개 크기, 또는 스케치북 크기의 낱장 달력도 있었다. 〈학사 캘린더〉라는 이름의 이 달력엔 프랑스의 각종 휴일과 방학 일정이 한눈에 표시돼 있다. 프랑스는 전국의 지역을 A, B, C 세 구역으로 나눠 각기 다른 시기에 방학을 한다. 예를 들어 리옹은 A존, 스트라스부르는 B존, 파리는 C존이다. 7주간 수업 후 2주간 방학을 하는데, 부모들은 이 달력을 보고 방학에 맞춰 휴가를 내거나 방학 돌봄 학교를 신청한다. 이렇게 구역을 나눠 방학을 하면 바캉스족들을 지역별로 분산시키는 효과도 갖는다는 걸 차차 알게 됐다. 프랑스의 대형 마트인 모노프리도 두 달간의 긴 여름 방학이 끝나고 새 학년이 시작되는 개학에 맞춰 일제히 개학 준비물 세일을 했다.

몽소 학교엔 교복도 있었다. 일괄적으로 정해진 옷을 사는 게 아니라 짙은 감색 카디건과 스커트, 칼라가 둥근 흰색 블라우스, 검은색 구두 등을 갖춰 입으라고 했다. 그런 종류의 옷을 살 수 있는 곳으로 안내된 상점 중 하나를 찾아갔다. 회색 같은 파랑이라는 뜻의 블뢰 콤 그리Bleu Comme Gris는 8구 샹젤리제 거리 근처에도 있지만 16구 우리 동네 파시에도 매장이 있어 꼭 필요한 옷만 일단 가서 샀다. 옷감과 색감이 고급스러웠다. 카디건에는 〈eib〉란 학교 명칭 스티커를 달아야 해서 그렇게 주문을 하고, 흰색 면 블라우스는 모노프리에 들러 좀 더 저렴한 것으로 몇 벌 더 샀다.

몽소 학교는 파리 17구의 아름다운 몽소 공원 안에 있다. 프랑스 학교는 입학식을 따로 거창하게 하지 않는다. 아이들은 엄마 아빠와 함께 흰색 블라우스와 감색 하의 차림으로 오전 8시 40분까지 속속 학교에 도착했다. 평소엔 교문 앞까지만 데려다줄 수 있지만, 첫날이라 학부모도 교실 안까지 들어가 볼 수 있었다. 고풍스런 건물 안에 있는 각 교실은 생각보다 굉장히 작았다. 한 반에 10명 정도인 학생들이 칠판을 향해 두 줄로 앉는 구조였다. 꼼짝 않고 앉아서 프랑스어 동사 변화를 외우는 아이들의 모습이 상상되는, 딱딱하고 엄격한 느낌을 받았다. 아이를 데려다주고 나오면서 같은 반 일본 아이 엄마와 인사를 나누었다. 그녀는 교환 교수로 온 남편을 따라 파리에 왔다며 아들이 영어도 프랑스어도 한마디도 못한다는 걱정을 했다. 내 딸도 별반 다르지 않다는 얘기를 하며 서로를 격려하고 헤어졌다.

개학날 첫 수업을 마치고 돌아온 딸은 흥분을 감추지 못했다. 「엄마, 학교에서 주는 급식이 너무 맛있었어. 그리고 점심을 먹고 난 후엔 몽소 공원에서 아이들이랑 뛰어놀았어. 벌써 클라라라는 아이랑 엄청 친해졌어.」 담임 선생님은 프랑스어 필기체로 알림장에 그날의 학업과 숙제를 적어 보냈다. 선생님의 듬직한 첫인상과 아이를 격려하는 글에 강한 신뢰를 느꼈다. 선생님 말씀대로만 잘 따르면 딸의 학교생활은 별문제가 없어 보였다. 이 학교를 소개해 준 우리 회사 전승훈 전임 파리 특파원의 말을 떠올렸다. 〈매주 루브르 박물관이나 오르세 미술관Musée d'Orsay에 아이들을 풀어놓고 자유롭게 그림을 그리게 한다니까. 점심밥 맛있기로도 유명하고. 친구와 교사들 수준도 훌륭하니까 파이팅.〉

인생은 뜻한 대로만 굴러가지 않는다. 며칠 후 아들의 동네 유치원 등교가 시작됐다. 딱 하루 아들을 유치원에 보내 보고 당초 내 계획이 얼마나 비현실적이었는지 깨닫게 됐다. 나는 아들을 오전 8시 20분 유치원 문 열 때 데려다준 뒤, 딸과 지하철을 한 번 갈아타고 17구에 있는 초등학교로 8시 40분까지 등교시킨다는 계획이었다. 유치원 선생님과 보조 교사는 8시 25분에야 출근을 했고, 딸을 데리고 출근길 파리 지하철을 환승해 타는 일은 무척 고됐다. 초등학교 근처로 집을 구하지 못해 애당초 지속 가능하지 않은 계획이었다.

절망스런 마음으로 거리에 우두커니 서서 인터넷 검색을 하다가 새로운 이중 언어 학교를 찾아냈다. 아들의 유치원에서 불과 50미터 떨어진, 파시에 있는 우리 동네 이중 언어 학교를! 곧장 찾아간 킹스워스Kingsworth 국제 학교는 작은 마당이 있는 3층짜리 벽돌집이었다. 친구 집 같은 분위기의 학교엔 중고등학생들이 교사들과 마당에서 이야기를 나누고 있었다. 나는 교장실로 안내됐다. 스테픈 잔코프스키Stephen Jankowski 교장은 내게 말했다. 「우리 학교는 몇 년 전에 설립된 신생 학교이고, 초등학교 과정은 바로 오늘 시작했다. 아이를 데려와 한 번 수업을 듣게 해보는 게 좋겠다.」

교사도, 학생도, 학교도 몽소 학교와는 전혀 다른 자유로운 분위기였다. 교복은커녕 티셔츠에 청바지를 입은 초등 과정의 아이들은 5명씩 두 반으로 나뉘어 한 반은 프랑스어로 역사 수업을, 한 반은 영어로 미술 수업을 했다. 널찍한 교실에 놓인 원형 테이블에 둘러 앉아 놀이 분위기로 공부를 했다. 며칠 만에 몽소 학교의 열혈 팬이 됐던 딸은 킹스워스 학교도 좋다고 했다. 나는 몽소 학교를 포기하고 킹스워스로 옮겼다. 남편과 차도 없이 아이 둘을 혼자 파리에서 학교와 유치원에 보내고 나도 학교를 다니려면 가급적 이동 거리를 줄여야 했다. 그리고 뜻한 대로 이뤄지지 않는 인생은 더 큰 선물을 안겨 주었다. 결과적으로 킹스워스는 딸에게 〈인생 학교〉가 됐다. 큰 행복과 소중한 추억을 그곳에서 느끼고 쌓았다.

딸이 며칠밖에 다니지 않은 몽소 학교를 비교적 상세하게 소개한 건, 내가 이 책에서 소개하는 학교생활이 전체 프랑스 학교를 대표하지는 않는다는 걸 짚어 두기 위해서다. 프랑스엔 공립 학교, 사립 학교, 이중 언어 학교, 영어 학교 등 다양한 종류의 학교가 있고 동네마다 학교마다 성격과 분위기가 다르다. 나의 딸은 한국에서 파리에 가기 전엔 사립을, 다녀와선 동네 공립을 다니는데 둘 다 만족해한다. 딸은 아마 파리의 몽소 학교를 계속 다녔어도 좋아했을 것이다. 파리 16구에 있는 킹스워스 국제 학교와 파시 공립 유치원. 우리의 파리 1년 첫 학기가 그렇게 시작됐다.

스테픈 잔코프스키 교장은 내게 말했다.
〈우리 학교는 몇 년 전에 설립된 신생 학교이고,
초등학교 과정은 바로 오늘 시작했다.
아이를 데려와 한번 수업을 듣게 해보는 게 좋겠다.〉

결과적으로 킹스위스는
딸에게 〈인생 학교〉가 됐다.
큰 행복과 소중한 추억을
그곳에서 느끼고 쌓았다.

딸은 신기하게도 첫날부터 킹스워스 국제 학교를 좋아했다. 쉬운 영어를 구사하고 프랑스어는 그저 몇 마디 아는 정도였지만 언어 수준은 문제되지 않았다. 초등학교 저학년 또래에서 학교생활의 관건은 얼마나 재미있게 보내느냐에 달렸다. 학생들은 딸을 따뜻하게 맞아 주었다. 영어와 프랑스어를 둘 다 할 수 있는 아이들은 스스로 나서서 모르는 부분을 가르쳐 준다고 했다.

 아이들은 다양한 이유로 파리의 이중 언어 국제 학교를 다녔다. 딸의 단짝이 된 제이나는 아버지인 주 프랑스 요르단 대사를 따라, 조던과 아비스파는 파리로 파견 근무 온 부모를 따라 각각 남아프리카 공화국과 인도에서 왔다. 롤라의 엄마는 미국 뉴욕과 파리를 오가며 일하는 베트남계 파리지앵 과학자, 흑인 맥스의 외할아버지는 세네갈의 유명 국민 가수였다. 나는 딸의 설명을 듣고 〈와, 완전 제3세계 국제 학교네!〉라고 말했다.

 나야 얼떨결에 이 학교를 보내게 됐지만 다른 아이들은 왜 이 신생 학교를 선택했는지 궁금했다. 우리 동네 파리 16구와 인근 부자 근교 도시 뇌이쉬르센에는 오래된 파리의 다른 유명 국제 학교들이 있었기 때문이다. 나중에 알고 보니 몇몇 아이는 이미 이 학교들을 다니다가 좀 더 자유로운 분위기를 찾아서 왔다고 했다.

딸이 다니는 킹스워스 국제 학교는 오전 9시부터 오후 3시까지 수업을 하고 원하는 학생은 오후 4시 30분까지 남아 방과 후 수업을 했다. 영어와 프랑스어 담임 교사가 각각 있어 문학, 역사, 지리, 수학, 과학 수업을 영어와 프랑스어로 번갈아 진행했다. 널찍한 교실 두 곳을 가벽으로 연결해 영어 수업과 프랑스어 수업으로 나눴다. 음악, 체육, 미술, 연극 수업도 있었다. 딸은 특히 프랑스어 선생님인 카트린을 무척 좋아하고 따랐다. 미술을 전공했고, 평소 긴 머리를 올려 말아 빗는 그녀에 대해 딸은 말했다.

「엄마, 카트린은 언제나 우아하게 말하고 옷을 세련되게 입어. 그리고 나에게 항상 미소 지으면서 자주 〈매우 잘한다Très bien〉고 해줘. 카트린 같은 사람이 되고 싶어.」

카트린은 매주 하나씩 프랑스 시를 외우게 했다. 시 암송은 프랑스 모든 학교에서 주된 교육이다. 지하철을 타면 가방에서 책을 꺼내 들고 시를 외우는 어린 학생들을 종종 마주친다. 나의 딸은 새 학기가 시작되면서부터 바로 시를 암송하기 시작했다. 프랑스어 발음은 어렵지만 악센트가 마음에 든다고 했다. 가장 처음 외운 건 장뤼크 모로Jean-Luc Moreau 시인의 「개학La rentrée」이란 시였다.

La rentrée

Un oiseau chantonne
Un air de Mozart
Que le vent d'automne
Emporte au hasard.
Bernard et Nicole,
La main dans la main,
Ont pris de l'école
Le joli chemin.
On voit sous les pommes
Crouler les pommiers.
Les crayons, les gommes
Sortent des plumiers.
Le ciel est morose:
Il verse des pleurs.
Mais Rosa-la-rose
Est toujours en fleurs.

개학

새 한 마리가
노래를 부른다.
가을바람이 실어 온
모차르트의 가곡을.
베르나르와 니콜이
손을 맞잡고
학교에 간다.
학교 가는 예쁜 길.
사과나무엔 주렁주렁
사과 열매.
필통에서 연필과
지우개를 꺼내 본다.
우중충했던 하늘에선
눈물 같은 비가 내리네.
그래도 붉은 장미는
활짝 피어 있다.

딸은 프랑스어를 잘 모르는데도 시를 곧잘 외웠다. 카트린은 시가 적힌 종이를 아이들에게 나눠 주고, 그에 어울리는 그림을 그리게 했다. 한국에 살 때도 동시와 그림을 좋아했던 딸은 프랑스어 시 암송에 폭 빠져들었다. 아이가 나와 함께 아침에 등교하면서 시를 외울 땐 정말로 새가 노래하는 것 같았다. 시를 외우기 때문일까. 딸의 상상력과 감수성에 나는 때때로 놀랐다. 할머니도, 엄마도, 아이도 대를 이어 외우는 프랑스 시. 프랑스 문화의 기본을 그때 깨달았다.

카트린은 프랑스어 필기체도 정성을 들여 가르쳤다. 이것도 대표적 프랑스의 초등 교육이다. 딸은 이 필기체 쓰기를 재밌어했다. 사실 프랑스인 대부분은 이 필기체로 글씨를 쓰기 때문에 프랑스에 살면서는 필기체를 알아 두는 것이 유용하다. 그 유려한 곡선미가 아름다워 나도 딸 옆에서 필기체를 익혔다. 프랑스 국립 연구 기관인 콜레주 드 프랑스Collège de France의 연구에 따르면 손으로 필기를 하면 기억력과 이해력이 향상된다고 한다. 손 글씨를 쓰면 자동으로 작동되는 특별 신경 회로가 있어 배움이 더 쉬워진다는 것이다. 손은 뇌의 명령을 수행하는 운동 기관일 뿐 아니라 뇌에 가장 많은 정보를 제공하는 감각 기관이기 때문이다. 손을 많이 사용할수록 전두엽에 가해지는 자극이 커지고 그 과정에서 인간 두뇌의 중추인 전두엽은 자극의 해석 기능을 넘어 창의적 활동을 한다.[*]

내가 즐겨 산책하던 파리 6구 생제르맹데프레 지역의 고서점들에는 프랑스 옛 문호와 음악가들의 자필 편지와 악보들이 진열돼 있었다. 내게는 그 손 글씨를 찬찬히 바라보던 순간들이 〈소확행〉이었다. 손 글씨는 문화적 향취가 그윽한 또 다른 지문(指紋)이라고 생각했다.

파리에 오기 전, 프랑스에 살다 온 가까운 지인이 아티에Hatier 출

---

[*] 연합뉴스, 키보드 아닌 손 글씨 써야 두뇌 좋아져, 『한국일보』, 2014. 6. 3.

판사에서 나온 CP학년 문제집을 출국 선물로 건넸다. 프랑스의 초등학교 학년은 한국식으로 하면 1학년(CP), 2학년(CE1), 3학년(CE2), 4학년(CM1), 5학년(CM2)으로 구성된다. 딸은 초등학교 2학년 1학기까지 한국에서 끝내고 파리에 왔지만 프랑스어가 약하므로 선물로 받은 1학년(CP) 참고서를 풀게 해보려고 살펴보았다. 프랑스어, 수학, 역사, 지리, 과학 등과 함께 들어 있는 교과는 〈시민 교육Éducation civique〉. 그중 첫 항목이 〈더불어 살기〉였다.

〈우리는 키도, 피부색도, 성격과 생활 태도도 제각각 다릅니다. 그 차이점을 받아들이고 다른 사람들을 존중하며 그들의 말을 경청해야 합니다. 그것이 관용tolérance입니다. 또 규칙을 지키는 것은 우리가 분쟁을 일으키지 않고 더불어 즐겁게 살아가기 위해 꼭 필요합니다. 잘 사는 것, 그것은 서로서로 돕는 것입니다. 그것을 우리는 연대solidarité라고 부릅니다.〉

2018년 10월의 어느 날에는 노선주 프랑스 디종 한글 학교 교장이 자신의 페이스북에 프랑스 중학교 교과서에 대한 글을 올렸다. 노 교장의 딸 안은 당시 열네 살 중학교 4학년이었다. 안의 교과서 제목은 한 편의 문학 제목 같은 〈잉크 꽃Fleurs d'encre〉. 목차는 자신의 정체성 탐구, 사회 참여 고발에 대한 이해, 세계에 대한 시인의 시선, 개인과 권력, 과학에서의 진보와 꿈 등이었다.

또 말하기 연습 문제는 〈내가 식물이라면, 내가 동물이라면〉, 글쓰기 연습 문제는 마르셀 프루스트Marcel Proust의 『잃어버린 시간을 찾아서』를 읽고 이 작품을 본 따서 글 구조를 만들어 쓰기이다. 노 교장은

〈역사, 사회, 미학이 총체적으로 연결된, 그래서 모든 존재의 이유와 설명이 가능한 교육이다. 프랑스적 교육이라는 건 결국 남들에게 휘둘리지 않고 자신의 삶을 살라고 가르치는 게 아닐까 한다〉고 썼다. 어른에게도 꼭 필요한 인생의 덕목을 담은 초등학교 1학년 교재, 자신의 정체성과 사회 참여를 고민하게 하는 중학교 교과서. 우리의 암기 주입식 교육과 비교해 보지 않을 수 없었다.

뛰어놀아라! 단 휴대 전화는 No!

2016년 9월 새 학기가 시작되고 나서 나와 가족은 충격에 휩싸였다. 점심시간 무렵 바로 옆집 마당에서 들려오는 엄청난 소음 때문이었다. 집을 구하기 전, 바로 옆에 학교가 있다고 듣긴 했지만 7월 여름에 도착해 두 달간은 고요했다. 옆집의 외관은 파리의 평범한 아파트 같았고, 3층 우리 집에서 내려다보는 마당 비슷한 운동장엔 인기척이 없었다. 그게 다 파리의 여름휴가 때문이었다. 알고 보니 내가 사는 아파트 바로 옆집은 파리 16구 가톨릭계 사립 초등학교였다. 매일 아침과 오후에 부모들이 우리 옆집 초등학교로 아이들을 데려다주고 데리러 왔다. 전형적인 파리지앵 가족들의 모습을 매일 볼 수 있어 흥미롭긴 했지만 예상치 못한 주거 환경에 맞닥뜨리게 된 것이다. 바로 학생들이 뛰어노는 소리!

점심을 먹고 나서 그리고 간간이 쉬는 시간에 아이들이 죄다 운동장으로 나와 뛰어노는 건 진풍경이었다. 한국의 학교처럼 잔디 운동장에 축구 골대가 있는 것도 아니었다. 그저 아스팔트 운동장 위에 덜렁 농구대 하나 있는데, 어린아이들은 쉬지 않고 뛰어놀았다. 처음 며칠 간은 그 엄청난 소리에 놀라워하다가 이내 마음을 내려놓았다. 어차피 쉬는 시간이 끝나고 수업이 시작되면 다시 고요해질 운명의 소리였다. 그렇게 생각을 고쳐먹고 나니 여전히 시끄럽긴 해도 뛰어노는 아이들의 건강한 모습이 보기 좋았다.

나의 초등학생 딸도 유치원생 아들도 각각 학교와 유치원에서 그렇게 뛰어놀았다. 어린 아들은 친구들과 언어가 잘 안 통해도 유치원 마당에서 숨바꼭질을 하고 미끄럼틀도 타면서 놀이를 통해 공동체 생활의 규칙을 익히는 듯했다. 나는 우리 옆집 학교의 활기찬 쉬는 시간 모습을 보면서 이 시간이 아이들에게 창조력의 기운을 회복해 준다고 믿게 됐다. 초등학생 딸은 방과 후나 휴일에 친구들 집으로 자주 초대받아 놀러 갔다. 데려다주러 가보면 푸짐한 간식도, 대단한 장난감이나 놀이 프로그램도 없었다. 그저 집 근처 공원에서 뛰어놀았다. 막스의 집에 갔을 땐 막스 엄마가 옆 가게에서 사 온 갈레트로 점심을 먹고 인근 샹 드 마르스Champs de Mars 공원에서 뛰어놀았다. OECD 근처 주 프랑스 요르단 대사 관저에 사는 제이나와는 바로 앞 라느라 공원에서 뛰논 뒤 제이나 집에서 요르단 음식과 과자를 먹었다고 했다. 이후 나도 부담 없이 딸 친구들을 불러 공원에서 뛰어놀게 한 뒤 집에서 한국 김밥 만들기 체험을 시켜 주었다.

OECD는 〈미래 교육 2030 프로젝트〉를 가동시키면서 체육 교육에 특별히 초점을 맞췄다. OECD에 따르면 주 3일 이상 격렬한 또는 적정한 체육 활동을 하는 학생이 체육 활동을 전혀 하지 않는 학생보다 삶의 만족도가 높게 나타났다. 체육 활동 참여가 많을수록 과학 성취도가 높아지는 결과도 나왔다. 정기적으로 체육 활동을 하면 기억력과 집중력이 향상되기 때문에 아동 청소년기에 체육 활동을 라이프스타일로 정립하는 게 좋다는 분석이었다.

2017년 윤종원 당시 주 OECD 대표부 대사는 한 일간지에 이렇게 기고했다. 평소 그가 기자들을 만나 얘기하던 생각을 고스란히 담은 글이었다. 〈다른 나라와 비교해 보면 우리 학생들은 학업 성취도는 높지만 행복 수준은 낮다. OECD가 15세 학생 대상으로 실시한 국제 학업 성취도 평가에서 우리는 싱가포르처럼 수학, 과학, 읽기에서 상위권을 차지해 왔다. 그러나 최근 순위가 떨어지고 있고 공부 시간이 주 51시간으로 OECD 평균 45시간보다 많아 시간당 학습 효율성은 하위권이다. 장시간 근로에 생산성과 행복도가 낮은 우리 사회를 판박이처럼 닮았다. 생김새만큼 기질과 적성이 천차만별인 학생들을 고정된 시험 틀에 맞추려 하면 다양한 역량을 키우기 어렵고 앞줄에 서지 못한 학생들의 자존감만 해치게 된다. 100명의 학생을 시험 성적 하나로 줄 세우면 1등이 한 명밖에 안 나온다. 다양한 기준으로 평가해서 많은 학생이 소질과 노력을 토대로 꿈을 찾게 해야 한다. (중략) 건강한 사회인을 양성하려면 지육, 덕육, 체육이 조화된 전인 교육이 필요하다.〉*

* 윤종원, 소중한 인재를 길러 내려면, 『한국일보』, 2017. 9. 10.

딸의 초등학교는 집에서 점심 도시락을 준비해 줘야 했다. 거의 대부분의 프랑스 학교들은 학교에서 자체적으로 급식을 하므로 도시락을 준비할 필요가 없다. 하지만, 딸의 학교는 그해 처음 초등 교육 과정을 시작해 학교 내 급식 시설이 마련돼 있지 않았다. 나는 한국에서도 준비하지 않던 아이의 점심 도시락을 싸느라 매일 아침 김밥을 말거나 연어를 구웠다. 다른 아이들은 어떤 도시락을 싸오느냐고 묻자 매우 간단했다. 당근과 토마토를 곁들인 샌드위치가 많았다.

한껏 자유로운 분위기의 이 학교에서도 엄격한 규칙이 두 가지 있었다. 건강한 식습관 기르기와 휴대 전화 사용 금지다. 이것은 프랑스 정부의 교육 방침을 따른 것이다. 프랑스 교육부는 매년 10월 〈맛의 주간La Semaine du Goût〉을 정해 학생들에게 미각과 건강을 일깨운다. 정해진 시간에 규칙적으로 식사를 하고, 하루 다섯 가지 이상의 과일과 채소를 먹으며, 싫은 음식도 일단 맛을 보라고 한다. 한국 엄마의 시선으로 보면 지지고 볶지 않아 엄마의 정성이 덜 들어간 것 같은 다른 아이들의 도시락에는 각종 생채소가 골고루 꼭 들어 있었다. 아이들은 30분 이상 밥 먹는 시간을 가진 뒤 밖으로 나가 마음껏 뛰어놀았다. 피자나 과자는 아주 예외적인 날에 먹는 음식이었다. 프랑스 사람들이 날씬한 이유는, 어릴 때부터 학습된 이 식습관 덕분이지 않을까 생각했다.

프랑스는 아이들의 휴대 전화 사용에 대해서도 일찌감치 사회적 규칙을 정해 놓았다. 2010년 프랑스 정부는 학교 수업 중 휴대 전화 사용을 법으로 금지했다. 한국에서는 안 사주던 휴대 전화를 파리에서는 아이의 안전과 연락을 위해 하는 수 없이 사주었는데, 아이는 학교에 도착해선 휴대 전화 전원을 꺼서 입구의 가방 속에 넣어 두어야 했다. 우려했던 것과는 달리 딸은 당시 정작 친구들과 뛰어노느라 휴대 전화에 별 관심이 없었다.

마크롱 대통령은 자신의 대선 공약을 2018년 9월 새 학기부터 실현했다. 프랑스의 모든 유치원, 초등학교, 중학교에서 학생들의 휴대 전화 사용을 전면 금지한 것이다. 학생들의 〈디지털 디톡스〉를 위해 수업 중은 물론 쉬는 시간에도 휴대 전화를 사용할 수 없게 했다. 또 프랑스 상원은 만 3세 이하 아이들을 스크린 기기의 노출로부터 보호하기 위한 법안을 2018년 11월에 가결했다. 휴대 전화나 컴퓨터 등 스크린이 부착된 모든 디지털 장비에 〈3세 이하 아이들에게 노출될 경우 건강이 위험해질 수 있다〉는 경고 문구를 의무적으로 부착하도록 한 것이다. 아이들은 스크린을 통해서가 아니라, 오감을 다 활용해 배워야 한다는 의식이 프랑스에는 있다. 식습관과 휴대 전화 사용 금지는 얼핏 전혀 다른 얘기 같지만 일맥상통하는 부분이 있다. 좋은 세 살 버릇을 기르자는 것이다. 특히 과학 기술 분야를 강조하는 프랑스에서 학생들의 휴대 전화 사용을 금지하는 건 산업적 측면보다 교육적 가치를 우선하는 것으로 보인다.

평등과 관용의 정신이 사회 곳곳에 스며들어 있지만 공공장소에서의 예의와 어른에 대한 공경을 강조하는 것도 프랑스 교육의 중요한 축이다. 2018년 6월 샤를 드골Charles de Gaulle 전 대통령의 독일 항전 연설 78주년 기념식에 참석했던 마크롱 대통령은 자신에게 〈잘 지내요, 마뉘?〉라고 반말을 한 10대 소년에게 정색을 하고 멈춰 서서 훈계를 했다. 〈넌 공식 행사에 왔으니까 거기에 맞게 행동해야 해. 나를 선생님이나 대통령으로 불러야지.〉 소년이 사과하자 대통령은 덧붙였다. 〈네가 혁명을 원한다면 먼저 학교에서 학위를 따고 너 스스로 생계를 꾸려 봐야 해.〉*

딸이 다닌 학교는 발전, 노력, 태도의 항목으로 평가를 했다. 교사들의 성적표 평가에는 〈다른 학생들을 어떻게 돕고 협력하는지〉에 대해서도 꼭 언급이 있었다. 일률적으로 〈잘함〉을 추구하는 게 아니라 각기 다른 배경의 아이들이 각자 자리에서 어떻게 성장하는지를 지켜보고 돕는 것 같았다. 학생들이 마음껏 뛰어놀 수 있는 프랑스 교육 환경의 저변엔 엄격하고도 원칙 있는 사회적 가치의 공감대가 있었다.

* Arthur Berdah, Tu m'appelles Monsieur le président: Macron recadre un jeune qui l'appelle Manu, Le Figaro, 2018. 6. 19.

파리 센 강변에 마련되는 인공 해변 〈파리 플라주Paris Plage〉에서 모래 놀이를 즐긴 아이들.

학생들은 틈만 나면 학교 마당에서 뛰어놀았다.

점심을 먹고 나서 그리고 간간이 쉬는 시간에
아이들이 죄다 운동장으로 나와 뛰어노는 건 진풍경이었다.
아스팔트 운동장 위에 덜렁 농구대 하나 있는데,
어린아이들은 쉬지 않고 뛰어놀았다.

2016년 11월, 딸의 학교인 킹스위스 국제 학교에 민원이 접수됐다. 당초 중학교와 고등학교 과정을 운영하던 이 학교가 2016년 9월부터 초등학교 과정을 신설하면서 인근 주택가로부터 소음 민원을 받은 것이다. 방학 내내 조용하다가 마른하늘에 날벼락 맞듯 아이들 노는 소리에 시달리게 된 우리 집과 같은 처지이리라. 매일 얼굴이 발갛게 상기되도록 학교에서 뛰노는 딸을 보면 학교 옆 주민들의 노고가 절로 이해됐다.

한 달에 한두 번 학부모들과 학교에서 차(茶) 모임을 갖는 잔코프스키 교장은 이런 상황을 숨기지 않고 부모들에게 알렸다. 〈학교가 성장을 하면서 부득이하게 초등학교 부문을 인근 다른 건물로 이전하려고 합니다. 소음 민원을 받게 됐지만 어차피 일부는 캠퍼스를 이전해야 했습니다. 여러분이 얼마나 이 파시 거리를 사랑하시는지 잘 압니다. 하지만 저희는 지금 학교 건물에서 걸어서 15분 거리의 코페르니크 거리에 더 아름다운 건물을 물색했습니다. 아이들이 지금보다 더

안전하고 뛰어놀 수 있는 공간이며, 급식할 수 있는 주방도 갖췄습니다. 여러분들의 편의를 위해 당초 파시 캠퍼스에서 새 캠퍼스를 오가는 무료 셔틀을 운영하겠습니다. 보다 활발한 토론을 위해 다음 주 화요일에 학교에서 학부모들과 차 모임을 갖겠습니다.〉

그렇게 열린 교사와 학부모 모임에서 교장과 교사들은 새 캠퍼스에 대해 상세하게 설명했다. 파리에서 차를 사지 않은 데다 비슷한 아침 시간대에 아들을 인근 유치원에 보내야 하는 나로서는 무료 셔틀 운영에 대해 재차 확답을 받았다. 파리 16구에서 자란 롤라의 엄마 킴은 〈교장 말처럼 새 캠퍼스 동네도 좋은 환경〉이라며 다른 학부모들을 안심시켰다. 공급자와 수용자, 또는 일방의 스피치가 아닌 아이들을 함께 가르치는 교사와 부모의 연대감을 그때 처음 느꼈다. 그로부터 두 달 후 이사한 새 캠퍼스는 큰 마당을 갖춘 2층 벽돌집으로, 아이들도 부모들도 만족도가 높았다. 우리는 새 캠퍼스 마당에서 〈와인과 치즈의 밤〉이나 〈영화 상영회〉 등 교사, 학생, 학부모가 함께 준비하는 모임을 자주 가졌다.

어느 날, 딸을 학교 앞까지 데려다주던 길에 만난 조던의 엄마 멜라니는 걱정스런 표정으로 내게 말했다. 〈될시(영어 교사)가 수업 시간 내내 자신의 두 살배기 어린 딸을 무릎 위에 앉혀 놓고 아이들을 가르친대요.〉 될시의 큰딸은 될시가 영어 담임을 맡은 반을 다녔다. 나의 딸도 같은 반이었다. 워낙 가족 같은 분위기의 학교여서 그런가 보다 했지만 두 살짜리 둘째까지 데려와 수업 시간에 앉혀 둔다는 건 나로서도 마음에 걸리는 얘기였다. 다음 날 오전 아이들을 스쿨버스에 태위 보내고 난 후 학부모 몇몇이 학교 앞 카페에서 뭉쳤다. 킴, 멜라니, 화가 앙젤란, OECD에서 일하는 아내를 따라 호주에서 온 존 달링, 역시 OECD 직원인 남편을 따라 캐나다에서 온 타냐, 베트남계 입양아 아들을 이 학교에 보내는 질 존스, 인도에서 수학 교사였던 란잔까지. 우리는 커피를 마시면서 이 문제를 논의했다.

파리에서 국제 학교를 보내는 학부모들은 대개 3년 정도 이방인으로 파리에서 살다 가기 때문에 어쩔 수 없이 국제 학교를 선택한 경우가 많았다. 프랑스어를 하지 못하는 아이들이 영어를 쓰는 교육 환경을 통해 파리 생활에 부드럽게 적응하기 원하는 마음이었다. 학부모들은 아이들을 구속하지 않는 자유로운 분위기를 찾아 킹스워스 국제학교를 택했지만, 뒬시의 태도에 대해서는 고개를 가로저었다. 뒬시뿐 아니라 이 신생 학교에는 분반과 교과 과정에 대해서도 허점들이 보였다. 우리는 각자의 경험에 따라 대안들을 논의했다. 아내를 따라 파리에 온 수학 교사 출신의 란잔은 원하는 학생이 있으면 자신이 재능 기부로 인도 수학을 가르쳐 주겠다고 나섰다. 누구를 비난하는 게 아니라 현재 상황을 정확하게 진단하고 그에 맞는 해결책을 학교와 함께 찾아 보자는 건강한 논의였다. 결국 영어 교사 뒬시는 둘째를 학교 인근 어린이집에 맡기는 방법을 찾았고, 몇몇 과목은 교사가 보충됐다.

영국에서 문학과 연극을 전공했던 60대의 잔코프스키 교장은 킹스워스 학생들에게 이들 과목을 직접 가르치고, 한 달에 한 번 학부모들을 대상으로 셰익스피어 독서 토론을 했다. 정기적으로 이메일 뉴스 레터도 보냈다. 다음은 2017년 3월에 그가 보낸 뉴스 레터 중 일부다.
〈우리는 프랑스 대선과 브렉시트를 앞두고 중요한 정치적 시기를 보내고 있습니다. 저는 아이들을 가르치는 사람(이 말은 부모로서도, 교사로서도 해당합니다)으로서 최근의 가짜 뉴스 문제를 깊이 염려합니다. 우리 아이들은 어디로부터 정확한 정보를 얻어야 할까요. 요즘 학생들은 전통 있는 종이 신문은 읽지 않고, 대부분 소셜 미디어를 통해 뉴스를 접합니다. (중략) 가르치는 사람으로서 저의 일은, 학생들이 그들이 접하는 것을 단순히 믿는 것이 아니라 그것들에 의문을 제기하게 하는 것입니다. 셰익스피어의 희곡 「헨리 6세」에 등장하는 〈루머 Rumor〉 캐릭터는 이렇게 말합니다. 《나는 끊임없이 거짓말을 여러 언어로 말하면서 사람들의 귀를 거짓으로 채워 넣는다.》 셰익스피어는 우리가 모든 걸 드러내고 쏟아 내는 21세기 소셜 미디어의 속성을 이미 그때 명확하게 파악한 겁니다. 이번 목요일에 우리 학생들은 모의 유엔 대회에 참석하기 위해 영국으로 짧은 여행을 떠납니다. 이 여행을 통해 아이들이 논리 정연하게 진실을 담아 말하고, 다른 사람이 사실을 근거로 이야기하는 것을 경청하는 계기가 되기를 바랍니다.〉

우리는 학교에서 자주 열리는 교사와 학부모 모임을 통해 아이들이 학교 밖에서도 공부하도록 장려하는 방법이나 다문화 가정 아이들의 정체성 등에 대해 의견을 나눴다. 이중 언어 교육에 대해서도 각자 원하는 방향을 솔직하게 이야기했다. 교사도, 학부모도 결코 완벽한 존재가 아니기에 서로 신뢰와 존경을 기반으로 협력해야 한다는 공감대가 있었다. OECD 보고서에 따르면, 학부모의 학교 참여가 활발할

수록 학생들의 학업 성취도와 삶의 만족도가 높아진다고 한다.* 나는 킹스워스 국제 학교에서 학생, 교사, 학부모가 서로 지지하는 구조를 배웠다.

* Andreas Schleicheri, Valuing our teachers and raising their status, www.oecd-ili-brary.org, 2018. 3. 15.

영국에서 문학과 연극을 전공했던
60대의 잔코프스키 교장은
킹스워스 학생들에게 이들 과목을 직접 가르치고,
한 달에 한 번 학부모들을 대상으로
셰익스피어 독서 토론을 했다.

딸은 카트린 선생님과 종종 루브르 박물관으로 미술 수업을 다녀온 얘기를 두고두고 한다. 루브르 화집을 넘기다가 〈아, 이거 내가 루브르에서 보고 그렸던 조각상이야〉라고 말하기도 한다. 어쩌다 한번 미술관에 가서 휙 둘러보는 게 아니라, 마음에 드는 작품 앞에 화구를 꺼내 들고 앉아 몇 시간이고 그림을 그리는 수업이었다. 각자의 그림에 대해 선생님이나 친구들과 의견을 나눈 게 오래 기억에 남는다고 한다. 루브르 박물관에는 7개의 전시관이 있는데, 자주 다니다 보니 레오나르도 다빈치의 「모나리자La Gioconda」는 데농관, 「밀로의 비너스Vénus de Milo」는 쉴리관에 있다는 것도 상식으로 알게 됐다. 학생들이 어려서부터 편안하게 미술관을 드나드는 모습이 부러웠다. 아이들을 대상으로 한 교육 프로그램도 정말 많았다.

킹스워스 국제 학교도 여느 프랑스 학교처럼 교실 밖 수업이 많았다. 루브르 박물관과 오르세 미술관은 물론 파리 16구 학교 근처에 있는 마르모탕 모네 미술관, 베르사유궁, 파리 19구의 과학 산업 박물관

Cité des Sciences et de l'Industrie, 파리 디즈니랜드 등으로 자주 야외 수업을 갔다. 매주 한 번은 15구에 있는 영어 도서관인 아메리칸 라이브러리American Library in Paris에 가거나 집 근처에 있는 프랑스 구립 도서관Bibliothèque Germaine Tillion에 가서 마음껏 책을 골라 읽기도 했다. 딸은 파리에서 관심 있는 자료를 찾고 그것에 대해 의견을 발표하는 습관을 길렀기 때문에 한국에 돌아와서도 스스로 공부를 했다. 어느 날엔 국세청 주최 세금 포스터 공모전에서 상을 받아 왔다. 학교에 붙은 공모전 공고를 보고 그림을 그려 혼자 동네 세무서에 갖다 냈다는 것이었다.

프랑스는 조기 교육을 통해 개인의 소질과 적성을 발견하는 데 큰 공을 들인다. 박물관과 미술관 등 관람 견학 및 야외 학습 그리고 다양한 문화 예술 교육이 도처에 널려 있다. 프랑스 공교육 현장에서 수천 개의 창의력 향상 프로그램이 진행되고 있는데, 특히 그림을 통해 아이들이 자신의 생각을 표현하도록 장려한다. 교실 밖 수업의 기원은 1789년 프랑스 대혁명으로 거슬러 올라간다. 혁명을 겪고 난 후 프랑스 사람들은 예술품을 더 이상 개인 소장품이 아닌 공공의 문화적 재산으로 인식하게 됐다. 1793년 8월 프랑스 군주제의 몰락을 기념하기 위해 개관한 루브르 박물관은 일반 대중에게 문을 활짝 열었다. 귀족과 부르주아가 향유하던 예술의 폐쇄성을 타파하고 시민을 위한 공공 기관의 장소, 시민 교육에 봉사하는 장소로 박물관과 미술관이 거듭난 것이다. 루브르 박물관은 〈프랑스 대혁명의 미술관〉이란 별칭도 얻었다. 프랑스 박물관과 미술관의 이런 사회 교육적 기능은 다른 나라에도 큰 영향을 미쳤다.

교실 밖 수업뿐 아니라 아이들의 생일 파티도 종종 미술관에서 열린다. 파리 장식 미술관에는 미술관 관람과 만들기 체험, 케이크와 간식으로 이뤄진 프로그램이 있다. 친한 언니인 엘렌은 둘째 딸의 생일 때 딸 친구 10여 명을 초청해 이 프로그램으로 생일 파티를 했다. 아르데코 시대 예술의 특징을 배우고, 관련 작품이 있는 미술관 전시실로 이동해 의견을 주고받으며 아르데코풍 장식품을 만들었다.

프랑스 여자아이들은 학교 수업과 별도로 발레 학원도 많이 다닌다. 나의 딸도 매주 금요일 투르 거리에 있는 동네 학원 라 당스 드 라 투르La Danse de la Tour에 다녔다. 파리 국립 발레단 출신의 발레 교사 셀린은 열정적이고 활발한 성격으로 아이들을 이끌었다. 인근 발레 용품점 레페토Repetto에서 발레복과 발레 슈즈를 사서 첫 수업에 가던 날, 딸은 긴장된 기색이 역력했지만 수업을 마치고 나와서는 집으로 가는 내내 행복한 표정으로 발레 동작을 했다.

「엄마, 발레 수업에 들어가니까 다른 애들이 그랑 바트망(다리를 높이 차서 올리는 동작)을 하고 있더라고. 나도 한국에서 배웠던 동작이라 쉽게 따라 했더니 선생님이 칭찬해 줬어. 그런 다음 〈백조의 호수〉 노래에 맞춰 발레를 했는데 선생님은 한 마리의 백조 같았어. 난 지금은 백조가 아닌 미운 오리 같은데, 꾸준히 연습하면 선생님처럼 될 수 있겠지?」

발레는 다른 아이들과 보조를 맞춰 가며 동작을 만들기 때문에 공동체 의식을 키우는 데 도움이 됐다. 발레 수업에서 사귄 친구들은 딸이 어려워하는 동작을 친절하게 가르쳐 준다고 했다. 당시 프랑스에서 개봉한 영화 「발레리나」도 동네 극장으로 함께 보러 갔다.

한편 프랑스에서 인기가 높은 예술 수업으로 구립이나 시립으로 운영되는 교육 프로그램인 〈콩세르바투아르Conservatoire〉를 빼놓을 수 없다. 예술 교육에 공을 들이는 프랑스 부모들은 이 콩세르바투아르에 자녀를 보내기 위해 모집 전날부터 구청 앞에 밤을 새며 긴 대기 줄을 섰다. 신청자가 하도 몰려 몇 년 전부터 전화 신청으로 바뀌었을 정도다. 비싸지 않으면서도 세계적 수준의 교육을 받을 수 있기에 경쟁률이 엄청나다.

그런데 음악 콩세르바투아르에 자녀를 보내게 된 한 지인은 처음에 놀랐다고 한다. 그렇게 치열하게 들어간 콩세르바투아르의 교육은 아이가 악기와 친해지는 시간을 가져야 한다며 정말 천천히 진행된다는 것이었다. 천천히 배우는 것의 즐거움과 의미를 음미하게 하는 것, 하나의 정답이 있는 게 아니라 아이의 각자 수준에서 잠재력을 발견하고 이끌어 내는 것, 칭찬하고 격려하는 것, 이것이 프랑스 교육이었다. 어린아이들이 스스로 즐거움을 느끼기 전에 강도 높은 훈련으로 흥미를 떨어뜨리게 하는 우리의 예술 교육을 돌아보지 않을 수 없었다.

또 교실 밖 예술 수업으로 부러웠던 것 중 하나는 몇몇 건축 학교에서 어린아이들을 위해 마련한 건축 수업이었다. 르코르뷔지에Le Corbusier 등 유명 건축가들의 작품을 배우고, 각자 건물 모형을 직접 만든 뒤 자신의 작품에 대해 발표하는 수업이었다. 나는 딸이 어렸을 때부터 매주 토요일 서울 예술의 전당의 어린이 미술 아카데미 수업에 다녔는데, 그 수업이 이 프랑스 수업들과 비슷하다는 걸 나중에 알았다. 프랑스에서 오랫동안 미술을 공부했던 예술의 전당 임정원 강사는 이런 방식으로 아이들에게 예술의 기쁨을 알게 해주었다. 입시 교육에 함몰되지만 않는다면 한국에서도 프랑스식 예술 교육은 얼마든지 가능하다. 단 프랑스는 평등 정신에 입각해 누구에게나 기회를 주는 공교육의 수준이 높다는 게 가장 큰 특징이다.

킹스워스 국제 학교의 고등학생들은 교실을 떠나 인근 유럽 국가들에서 열리는 모의 유엔 대회에도 참석했다. 이 학교를 다닌 당시 박진현 KBS 파리 특파원의 아들 박찬영은 이 대회에 두 번 참석했다. 유엔의 여러 분과를 대표해 각국에서 온 학생들과 토론하는 과정은 자신의 주장을 논리 정연하게 펼치는 데 큰 도움이 됐다고 한다. 민주 시민에게 꼭 필요한 말하기 능력을 키우려면, 다른 사람의 말을 잘 들어야 한다는 것도 깨달았다고 했다. 아버지인 박 특파원은 프랑스 교육의 장점을 묻는 내 질문에 이렇게 답했다.

〈네 개의 예시 항목 중 하나를 고르는 사지선다 방식이 아닌, 주관식 평가 방식이 가장 만족스러웠다. 아이가 영어로 표현하는 게 완벽하지 않더라도 이 아이가 개념을 알고 있는지, 그걸 어떻게 표현하려고 노력하는지 교사들이 세심하게 살핀다. 교사들이 아이의 장단점을 상당히 파악하고 있어 놀랐다. 프랑스 교육은 아이가 설령 부족한 점이 있어도《쟤는 안 돼》하고 제쳐 두는 게 아니라 될 때까지 학생을 자극하고 기다려 주는 교육이다.〉

프랑스는 조기 교육을 통해
개인의 소질과 적성을 발견하는 데 큰 공을 들인다.
박물관과 미술관 등 관람 견학 및 야외 학습
그리고 다양한 문화 예술 교육이 도처에 널려 있다.

딸은 2017년 3월부터 6월까지 4개월 내내 패션 디자이너의 삶을 살았다. 6월 킹스워스 국제 학교의 초등학교 학기 말 패션쇼의 주제는 〈휴대할 수 있는 조각portable sculpture〉. 교사들은 아이들에게 사계절 중 하나를 고르게 하고 아이들이 각자 어떤 모티프로 패션쇼 의상을 만들 것인지 고민하게 했다. 딸은 나와 함께 집 근처 파리 시립 의상 박물관에도 가고, 여러 다른 전시들을 보면서 자신의 패션쇼 모티프를 진지하게 궁리했다. 도서관과 서점에 가서 패션 책들을 뒤적여 보고 유튜브로 패션쇼 영상도 함께 봤다.

신문사에서 패션 담당 기자를 맡다가 1년간 패션 학교 에스모드 이젬에서 럭셔리 패션 비지니스를 공부하는 나를 따라 온 딸의 장래 희망은 패션 디자이너! 그러니 이 학기 말 발표회가 딸에게 얼마나 흥미진진한 도전이었겠나. 딸이 로맨틱한 느낌의 드레스를 만들고 싶다기에 파리 인근 퐁텐블로성에 데려가서는 공주 드레스를 대여해 입히고 궁전을 둘러봤다. 우리나라에서 한복을 입고 경복궁 창덕궁을 둘러

보는 셈이다. 딸은 말했다. 「엄마, 드레스를 입으니 공주처럼 우아하게 걷게 돼. 내가 정말로 이 성에 사는 공주가 된 느낌이야.」

한 달여 고민과 연구 끝에 딸이 정한 패션쇼 모티프는 나비였다. 「엄마, 수많은 나비가 내 드레스 위에서 팔락이며 날아오르는 느낌을 표현하고 싶어.」 좋은 아이디어라고 칭찬해 주면서도, 교사들이 어떻게 아이들이 각자 의상을 만들게 할 건지 궁금했다. 딸은 자신의 아이디어를 구현하기 위해 분홍색 실크 느낌의 옷감과 망사 그리고 나비 장식을 사야 한다고 했다. 다행히 동네 파시 거리에 옷감을 파는 상점이 있었다. 반짝이는 종이 스티커 같은 수십 장의 작은 나비 장식은 인터넷 아마존 사이트를 통해 샀다.

아이들은 학교에서만 옷을 만들고 집에는 가져오지 않았다. 남아프리카 공화국에서 온 조던의 엄마 멜라니는 근심이 가득했다. 「아니, 어떻게 아이들에게 옷을 만들게 한다는 건가요. 아이들이 바느질하다가 손을 다치면 어떡하려고요.」 멜라니는 유튜브에서 〈드레스 만드는 법〉을 찾아본 뒤 빨간색 옷감을 사서 자신이 아예 딸의 드레스를 완성했다고 했다. 명색이 패션 학교를 다니는데도 아무것도 도와주지 않는 나는 너무 무심한 엄마인가 잠시 생각했다. 바로 옆 교실에서 마네킹을 세워 두고 옷을 만드는 우리 학교 패션 디자인 전공 학생들에게 10분만 부탁해도 근사한 옷을 뚝딱 만들 수 있었다. 하지만 나는 진짜 패션 디자이너가 된 것처럼 즐거워하는 아이의 행복을 방해하고 싶지 않았다. 다음 날 학교에서 돌아온 딸이 말했다.

「엄마, 조던이 드레스를 다 만들어 왔는데 카트린 선생님이 그건 아니라고 했어. 조던이 만들어 온 드레스는 옷 가게에서 산 것 같은 드레스였거든. 우리의 패션쇼는 우리가 상상하는 옷을 직접 만들어 보여 주는 것이라고 선생님이 말씀하셨어. 그래서 조던은 남은 천으로 다시 만들기로 했어.」

2017년 6월 20일 킹스워스 국제 학교 초등학교 캠퍼스에서 학기 말 패션쇼가 열렸다. 마당에는 칸 국제 영화제처럼 레드 카펫이 깔려 있었다. 나비 드레스를 입은 딸이 드디어 등장했다. 옷감 윗부분에 고무줄을 넣어 튜브 드레스 형태로 만들고, 망사는 면사포 형태로 머리 뒤에 길게 달았다. 드레스 앞뒤, 망사 머리 장식, 얼굴에도 곳곳에 나비 장식을 달고 사뿐사뿐 걸었다. 누가 봐도 아마추어 어린 학생의 솜씨이지만, 장장 넉 달 동안 딸이 행복해하며 만든 옷을 보고 있으니 울컥하는 감동이 밀려왔다. 딸의 친구인 제이나는 동백꽃 장식을 단 넉넉한 실루엣의 보라색 긴 팔 투피스 드레스, 조던은 빨간색 슬리브리스 미니 원피스를 만들어 입고 모델 워킹을 했다. 쇼를 마치고 아이들은 흥분된 표정으로 우리 부모들에게 말했다. 〈우리가 해냈어요!〉

로베르타 골린코프Roberta Golinkoff 미국 델라웨어 대학 심리학과 교수는 그의 책 『4차 산업혁명 시대 미래형 인재를 만드는 최고의 교육』에서 미래 세대에 필요한 21세기 역량을 〈6C〉로 소개한다. 협력cooperation, 의사소통communication, 콘텐츠contents, 비판적 사고critical thinking, 창의적 혁신creativity, 자신감confidence 이다. 나는 이 책을 읽으면서 킹스워스 국제 학교의 학기 말 패션쇼를 떠올렸다. 아이들은 협력하고 참여하고 지속하는 예술 활동을 통해 〈할 수 있다〉는 자신감을 얻었다. 패션쇼 준비에 엄청나게 몰입하면서도 놀이처럼 재밌어했기 때문에 실패에 대한 두려움을 극복할 수 있었다.

패션쇼 이틀 뒤인 6월 22일에는 학교 전체의 학기 말 발표회가 있었다. 학년별로 학생들에게 〈발전상〉 등을 수여하는 이 발표회에서 초등학생 4명이 음악 발표회를 했다. 그중 한 명이 나의 딸 연우였다. 사실 딸은 한국에서 예체능을 중시하는 사립 초등학교를 다니다가 파리에 갔기 때문에 학교에서 배우던 바이올린을 곧잘 연주했다. 그런데 학기 말 발표회에서 키보드를 연주하겠다는 말을 듣고 의아했다. 딸은 피아노를 배우긴 했지만 바이올린 실력이 훨씬 나았다. 「무스타파 선생님이 자기가 좋아하는 악기로 좋아하는 노래를 연주하라고 했어. 난 키즈 유나이티드Kids United(2015년 유니세프 캠페인을 돕기 위해 결성된 어린이 그룹)의 곡을 건반으로 치는 게 좋아.」

딸이 무대에 올랐을 때 가슴이 두근거렸다. 과연 잘하려나. 객석을 향해 놓인 전자 키보드 앞에 앉은 딸은 키즈 유나이티드의 「우리는 벽에다 씁니다On écrit sur les murs」를 치기 시작했다. 거의 오른손으로 멜로디만 치고 왼손은 몇 번 화음에 맞는 음을 짚을 뿐이었다. 한국에서라면 과연 저 실력으로 당당하게 무대에 오르는 아이가 있을까 싶었지만 다들 숨을 죽이고 경청했다. 연주가 끝나자 큰 환호와 박수가 터져 나왔다. 무스타파 음악 교사는 무대 위에 올라 딸의 어깨를 감싸 안고 격려했다.

나는 그때 큰 깨달음을 얻었다. 학기 말 발표회는 프로 연주회도, 오디션도 아니었다. 학교는 아이의 취향을 존중하고 아이의 노력과 발전을 격려했다. 그때의 감동이 생생해서 2018년 11월 무스타파에게 페이스북 메신저로 연락을 했다. 딸은 당시 연주가 서툴렀는데도 그 발표회를 잊지 못하며 소중하게 생각한다는 이야기도 전했다. 지금은 파리를 떠나 고향인 캐나다로 가서 음악을 가르치고 있다는 무스타파는 말했다. 〈음악은 엘리트를 위한 전유물이 아니에요. 다양한 사람들을 아우르는 예술이죠. 어떤 이는 음과 하모니의 의미 속으로 깊숙이 들어가고, 어떤 이는 리듬의 에너지와 사회적 교류를 즐기죠. 우리는 여러 음악을 함께 듣고 그 의미와 구성에 대해 질문을 던져 보았어요. 당시 나이와 상황을 고려하면 연우의 연주는 완벽했어요.〉

아이들은 협력하고 참여하고 지속하는
예술 활동을 통해 〈할 수 있다〉는
자신감을 얻었다. 패션쇼 준비에
엄청나게 몰입하면서도 놀이처럼
재밌어했기 때문에 실패에 대한
두려움을 극복할 수 있었다.

학교생활이 재미있어 주말이 싫다던 초등학생 딸과 달리 당시 만 세 살이던 아들에게 1년간의 파리 생활은 〈흑역사〉였다. 엄마 품을 떠나 있기에도 어린 나이에 프랑스어만 사용되는 낯선 〈학교〉를 다녀야 했기 때문이다. 그때를 생각하면 지금도 아들에게 미안한 마음이다. 프랑스는 만 3세부터 국가에서 무상 교육을 시작한다. 만 3~6세 유아 중 입학을 희망하는 모든 아이는 에콜 마테르넬école maternelle이란 곳에 공짜로 다닐 수 있다. 다만 아이는 국가와 부모가 함께 키운다는 사상에 입각해 점심 급식비는 반드시 부모가 내야 한다. 이 급식비는 부모의 소득 수준에 따라 10개 등급으로 구분된다.

에콜 마테르넬은 우리 식으로 하면 유치원인데, 굳이 한국어로 번역하면 〈엄마 학교〉쯤 된다. 프랑스 정부가 공교육의 첫 단계로 유치원을 포함시킨 1881년부터 쓰인 단어다. 나는 거의 매일 수업을 들으러 학교를 나가야 했기 때문에 어린 아들을 이 엄마 학교에 보내야 했다. 프랑스엔 영어 유치원도 있지만, 딸을 재정적으로 무리해서 국제 학교에 보내는 바람에 아들까지 사립 유치원에 보낼 여유가 없었다. 아들이 비록 프랑스어는 전혀 하지 못하지만 새로운 환경에 잘 적응만 해준다면, 프랑스의 공짜 유치원은 파리 생활에서 누릴 수 있는 최고의 선물이자 혜택인 셈이었다. 만약 만 3세 이하 아이를 둔 부모가 아이를 맡기려면 유급 탁아소인 크레슈crèche를 이용하면 됐다. 엄마가 아이 맡길 곳이 없어 일을 그만둬야 하는 일은 프랑스에선 거의 없다.

프랑스 공립 유치원은 주소지 관할 구청에 필요한 서류들을 내고 집 근처로 배정을 받는다. 나는 아들의 출생 증명서, 가족 관계 서류, 예방 접종 증명서 등을 프랑스어로 공증을 받아 2016년 8월 파리 16구 구청에 낸 뒤 에콜 마테르넬 파시를 배정받았다. 출장과 여행으로 파리를 드나들 때부터 익숙한 동네여서 이 유치원에도 왠지 정이 갔다. 새 학기 직전인 8월 말 방문해 만나 본 유치원 교장은 백발 단발의 아담한 체구로 패션 센스가 뛰어난 중년 여성이었다. 교장은 아들이 스스로 화장실을 갈 수 있는지 물었고, 그것이 가능해야 유치원 생활이 가능하다고 했다. 한국에서 대소변 훈련을 시켜 둔 게 참 다행이라고 생각했다.

아들이 속한 3세 반은 네 개의 반이 있었다. 한 반 학생들은 15명 정도. 오전 수업만 있는 수요일을 제외하고, 평일에는 점심을 먹고 오후 3시 또는 4시 30분까지 수업을 했다. 대부분의 학생들은 점심을 유치원 급식으로 먹지만 원할 경우 집에서 먹고 와도 됐다. 3세 반의 특징 중 하나는 점심 식사 후 잠자는 시간. 아이들은 잘 먹고 잘 노는 만큼 잘 자야 한다며 잠자는 시간을 의무적으로 뒀다. 음식이 입에 맞지 않아 주로 바게트만 먹은 뒤 불 꺼진 방 안으로 들어가 자야 했던 아들은 이 잠자는 시간을 싫어했다. 그 사정이 불쌍해서 방과 후엔 유치원 바로 앞에 있던 테이크아웃 중국집에서 아이가 좋아하는 탕수육을 2유로(약 2,600원)어치 사 먹여 집으로 돌아오곤 했다.

아들의 담임 교사는 마제가, 보조 교사는 주르당이었다. 큰 키에 청바지가 잘 어울리는 마제가는 파리의 공공 자전거 벨리브를 타고 등하교를 했다. 주르당은 아이들을 화장실이나 식당으로 데려가주고 각종 아이들 뒤처리를 도왔다. 단, 교장의 말대로 배변 후 처리는 어린 아이들이 스스로 해야 했다. 아침에 유치원 문이 열리는 시간은 오전 8시 20분~8시 40분. 이 시간이 지나면 유치원 문이 잠기고 입장이 허락되지 않는다. 인상적이었던 건 출근길 아빠와 학교에 오는 아이들이 많았다는 것. 평일 오후에 열렸던 학기 초 유치원 학부모 설명회와 학기 말 아이들의 발표회 때도 아빠들의 모습이 많이 보였다.

등교를 하면 교실 밖 자신의 이름표가 붙은 옷걸이에 겉옷과 가방을 걸고 교실로 들어간다. 2층 벙커 침대 비슷한 놀이 시설과 온갖 미술 공작 도구로 가득 찬 알록달록한 교실이었다. 벤치 형태의 의자들과 둥그런 테이블도 곳곳에 있었다. 교실은 복도로도 향해 있지만 반대쪽 문을 열면 곧바로 운동장으로 통했다. 아들은 친구들과 이 운동장에서 뛰어놀 때가 가장 신난다고 했다.

「오늘은 무슨 놀이를 했니?」

「응, 개미 찾기 놀이.」

「그게 뭔데?」

「바닥에 다니는 개미를 찾는 거야.」

아이는 가급적 단순하게 놀며 자라야 한다고 생각하는 내게 귀가 번쩍 뜨이는 반가운 말이었다. 아들은 어느 날엔 〈깍정다〉와 함께 낙엽을 주웠다고 했다. 나는 의아했다. 깍정다가 뭘까. 다음 날 학교 옷걸이에서 〈카산드라〉라는 이름표가 보였다. 아들은 친구의 이름을 들리는 대로 제대로 프랑스어를 발음했던 것이다.

아들의 담임 교사인 마제가는 내가 아들을 데리러 가면 〈오늘 민우는 오전에 컨디션이 좋지 않아 보였다〉, 〈오늘은 위고랑 재미있게 놀았다〉는 등 짧지만 관심 깊은 얘기들을 들려주었다. 결코 호들갑스럽지 않고 쿨 하게 있는 그대로를 얘기해 주는 마제가에게 신뢰가 갔다. 아들의 말을 들어 보면 마제가는 『아기 돼지 삼형제』와 같은 책을 읽어 준 뒤 마음껏 그림을 그리게 했다. 프랑스 유치원 3세 반의 수업은 미술 공작 시간이 많다. 마제가는 삐뚤삐뚤 낙서에 가까운 아이의 그림들을 차곡차곡 모아 스크랩북에 넣어 집으로 보냈다. 큰아이를 한국의 영어 유치원에 1주일간 보내 봤을 때, 당시 아이 수준보다 훨씬 높은 보드 꾸미기 숙제를 하느라 엄마인 내가 매달려 했던 게 생각났다. 아이의 눈높이에서 아이의 생각을 자유롭게 표현하게 하는 프랑스 유치원 교육이야말로 프랑스의 예술적 원동력이 아닐까.

워킹맘인 마제가는 자신의 아이가 아플 때면 가끔 유치원에 나오지 않기도 했다. 이런 경우 옆 반 교사가 일정 부분 수업을 대신 해줬다. 그런데 학부모들은 〈(교사가) 그럴 수 있다〉는 태도를 보여 신기했다. 무상 교육이기도 하지만, 교사도 교사이기 이전에 엄마라는 사실을 인정하는 태도였다. 아픈 아이를 돌보느라 다음 날 벌건 눈으로 유치원에 출근한 마제가를 보고 나도 모르게 말했다. 「선생님, 아이는 괜찮나요?」

1년 이내에 유치원 생활에 잘 적응해 프랑스어를 술술 말하는 한국 아이들도 있지만, 결과적으로 나의 아들은 그렇지 못했다. 오후 3~4시에 수업이 끝나면 국가에서 운영하는 유치원 방과 후 수업에 참여시켜 오후 6시까지 아이를 둘 수도 있었으나 나는 아이가 안쓰러워 가급적 일찍 집으로 데려왔다. 나를 도와주러 친정 엄마가 파리에 오면서는 아들의 유치원 적응을 포기하고 오전 수업만 보내기도 했다. 프랑스 유치원의 체계적 시스템과 교육 철학이 마음에 들었지만 엄마 입장에서는 아들이 그저 편안하고 행복한 게 좋았다.

에마뉘엘 마크롱 대통령은 2019년부터 의무 교육 시작 연령을 만 6세에서 만 3세로 낮췄다. 이전까지는 만 3세부터 무상 교육이 가능하고 거의 대부분(97퍼센트)의 아이들이 유치원을 다녔지만 의무 교육은 아니었다. 만 3세 의무 교육 시작은 유럽에서 헝가리와 함께 가장 낮은 연령이다. 나폴레옹 이래 가장 젊은 나이로 프랑스의 개혁을 이끌고 있는 마크롱은 〈만 3세부터 학교 교육을 의무적으로 시작하는 것은 교육 불평등을 해소하기 위해서이며, 이러한 기회 균등은 곧 사회 평등의 첫 걸음〉이라고 강조했다. 6세 이전에 아이들의 신체와 지능의 발달 능력이 상당 부분 결정된다는 연구 결과가 많은 만큼 사회인으로서 〈첫 출발선〉을 공평하게 만들겠다는 것이다.

프랑스에서 유치원이라는 용어 대신, 〈학교〉라는 뜻의 에콜을 사용하는 것도 이러한 정신과 같은 맥락이다. 프랑스 공화국은 학교를 통해 고안됐으며, 사회 공익의 구조를 짜는 것도 학교라고 프랑스인들은 생각한다. 2018년 한국 사회는 사립 유치원 비리로 떠들썩했다. 어떤 경우에도 아이들이 볼모로 잡혀서는 안 된다. 한국에선 아이를 보낼 곳이 마땅치 않아 엄마들이 일을 그만두거나, 허리가 휘면서 비싼 교육 기관을 찾는다. 프랑스 아이들은 만 3세부터 국가의 관심 속에 균형 잡힌 어른으로 성장하는 첫걸음을 시작한다.

교실은 복도로도 향해 있지만
반대쪽 문을 열면 곧바로
운동장으로 통했다.
아들은 친구들과 이 운동장에서
뛰어놀 때가 가장 신난다고 했다.

만 3세 아이들의 유치원 발표는 주로 체육 활동이었다.

방학을 보내는 법

프랑스 학교는 툭하면 방학이었다. 9월에 새 학기가 시작된 후 7주 수업하고 2주씩 방학이었다. 따져 보니 한 학년 동안 다섯 번의 방학이 있었다. 10월 추수 감사 방학, 12월 크리스마스 방학, 2월 스키 방학, 4월 부활절 방학, 그리고 7~8월의 긴 여름 방학. 아이를 파리의 국제 학교에 보내는 친한 지인은 〈등록금이 아까울 정도로 방학이 많다〉고 말할 정도다. 프랑스의 방학은 우리네 명절처럼 국민 대이동을 가져오기도 한다. 아이들 방학에 맞춰 부모가 휴가를 내기 때문이다.

　프랑스는 전국을 세 개의 구역으로 나눠 방학 시기를 앞뒤로 조금씩 다르게 배정한다. 전국의 열차 편과 도로 상황을 원활하게 유지하고, 특정 지역에 휴가객이 몰리는 것을 막기 위해서다. 학생 신분으로 파리에서 1년을 보낸 나로서는 이 방학 기간에 아이들과 소중한 추억을 쌓기 위해 미리미리 준비를 했다. 유럽에 사는 장점 중 하나는 열차나 저가 항공을 통해 다른 나라를 쉽게 가볼 수 있다는 것이다. 신학기에 이미 1년 치 방학 스케줄이 나오기 때문에 서둘러 방학 계획을 잡으면 교통편과 숙박을 싸게 예약할 수 있었다.

우리는 2016년 7월에 파리에 도착했기 때문에 9월 새 학기 전까지 여름 방학을 맞는 셈이었다. 그래서 출국 전부터 일찌감치 방학을 보낼 준비를 했다. 파리 집 정착을 서둘러 마치고는 곧바로 열차를 타고 남부 프로방스 지방을 여행했다. 유럽 전역에는 철도망이 잘 갖춰져 있고, 하루 또는 반일 가이드 투어도 많아서 승용차 없이도 여행에 별문제가 없다. 발랑솔의 라벤더 들판, 카시스의 맑고 푸른 칼랑크 해변, 엑상프로방스 음악 페스티벌……. 특히 프랑스의 세계적 자전거 대회인 투르 드 프랑스Tour de France가 프로방스 코스를 거쳐 가던 무렵이라 자전거 마니아인 나를 흥분시켰다. 무엇보다 아이들은 남프랑스의 찬란한 햇빛 아래 엄마와 평화롭게 시간을 보내는 걸 행복해했다.

8월 초엔 프랑스 중부 안시와 에비앙을 거쳐 레만호를 건너 스위스 브베와 몽트뢰를 여행했다. 에비앙은 세계 여자 메이저 골프 대회인 에비앙 마스터스와 에비앙 물로 이름난 곳답게 풍광이 깨끗했다. 채플린이 살던 브베는 수준 높은 갤러리와 예쁜 집들이 어우러진 고급스런 자연 친화적 소도시였다. 우리는 스위스 식품 기업 네슬레Nestlé가 레만 호수에 설치한 대형 포크 조형물을 감상하며 호숫가를 천천히 걷고 앤티크 장터를 구경했다. 8월 마지막 주에는 아이슬란드를 여행했다. 아이들은 광활한 자연 온천 수영장인 블루 라군을 무척 좋아했다. 레이캬비크의 음반 가게에 갔다가 알게 된 음악 축제 멜로디카 레이캬비크도 찾아갔다. 그때 만난 미라 로스Myrra Rós 등 아이슬란드 뮤지션들과는 지금도 소식을 주고받는다. 겨울에도 날씨가 도와주지 않으면 보기 힘들다는 오로라도 운 좋게 봤다. 북위 62도의 겨울밤에 오로라를 보면서 생각했다. 〈아, 착하게 살아야겠다. 파리에서 1년, 잘할 수 있어.〉

프랑스의 여름 방학은 직장인들의 기나긴 여름휴가 기간과 맞물려 우리 가족들처럼 대개 여행을 많이 떠난다. 해외에 가기도 하고, 프랑스 내 다른 지방으로 가기도 한다. 그런데 학기 중간에 2주씩 있는 방학은 프랑스 부모들조차 때맞춰 일일이 휴가 내기 어렵다. 이때 유용한 교육 복지 시스템이 상트르 드 루아지르centre de loisirs, 우리말로 하면 여가 센터다. 지방 자치 단체가 공립 학교 건물을 빌려 평소 수업이 없는 수요일 오후와 방학 기간에 오전 8시 반부터 오후 6시까지 다양한 프로그램으로 아이들과 놀아 준다. 어린 아들이 다니던 파시 공립 유치원은 방학이 다가올 때마다 유치원 건물에 여가 센터 신청에 대한 안내문을 붙여 놓았다. 그림 그리기, 만들기, 연극뿐 아니라 수영장과 동물원에 가는 프로그램도 있었다. 여가 센터를 이용하는 비용은 부모의 소득 수준에 따라 10개 등급으로 나뉘는데, 중간 소득층의 경우 하루 2만 원 정도를 냈다. 나는 파리에 살 때 방학마다 여행을 다니며 견문을 넓히려 했기에 이 여가 센터를 이용하진 않았다. 하지만 이곳에 아이를 보내는 다른 유치원 학부모들은 만족도가 꽤 높았다. 아이들이 또래들과 어울려 매일 다양한 프로그램으로 뛰어놀 수 있으니 직장 다니는 엄마도 안심할 수 있다. 방학 때 어린아이들을 어쩔 수 없이 학원에 보내는 한국 상황과 절로 비교됐다.

한편 프랑스 아이들이 2월에 2주간 보내는 겨울 방학은 흔히 〈스키 방학〉으로 불린다. 많은 아이가 프랑스 알프스 산장에 가서 스키 캠프에 참여하기 때문이다. 프랑스 아이들은 어릴 때부터 스키, 승마, 테니스 등 체육 활동을 활발하게 하는데 스키 방학은 프랑스 관광 산업에도 기여한다. 샤모니몽블랑 등 스키 명소에서는 아이를 스키 태우고 부모는 산장 호텔에서 스파 목욕과 와인을 즐기는 휴가가 일상화돼 있다.

프랑스는 유럽에서 방학이 가장 길다. 다른 유럽 국가들은 학기 사이의 방학이 보통 1주를 넘지 않고, 여름 방학도 대개 프랑스보다 2주 짧은 6주간이다. 프랑스 학생들의 연간 수업 일수는 144일로 유럽에서 가장 짧다. OECD의 평균 수업 일수인 187일에 한참 못 미친다. 왜 프랑스는 방학이 길고 많을까. 1980년 프랑스 경제 사회 심의회는 〈프랑스 학교의 하루 수업량이 가장 많다〉는 발표를 했다. 소아과 의사와 교육자들은 〈특히 10~11월, 2~3월 학생들의 피곤도가 심하다. 수업량으로 학생들을 피곤하게 해선 안 된다〉고 주장했다. 그 결과 1985년부터 〈7주 수업 후 2주 방학〉이 도입돼 10월 가을 방학과 2월 겨울 방학이 추가로 만들어졌다.[*]

프랑스는 초등학교 무상 교육이 시작된 1881년부터 주 5일 수업을 하다가 2008년부터 주 4일(월, 화, 목, 금요일) 수업을 했다. 그런데 2013년 프랑수아 올랑드 대통령이 수요일 오전 수업을 도입해 주

[*] 한경미, 연간 네 달 방학하는 프랑스, 이유가 특이하네, 오마이뉴스, 2013. 4. 23.

4.5일 수업이 됐다. 주 4일 수업을 하게 되면 학생들이 하루 6시간 공부하게 돼 피곤하다는 이유였다. 내가 파리에 살 때가 주 4.5일 수업 체제였다. 아들이 다니는 공립 유치원은 수요일에 수업은 오전 11시 30분까지만 했지만 맞벌이 부모를 위해 점심 급식과 여가 센터(지방 자치 단체가 유치원으로 출장하여 운영)는 평상시처럼 유지했다. 그러나 프랑스는 4년 만에 다시 주 4일 수업으로 돌아왔다. 마크롱 대통령은 취임 후인 2017년 9월부터 다시 주 4일 수업제를 실시했다. 급식비 등 지방 자치 단체의 경제 부담이 커진다는 이유에서다. 하지만 주 4일 수업제는 여전히 논쟁거리다. 아이들은 학교에 가지 않아 신나지만, 부모는 다른 보육 기관이나 프로그램을 찾아야 한다. 아이들의 학업 리듬이 끊긴다는 염려도 있다.

다시 방학 이야기로 돌아오면, 나는 밤잠을 줄여 가며 계획을 짜고 관련 공부를 했다. 인터넷으로 교통과 숙박만 예약하고 모든 일정을 스스로 짰기 때문에 지인들은 나를 〈노약자(친정엄마와 어린아이들) 관광단 가이드〉로 불렀다. 오스트리아 빈에 갔을 땐 영화 「비포 선 라이즈」에 나온 관람차를 탄 뒤 카페 슈페를Cafe Sperl을 찾아가 남녀 주인공이 마주했던 바로 그 자리에 앉아 보았다. 이탈리아 시칠리아 타오르미나의 키 큰 오렌지 나무와 인심 좋은 식당 아저씨들, 나의 버킷 리스트 방문지 중 하나였던 영국 켄트 지방의 정원인 그레이트 딕스터Great Dixter와 시싱허스트 캐슬 정원, J. K. 롤링J. K. Rowling이 유모차를 끌고 와 『해리포터』를 썼다는 스코틀랜드 에든버러의 카페 엘리펀트 하우스The Elephant House, 포르투갈 리스본에서 따라가 본 페르난도 페소아의 흔적들, 프랑스 생말로 바닷가에서의 해적 놀이, 그리고 수많은 박물관과 미술관……. 우리 가족은 어쩌면 방학을 통해 더 많이 배웠다.

프랑스의 여름 방학은 직장인들의 기나긴 여름휴가 기간과 맞물려
우리 가족들처럼 대개 여행을 많이 떠난다.
해외에 가기도 하고, 프랑스 내 다른 지방으로 가기도 한다.

제
5
장

옛것을
잇는다는 것

○

○ ○

프랑스엔 문화유산의 날 이외에도 〈백야〉라는 이름의
현대 예술 축제가 10월 첫째 주 토요일에 열린다.
밤새 시내 곳곳이 조명, 음향, 이미지, 공연 등으로 가득 차고
미술관들도 밤늦게까지 문을 열어 시민들을 맞는다.

문화유산의 날

프랑스에 살면서 〈문화유산patrimoine〉이란 말을 자주 접했다. 박물관과 미술관, 교회와 성당, 유서 깊은 성곽 같은 문화유산이 도처에 있으니 어쩌면 당연한 일이다. 그런데 9월이 되자 파리 시내 곳곳에 〈유럽 문화유산의 날Les journées européennes du patrimoine〉이라는 포스터가 붙었다. 대통령 관저인 엘리제궁과 국회 의사당을 비롯해 프랑스 전역에 걸쳐 1만 7,000여 개의 다양한 문화유산을 9월 셋째 주 토요일과 일요일에 대중에게 공짜로 개방하는 문화 축제의 날이다.

1984년부터 프랑스 문화부가 문화유산에 대한 국민들의 자긍심을 높이고 문화재 관리와 보존에 대한 관심을 높이기 위해 시작한 이 행사는 이제 유럽 각국으로 확대돼 다양한 프로그램으로 선보이고 있다. 프랑스에서만 이 주말에 1,200만 명의 방문객이 몰린다. 2016년 9월 셋째 주말, 나는 아이들을 데리고 파리 근교 생제르맹앙레성Château de Saint-Germain-en-Laye에 있는 프랑스 국립 고고학 박물관Musée d'Archéologie Nationale과 파리 16구 우리 동네에 있는 인류 박물관Musée de l'Homme을 각각 다녀왔다. 각 구별로 상세하게 소개된 〈문화유산의 날에 가볼 만한 곳들〉을 훑어보다가 인류의 근원인 고고학과 인류학에 마음이 끌렸다.

국립 고고학 박물관은 파리에서 서쪽으로 19킬로미터 떨어진 생제르맹앙레성을 박물관 건물로 쓴다. 루이 6세의 궁전으로 1122년 세워진 이 건물은 1867년 국립 골동품 박물관으로 처음 문을 열었다가 2005년 국립 고고학 박물관이란 명칭으로 새롭게 태어났다. 고속 교외 철도RER*를 타고 생제르맹앙레역에 내리면 곧바로 이 고풍스런 박물관을 만날 수 있고, 성채를 천천히 산책하듯 둘러보면 선사 시대부터 메로빙거 시대까지 역사 속으로 빠져들게 된다. 아이들은 내부 정원에 마련된 체험 행사장에서 찰흙으로 유물 모형을 만들었다. 박물관을 나와 보니 생제르맹앙레는 파리와는 또 다른, 베르사유처럼 호젓하고 여유로운 동네 분위기였다. 말린 햄과 꿀을 사고, 때맞춰 광장에서 열린 거리 공연을 봤다.

에펠탑이 손에 잡힐 듯 건너 보이는 인류 박물관은 샤요궁Palais de Chaillot 바로 옆에 있다. 집 근처에 있어 매일 그 앞을 지나다녔는데도 정작 들어가 보지 않던 그곳에 들어서자 이런 문구가 우릴 맞았다. 〈우리는 누구인가, 우리는 어디에서 왔으며 어디로 가는가. 만약 이 질문에 답하고 싶다면 인류 박물관에 잘 오셨습니다.〉 1937년 파리 만국 박람회를 계기로 인류학자 폴 리베Paul Rivet가 창설한 이 박물관은 파리 국립 자연사 박물관Muséum national d'Histoire naturelle의 한 부분으로

*　Réseau Express Régional.

서 약 3만 점의 인류 관련 자료를 갖췄다. 철학자 생시몽Saint-Simon과 데카르트Descartes의 머리뼈도 전시돼 있다. 인류 박물관은 6년간 문을 닫고 재정비한 후 2015년 10월 문을 다시 열면서 박물관 윤리 위원회의 활동을 더욱 강화했다. 이 박물관에는 알제리 반란군과 호주 원주민의 머리뼈 등 다른 나라의 반환 요구와 사회적 논쟁거리가 있는 유물이 많기 때문이다.* 국립 고고학 박물관과 인류 박물관에서 선사 시대 인류의 머리뼈들과 여러 조각상을 바라보다가 뭉클해졌다. 인간에 대해, 인간관계에 대해, 그리고 그리움에 대해 생각이 강물처럼 흘렀다. 집에 돌아와 아이들에게 먹일 짜장 밥을 만들다가도 그 상념에 파묻혔다.

2018년 9월 문화유산의 날을 맞아『르 몽드』가 소개한 보도에 따르면 프랑스는 유물의 역사적 또는 예술적 가치의 정도에 따라 등록 기념물과 지정 기념물로 세분화하는데, 이 중 등록 기념물이 목록의 약 3분의 2를 차지한다. 이들 기념물은 문화부나 지역 문화국의 허가 없이 파괴 또는 변형돼서는 안 되며 주변 500미터 이내에서 공사를 하면 통제받는다. 또 세계적으로 중요한 경관 43곳은 유네스코가 보호하는데, 유명 인사의 집과 정원 등이 포함된다.** 마크롱 대통령은 취임한 해인 2017년 9월 유명 TV 앵커이자 왕실 전문 언론인인 스테판 베른Stéphane Bern에게 위기에 놓인 프랑스 지역 문화유산들을 조사하고 이들을 복구하기 위한 예산을 마련할 임무를 부여했다. 스테판 베른, 프랑스 문화부, 비영리 민간단체인 프랑스 문화재 재단이 머리를 맞

* Hervé Morin, Des squelettes dans les limbes, Le Monde, 2015. 10. 13.
** 이진명, 유럽 문화유산의 날 프랑스의 문화재 현황은?, 프랑스존, 2018. 9. 27.

대 탄생한 게 〈문화유산 복권Loto du Patrimoine〉이다. 2018년 9월 14일 첫 발행돼 최소 3년간 유럽 문화유산의 날에 등장할 이 복권의 수익금은 〈위기에 놓인 문화유산〉 관리 기금으로 쓰인다. 프랑스 정부는 이 복권으로 약 2,000만 유로(약 260억 원)의 수익금을 거둬들일 것으로 기대하고 있다. 기업 및 공공 후원금도 예상된다고 한다.

문화유산의 날에 프랑스는 평소 일반에게 공개하지 않는 엘리제궁, 파리 시청, 소르본 대학 등도 개방한다. 특히 대통령이 사는 엘리제궁은 1718년 건축가 아르망클로드 몰레Armand-Claude Mollet가 설계해 신축 당시 〈파리에서 가장 아름다운 저택〉이란 명성을 얻었던 미학적 가치가 높은 건축 유산으로 통한다. 그런데 마크롱 대통령이 취임한 후에는 엘리제궁의 문턱이 더욱 낮아졌다. 2018년 6월 21일 〈음악 축제의 날〉엔 엘리제궁 앞뜰을 시민들에게 개방하고 유명 DJ들을 초청해 나이트클럽으로 깜짝 변신시켰다. 프랑스 정부가 문화유산의 날이 아닌 날에 시민들을 초청해 파티를 연 것은 처음이었다. 2018년 9월 15~16일 문화유산의 날엔 엘리제궁을 개방하면서 그동안 엘리제궁에서조차 〈비밀스러운 장소〉로 불렸던 지하 2층의 대통령 와인 창고까지 공개했다. 1947년 만들어진 엘리제궁의 와인 창고는 약 1만 4,000병의 와인을 보관하고 있으며, 전체 와인 중 절반이 보르도산, 4분의 1이 부르고뉴산이라고 한다. 가장 오래된 와인은 1906년 소테른산. 11년째 같은 와인 소믈리에가 대통령 전속으로 일하고 있다.[*]

프랑스엔 문화유산의 날 이외에도 〈백야Nuit Blanche〉라는 이름의

---

[*] 손진석, 엘리제궁의 속살, 와인 창고 첫 일반 공개, 『조선일보』, 2018. 9. 19.

현대 예술 축제가 10월 첫째 주 토요일에 열린다. 밤새 시내 곳곳이 조명, 음향, 이미지, 공연 등으로 가득 차고 미술관들도 밤늦게까지 문을 열어 시민들을 맞는다. 파리에 살 땐 어린아이들을 일찍 재워야 해서 이 귀한 경험을 하지 못한 게 못내 아쉬웠다.

사실 한국에도 많은 문화유산과 관련 인프라가 있다. 서울 광화문 한복판에 있는 대한민국 역사박물관에 가보면 우리 역사에 대해 벅찬 자긍심이 느껴진다. 문제는 스토리텔링이다. 프랑스는 스토리텔링을 기가 막히게 잘하는데, 그 방식이 한없이 우아하거나 또는 엄청 재밌다. 우리나라 민속촌과 흡사한, 프랑스 중서부에 있는 역사 테마 파크 〈퓌 뒤 푸Puy du Fou〉는 바이킹과 로마 검투사들의 활약상을 재현한 15개 역사적 공연장을 갖춰 파리 디즈니랜드 다음으로 많은 관광객을 불러 모으고 있다. 다녀온 사람들은 한목소리로 말한다. 〈역사적 사실을 토대로 상상력을 더했다는데, 어쨌거나 너무 재밌어요.〉

우리도 희망은 있다. 고궁을 야간에 개방하는 달빛 기행은 암표가 생길 정도로 인기가 있다. 서울 종로구 평창동 일대에 사는 문화 예술인들은 2013년부터 매년 가을 〈자문밖 문화 축제〉란 행사를 열어 자신들의 작업 공간과 갤러리를 시민들에게 활짝 연다. 2007년 설립된 민간 차원의 문화유산국민신탁은 서울 종로구 통인동 이상의 옛집 등 우리 문화유산들을 관리한다. 나도 김종규 문화유산국민신탁 이사장의 〈친절한 강권〉에 못 이겨 월 5,000원씩 후원하는 문화유산국민신탁 회원이 되었다. 그래서 본전 생각이 나서 한 달에 한두 번은 꼭 조선의 궁궐을 걸어 보려 한다.

프랑스는 문화유산의 날에
평소 일반에게 공개하지 않는
엘리제궁, 파리 시청, 소르본 대학 등도 개방한다.

2017년 5월. 파리 오스트렐리츠역에서 기차를 타고 1시간 40분을 달려 옹자인 쇼몽쉬르루아르역에 도착했다. 목가적인 프랑스 전원 마을이 곧바로 펼쳐졌다. 뾰족한 지붕과 담쟁이덩굴 벽, 경사진 지붕에 잔디밭을 깔아 둔 민박집, 루아르산 포도알을 머리카락으로 삼은 여인의 동상······. 10분쯤 걷자 루아르강이 나오고 쇼몽성이 강 넘어 멀리 보였다. 강 위의 다리에 서서 보니, 물안개가 비친 강물은 몽환적 분위기의 거울 같았다. 한적한 강변에는 오토 캠핑장 팻말이 보였다. 프랑스 중부의 이 낯선 소도시를 홀로 찾아온 건, 당시 26회째였던 쇼몽 국제 정원 페스티벌을 보기 위해서였다.

슈농소성Château de Chenonceau, 앙부아즈성Château d'Amboise 등 루아르강 일대 고성들은 유네스코 세계 문화유산이다. 그중 하나인 쇼몽성Château de Chaumont 일대 공원에서는 매년 4~10월 국제 정원 페스티벌이 열리는데, 영국의 첼시 플라워 쇼, 독일 분데스가르텐샤우와 함께 세계 3대 정원 축제로 꼽힌다. 평소 정원에 관심이 많은 나는 국내에선 순천만 정원 박람회, 해외에선 영국 시싱허스트 캐슬 정원과 그레이트 딕스터 정원, 스페인 세비야의 알카사르 궁전 정원, 모로코 마라케시의 마조렐 정원 등을 다니며 정원에 대한 식견을 키워 오던 중이었다. 국내에서는 아직도 생소한 편인 쇼몽 국제 정원 페스티벌에 대해서는 나 역시 잘 모르는 채로 쇼몽성에 닿았다.

입장권을 끊어 쇼몽성에 가는 길로 들어서자 흰색 튤립이 심어진 너른 공원이 펼쳐졌다. 공원 초입에는 루아르강을 향해 기다란 전망 다리가 놓여 있었다. 설치 미술가 가와마타 다다시(川俣正)가 만든 다리 「루아르강을 향한 곳Promontoire sur la Loire」이었다. 백발의 노부부가 천천히 그 다리 끝까지 걸어가 한참 강을 내려다보았다. 알록달록한 꽃 박람회를 상상한 것과는 차원이 다른 고요함이 흘렀다. 원기둥 모양에 첨탑이 있는 동화 속 궁전 같은 쇼몽성은 맨 나중에 보고 정원부터 천천히 둘러볼 계획을 세웠다. 파리로 되돌아가는 기차 시간을 넉넉하게 잡아 둔 것도 마음에 한결 여유를 주었다.

전망 다리에 이어 내 눈을 사로잡은 건 나무줄기를 움켜잡고 있는 청동 소재의 사람 손 조각이었다. 2013년 베르사유궁에서 전시를 열어 많은 관람객을 모았던 이탈리아 화가 주세페 페노네Giuseppe Penone의 작품이었다. 그는 1968년부터 자기 자신과 살아 있는 나무 사이의 신체 접촉을 형상화한 작품을 선보여 왔다. 1970년대 이후엔 이탈리아의 전위적 예술 운동인 아르테 포베라Arte Povera의 중심에 서서 예술 본질로의 회귀를 자연과 인간의 관계 속에서 찾았다. 이 밖에도 영국의 유명 대지 미술가 앤디 골즈워디Andy Goldsworthy, 가나 출신의 모던 아티스트 엘 아나추이El Anatsui 등 쟁쟁한 현대 미술가들의 작품이 야외 전시물로서 불쑥불쑥 모습을 드러냈다. 세계적 미술 비엔날레에 온 것 같은 예상 밖 즐거움이었다. 2014년엔 경주의 소나무를 찍는 배병우 사진작가, 2016년엔 숯으로 작업하는 이배 작가도 쇼몽성에서 전시를 했다.

본격적인 정원 페스티벌 행사장으로 들어서니, 나팔꽃 모양의 각 부지에 24개의 정원이 자리 잡았다. 이 개별 부지는 포도 줄기처럼 서로 연결되면서도 나무 울타리로 구획이 확실하게 구별된다. 1992년 시작돼 매년 4~10월 열리는 쇼몽 국제 정원 페스티벌은 해마다 다른 주제를 선보이는데, 그 주제가 철학적이어서 다른 가든 쇼들과 차별된다. 〈위기에서의 상상〉(1933), 〈물수제비를 던지자〉(1998), 〈육체와 영혼〉(2010), 〈생각의 정원〉(2018) 등. 내가 방문했던 2017년엔 〈꽃의 힘〉이었다.

순전히 감각에 맡겨 정원에 집중하자는 생각에 안내 책자를 펼쳐 보지 않고 둘러보다가 우리나라 시골 마을 풍경과 맞닥뜨렸다. 안내 푯말을 보니 역시나 두 명의 한국인 정원 아티스트(박성혜, 민병은)가 만든 〈마녀의 힘〉이란 이름의 정원이었다. 몸통 잘린 키 낮은 나무는 눈, 코, 입이 그려 있어 장승처럼 서 있는데, 피를 흘리듯 붉은색이 군데군데 칠해져 있었다. 마른 약재들로 채워진 찬장과 양동이를 통해 물이 흘러내리는 나뭇가지, 마당 중간에 놓인 연못과 바가지……. 두 아티스트는 식물에 대한 지식과 경험을 많이 갖춘 중세 시대의 마녀를 설정하고 마녀의 집과 정원을 구현했다고 한다. 주술적 힘을 활용해 자연을 다스렸던 마녀들은 역사 속에서 종종 〈위험한 여자〉로 인식됐지만 치유의 힘을 가졌다는 것이다. 꽃이 갖는 기능과 마녀의 비주얼 파워를 빨강색과 검은색, 짙은 와인색 등으로 표현했다. 2014년에 한국인 작가가 외국 멤버들과 협업해 이 페스티벌에 참가한 적은 있지만 순수 한국인 팀으로 참가한 건 2017년이 처음이었다. 각국에서 300여 개 팀이 응모해 24개 팀이 최종 선발됐다.

행사장에 딸린 서점에 들어가 과거 출품작들이 실린 책을 샀다. 2011년엔 〈미래의 정원 또는 행복한 생물 다양성 속의 예술〉이라는 다소 어려운 주제로 페스티벌이 열렸는데, 그중 「충만한 꽃가루Le pollen exubérant」 작품이 눈길을 끌었다. 생명체의 근원인 물방울을 여러 개의 흰색 구형으로 형상화해 수조가 있는 정원 위에 띄웠다. 〈우리는 어디에서 와서 어디로 가는가.〉 나도 모르게 생각해 보고 있었다. 곳곳에서 나무와 꽃을 가꾸는 정원사들의 모습이 보였다. 신성한 노동의 힘이 느껴졌다. 그 무렵 파리 그랑 팔레에서 관람했던 「정원들Jardins」이란 전시가 떠올랐다. 특히 벨기에의 〈빛의 화가〉로 불리는 에밀 클라우스Emile Claus의 1885년 그림 「나이 든 정원사Le vieux jardinier」의 모습이 생생하게 뇌리에 남았다. 맨발에 푸른 앞치마를 두르고 작은 화분을 든 그의 얼굴은 오랜 시간 햇볕을 받아 주름이 깊게 패고 손은 흙빛으로 물들었다. 정원은 하늘과 땅과 인간이 성실하게 만드는 곳이란 사실을 그 그림이 찬찬히 알려 주고 있었다.

행사장 안에는 여러 개의 식당도 있다. 그중 온실처럼 꾸며진 식당 앞에 세워진 메뉴판을 보니 메뉴 이름 하나하나가 호기심을 끌었다.

전채 요리로는 오렌지꽃 달걀, 버섯 향기, 재스민 꽃양배추, 두부와 아티초크꽃이 소개돼 있었다. 정원 같은 이름들에 끌려 들어가 보니 테이블마다 흰색 보와 흰색 꽃이 마련돼 있었다. 나는 〈두부와 아티초크꽃〉과 화이트 와인 한 잔을 주문했다. 단단하면서도 부드러운 촉감의 두부는 동물 단백질의 대체일 뿐 아니라 우리의 건강과 지구에 이로운 식재료이며, 아티초크와 함께 요리했을 때 우리 마음에 〈꽃의 힘〉을 준다는 설명이 메뉴에 자세히 적혀 있었다. 화이트 와인을 마시며 기다리자 곧 메뉴가 나왔다. 두부를 작은 주사위 모양으로 잘라 원형으로 두른 뒤 데운 아티초크와 노란 꽃을 중앙에 담은 요리가 나왔다. 동양에서 익숙한 두부와 프랑스인들이 즐겨 먹는 아티초크가 결합해 접시 위에 또 다른 정원을 만들어 냈다. 디저트로 시킨 카페 구르망드는 커피와 재스민꽃 향기가 나는 보랏빛 마카롱과 오렌지향 판나 코타(단맛의 차가운 푸딩)였다. 혼밥이었는데도 오감이 살아 있는 미식의 세계가 마냥 즐거웠다.

이 정원 페스티벌은 정원에 대한 나의 인식을 확 바꿔 놓았다. 정원은 단순히 꽃과 나무가 심어진 공간이 아니었다. 쇼몽의 정원은 예술적 상상력이 독특하고 실험적인 〈개념 정원〉이고 환경 정원이었다. 창조성, 매력, 유머, 무엇보다 놀라움이 있었다. 물, 돌, 나무 같은 자연 소재뿐 아니라 유리와 금속 등의 소재도 조화롭게 사용된다. 지속 가능과 종(種) 다양성 그리고 창의성을 중심으로 급진적이면서도 대중이 공감할 수 있는 디자인을 발굴하겠다는 이 페스티벌엔 매년 40만 명이 다녀간다. 앙리 2세가 죽자 왕비인 카트린 드메디시스가 왕의 오랜 정부였던 디안 드 푸아티에에게 줬던 역사적 쇼몽성은 창의성 넘치는 국제 정원 페스티벌 덕분에 새로운 활기와 예술성을 부여받았다. 지금까지 선보인 예술 정원이 700여 개. 프랑스 중부의 이 소도시는 나 같은 아마추어 정원 애호가도 기차 타고 찾아갈 정도로 세계적 명성의 마을이 됐다.

맨발에 푸른 앞치마를 두르고
작은 화분을 든 그의 얼굴은
오랜 시간 햇볕을 받아
주름이 깊게 패고
손은 흙빛으로 물들었다.

쇼몽의 정원은 예술적 상상력이 독특하고
실험적인 〈개념 정원〉이고 환경 정원이었다.
창조성, 매력, 유머, 무엇보다 놀라움이 있었다.

파리에서 고속 열차를 타고 프랑스 동남부 안시역에 내리자 리무진 차량이 기다리고 있었다. 우리 가족이 머물 호텔에서 마중을 나온 것이었다. 우리가 2016년 8월 묵었던 곳은 호텔 레스토랑 요안 콩트 보르 뒤 락Hôtel Restaurant Yoann Conte Bord du Lac, 우리말로 하면 호숫가의 요안 콩트 호텔 레스토랑이다. 이 호텔의 성격은 사실 이 이름에 다 담겨 있다. 레스토랑의 비중이 큰 호텔이고, 요리사 겸 호텔 주인의 이름이 요안 콩트다. 『기드 미슐랭』별 셋을 두 번이나 받은 프랑스의 유명 요리사 마르크 베라Marc Veyrat가 지었던 호텔을 그의 제자인 요안 콩트가 개조해 2010년 문을 열었다. 원래는 알프스 산속에 살면서 허브 요리를 만드는 마르크 베라를 찾아가 보고 싶었지만 여행 경로를 감안해 찾은 대안이 이곳이었다.

리무진이 안시 호숫가의 평화로운 주택가를 거쳐 데려다준 3층 가정집 형태의 호텔은 이름대로 호수 바로 앞에 자리 잡고 있었다. 철창 대문에는 빨간색 『기드 미슐랭』 표시(별 두 개)가 붙어 있고, 하늘색 벽면에는 흰 글씨로 〈자연의 요리사, 마르크 베라의 집〉*이라고 쓰여 있었다. 프랑스 남동부 알프스 산맥 북부 사부아 지방의 친구 별장에 온 느낌이랄까. 산장 같은 호텔 내부에는 요안 콩트의 가족사진이 걸려 있었다. 예약한 호수 전망의 패밀리 룸에 들어서자 원목 인테리어와 가구가 아늑한 느낌을 주었다. 아이들은 널따란 욕조를 좋아하며 풍덩 들어가 목욕을 했다. 5성급인 이 호텔은 2, 3층이 객실이고 1층 전체가 레스토랑이었다. 레스토랑을 나서면 곧바로 호숫가로 연결되었다. 비키니 수영복을 입은 중년 여성이 커다란 개 한 마리를 태우고 카약을 타고 있었다. 투숙객이 원하면 호수에서 각종 수상 스포츠를 즐길 수 있었다. 호숫가에는 핀란드식 사우나가 있고 바로 옆 텃밭에는 레스토랑에서 쓰이는 채소들이 자라고 있었다. 화이트 와인과 신선한 샐러드를 즐기면서 파란 안시 호수를 바라보니 심신에 평화가 찾아왔다.

이 호텔은 를레 에 샤토Relais & Châteaux 소속 호텔이다. 를레 에 샤토는 지역 문화와 미식 경험을 포함한 감각적 여행을 제공하는 세계적 호텔 연합이다. 1954년 프랑스의 한 사업가가 파리에서 남부 니스로 가는 길목에 위치한 8개의 호텔을 묶어 홍보하는 아이디어를 낸 것이 발단이다. 〈행복으로 가는 길〉이라는 슬로건으로 모인 호텔들은 프랑스인들이 중시하는 〈삶 속의 예술〉 가치를 숙박에 구현하고자 했

* La maison de Marc Veyrat, cuisinier de la nature.

다. 1960년부터 프랑스 이외 국가들의 호텔도 회원사로 받기 시작해 2018년 12월 현재 66개국에 569개 호텔을 회원사로 두고 있다. 나는 프랑스 와이너리 여행을 할 때도, 일본 온천 여행을 할 때도, 스위스 여행을 할 때도 를레 에 샤토 사이트(relaischateaux.com)를 찾아보고 호텔을 골랐다. 여행 좀 한다는 내 지인들 사이에서도 금색 백합 문양의 를레 에 샤토 로고는 믿고 묵는 격조 높은 호텔로 통한다. 를레 에 샤토 호텔이 되기 위해서는 조건이 있다. 거대 체인 호텔이 아닌 독립 호텔로서 객실 수는 20~100개의 규모여야 하며 5C를 만족해야 한다. 5C는 매력charme, 건축caractère, 서비스courtoisie, 미식cuisine, 조용한 환경calme이다. 무엇보다 지역에서 나는 재료로 아름답고 맛있는 음식, 즉 미식을 만들기 위한 창조적 노력이 를레 에 샤토의 핵심이다.

다음 날 점심 식사를 『기드 미슐랭』 별 두 개인 이 호텔 레스토랑에서 했다. 프랑스 정식 코스는 평소 1인당 255유로(약 33만 원), 연말같이 특별한 날엔 1인당 350유로(약 45만 원)까지 하는데 내가 방문했던 평일 점심 중 가장 저렴한 코스는 1인당 85유로(약 11만 원)였다. 물론 비싼 가격이었지만 인생 경험 차원에서 먹어 보기로 했다. 따뜻한 느낌의 원목으로 꾸며진 레스토랑에서 인상적이었던 건 유리 접시와 화병이었다. 알프스 빙하를 떠올리게 하는 직사각형의 유리 접시가 굴곡진 형태로 제작돼 있고, 흰색 천 냅킨이 그 틈새에 맞춘 듯 단정하게 접혀 들어가 있었다. 고드름이 흘러내린 모양의 유리 화병에는 호텔 정원에서 꺾어 온 야생 꽃들이 꽂혀 있었다.

우리가 택한 음식 코스 이름은 〈호수와 산〉. 다양한 형태로 자르고

익힌 당근, 감자 퓌레를 곁들인 생장드모리엔 지방의 양고기, 치즈, 페이스트리가 각각 접시 위에 한 폭의 그림처럼 나왔다. 양고기 위에 소스를 동그랗게 두 번 올리고, 익힌 파는 동양의 붓글씨 획처럼 구부려 놓았다. 창조적 요리를 대하는 기쁨이 이런 거구나 싶었다. 프랑스 미식의 대가인 마르크 베라로부터 요리를 배운 요안 콩티는 사부아 지역의 지방 음식, 자연, 사람들과의 소통을 자신의 요리 철학으로 삼는다고 했다. 스승의 영향을 받아 알프스의 각종 허브를 활용해 컬러풀하면서도 건강한 요리들을 내놓았다. 우리는 식사를 마친 뒤 그와 기념 촬영을 하고 그가 만든 몇몇 소스를 구입해 파리로 돌아왔다. 우리 가족이 잊지 못하는 인상 깊은 여행 중 하나가 호텔 레스토랑 요안 콩트에서의 하룻밤이다.

파리에도 를레 에 샤토가 있다. 파리의 유일한 고성 호텔인 16구의 생 제임스 파리Saint James Paris 호텔이다. 나는 이 호텔의 식당에서 친구와 칵테일을 마셔 본 적이 있다. 높은 천장에는 샹들리에가 달려 있고 붉은 조명이 비추는 벽면에는 클래식한 그림과 책들이 가득했다. 고성의 여인들처럼 응접실 같은 안락의자에 앉아 우아한 시간을 보낸 후 밖으로 나오자 호텔 정원의 분수가 금빛 조명을 받아 반짝이고 있었다. 미식이 있는 숙박, 스토리가 있는 감각. 를레 에 샤토는 살아가는 기쁨을 일깨워 주었다.

알프스 빙하를 떠올리게 하는 직사각형의 유리 접시가
굴곡진 형태로 제작돼 있고, 흰색 천 냅킨이 그 틈새에 맞춘 듯
단정하게 접혀 들어가 있었다. 고드름이 흘러내린 모양의
유리 화병에는 호텔 정원에서 꺾어 온 야생 꽃들이 꽂혀 있었다.

양고기 위에 소스를 동그랗게 올리고,
익힌 파는 붓글씨 획처럼 구부린 프랑스 요리.

서울에서 나고 자라 20여 년 직장 생활을 해보니, 시골 생활에 대한 막연한 동경이 스멀스멀 일었다. 하지만 직접 농사를 짓는 사람들 이야기를 들어 보면 시골 생활은 결코 환상에 사로잡혀 접근할 일이 아니었다. 치열한 인간사보다 훨씬 더 무서운 자연의 섭리와 맞서야 했다. 마음만 농촌으로 향할 뿐, 결국 삭막한 도시 인간으로 살았다. 그래도 아이들에게는 우리 강산과 농어촌, 자연을 체험하게 해주고 싶어 주말과 휴가를 이용해 부단히 다녔다.

경기 양평에서는 딸기를, 인천 강화에서는 호박잎을 땄다. 친구 아버지의 경남 남해 멸치 어장에도 가보고, 하동의 차밭에 가서 다도 체험도 했다. 하지만 정작 아이들은 〈시골에 살면 참 심심할 것 같다〉며 야심차게 시골 방문을 준비한 내게 맥 빠지는 소리를 했다. 그런데 프랑스에 와 살아 보니, 조금만 파리를 벗어나도 들판에서 소와 말이 풀을 뜯었다. 일부러 양떼 목장을 찾아가지 않더라도 도처에 양떼였다. 아이들은 역시나 동물을 좋아했다. 그러다 아이들에게 생생한 농촌 교육이자 국토 교육인 행사를 찾아냈다. 프랑스 국제 농업 박람회다.

2017년 3월 4일 파리 15구의 포르트 드 베르사유 전시장에서 열린 제54회 프랑스 국제 농업 박람회를 아이들과 함께 찾아갔다. 방대한 규모의 전시장에는 소, 돼지, 양, 염소, 개 등 각종 동물 4,000여 마리가 운집해 그야말로 사람과 동물로 인산인해를 이루었다. 우리나라 씨름판같이 모래가 깔린 원형 경기장에는 사회자의 진행에 따라 소들이 하나둘 입장해 자태를 뽐냈다. 북쪽 노르망디 지방에서 온 송아지, 중부 알프스에서 온 송아지 등. 태어난 해와 이름, 출신 지역과 체중 등의 이름표를 달고 나온 〈미남 미녀 송아지 선발 대회〉라고나 할까. 옆자리에서 흥미진진하게 지켜보던 프랑스 아저씨에게 이 박람회에 온 계기를 묻자 〈나는 파리에서 일하지만, 가족들은 모두 지방에서 소를 키운다〉며 〈농업이 프랑스의 주요 산업이라 이 농업 박람회는 온 국민의 축제〉라고 말했다.

볼거리가 풍성했다. 프랑스의 50여 개 농업 고등학교 학생들도 참가해 동물 다루는 법을 시연하며 가축 사육 실력을 겨뤘다. 가축을 잘 키운 농가, 품질 좋은 농산품을 생산한 농가 등 농업 각 부문별 트로피도 있었다. 소와 말의 얼굴을 이토록 찬찬히 본 적이 있던가. 자꾸 보니 정이 갔다. 예쁜 말 선발 대회에 참가한 말들은 엉덩이와 말총에 빨간색 리본을 달아 꾸몄다. 병아리가 태어나는 모습도 신기했다. 유리 상자 안에 든 달걀들이 인공 빛을 받아 껍질이 깨지자 연노랑 병아리들이 조그만 얼굴을 내밀었다. 나도 아이들도 여태껏 단 한 번도 본 적이 없는 달걀의 부화 장면이었다. 까만색 아기 돼지들이 줄줄이 누워 엄마 돼지 젖을 빠는 모습은 왠지 애틋하기까지 했다. 아들은 얼룩소, 딸은 각종 애완견 구경에 신이 났다.

축제에는 먹고 마시는 게 빠질 수 없다. 농업 박람회는 곧 농산물 박람회이기도 했다. 프랑스 각 산지에서 와인과 소시지, 꿀과 치즈 등이 총 출동해 눈과 입을 즐겁게 했다. 파, 토마토, 레몬, 당근 등으로 장식한 거대한 〈과일 야채 에펠탑〉도 설치돼 있었다. 각 산지 부스에서는 시식 코너를 마련해 방문객을 끌었다. 프랑스령 코르시카섬 부스에서 코르시카산 와인과 소시지를, 북동부 알자스 지방 부스에서는 양배추 절임인 슈크루트를 먹었다. 프랑스 전역을 신나게 여행하는 기분이 들었다. 어린 아들은 몇 달 전 알자스 지방의 스트라스부르에서 먹었던 슈크루트와 감자 요리를 곧바로 기억해 냈다. 이보다 더 생생한 농촌 교육과 미식 교육이 있을까. 농업, 축산업, 음식, 관광이 어우러져 잘 융합된 행사가 이 농업 박람회였다.

프랑스에는 세계적 〈스타 농산물〉이 많다. 카오르 송로 버섯, 노르망디 버터, 게랑드 소금……. 하나같이 산지 이름이 붙어 생산지와 농산물이 함께 유명해졌다. 엄격한 원산지와 품질 관리 덕분이다. 또 지트Gite라는 이름의 프랑스 농가 민박은 호텔보다 저렴하면서 농촌과 동물을 체험할 수 있어 아이들을 둔 젊은 부모들에게 인기다. 우리나라 국내 여행 시장에서 농촌 관광이 차지하는 비중이 5퍼센트대인 것에 비해 프랑스에서는 그 비중이 18퍼센트나 되는 비결은 이런 문화를 바탕으로 한다.

1855년 나폴레옹 3세는 파리 만국 박람회 때 보르도 와인의 명성을 세계에 알리기 위해 와인을 등급별로 분류하고 61개의 그랑 크뤼 Grand Cru 등급을 만들어 소개했다. 이때 농업 강국답게 에펠탑이 정면으로 보이는 샹 드 마르스 공원에서는 각종 농기구를 시연했다. 이후 파리 도심에서 가축 경연 대회가 공식적으로 시작된 것은 1870년 3월. 여러 대회를 거쳐 1964년 포르트 드 베르사유 전시장에서 시작한 제1회 국제 농업 박람회에는 30만 명이 방문해 시작부터 대성황이었다. 이제 프랑스 농업 박람회는 매년 400여 종의 동물 4,000마리가 선보이고, 각 지역의 미식(가스트로노미)과 농작물, 농업 관련 직업들이 소개되는 유럽 최대 농업 축제로 자리매김했다. 매년 60여 만 명이 찾는 이 박람회엔 대통령을 비롯해 주요 정치인 수십 명이 꼭 참석한다.

프랑스는 유럽 최대 농업국으로, EU 28개국 중 농업 총생산액의 17.8퍼센트를 담당하며 동식물 생산 모두에서 1위를 지킨다.* 유럽에서 쇠고기와 사탕무의 최대 생산국이며 우유, 버터, 치즈, 와인은 두 번째로 생산이 많은 나라다.** 그러니 농민의 마음이 곧 국민의 마음인 셈이다. 마크롱 대통령은 2018년 3월 열린 제55회 농업 박람회에 참석해서는 농업 분야에 50억 유로(약 6조 5,000억 원)를 투자해 친환경 농업과 농업 벤처 기업을 적극 육성하겠다고 발표했다. 프랑스는 청년 농민들에게 연간 최대 300만 원의 청년 농업 직불금 외에 추가로 2,000만 원의 기본 수당을 준다. 청년과 농업의 경쟁력 강화에서 미래 성장 동력을 찾겠다는 것이다.

* 유찬희, 오현석, 유럽 생태 직불제 조사 결과 보고, 한국농촌경제연구원, 2017. 2.
** Valérie Xandry, Salon de l'agriculture: Ces 5 chiffres surprenants sur l'agriculture en France, Challenges, 2018. 2. 24.

농업 박람회는 여러모로 아이들에게 살아 있는 교육의 장이었다. 아이들에게 프랑스 농업 박람회만큼 강렬한 인상을 심어 준 게 스위스 농업 박람회 올마OLMA다. 1943년부터 매년 10월 중순 스위스 동부의 장크트갈렌에서 열리는 올마를 알게 된 건 후배 성미 덕분이었다. 『동아일보』 기자를 관두고 스위스 남자 라파엘과 결혼해 〈스위스 새댁〉이 된 성미는 입에 침이 마르도록 올마를 추천했다. 〈선미 선배, 올마가 열리는 10월에 지역 전체가 축제 분위기예요. 아이들이 정말 즐거워할 거예요.〉 그래서 나는 아이들의 가을 방학 여행지로 장크트갈렌을 정했다. 자연과 동물에 대한 친근한 교육이 될 듯했다. 파리에서 열차를 두 번이나 갈아타고 도착한 장크트갈렌은 조용하고 소박한 지방 도시였지만 올마의 분위기로 후끈했다. 각종 동물들을 볼 수 있는 행사장 주변에는 회전목마와 관람 차, 각종 먹거리 키오스크들이 즐비했다.

올마의 하이라이트는 아기 돼지들의 달리기 경주. 널찍한 경기장에서 10여 마리의 돼지들이 옷을 입고 달리기 시작하자, 아이들은 가을비에도 아랑곳없이 목청껏 응원했다. 〈힘내, 아기 돼지야!〉 나도 돼지가 사랑스런 동물이란 사실을 올마에서 처음 깨달았다. 그날 이후 동물이 나오는 동화책을 읽어 줄 때마다 우리가 농업 박람회들에서 봤던 동물들의 선한 눈과 귀여운 엉덩이가 떠올라 절로 미소 지어진다. 아들은 『아기 돼지 삼형제』를 읽을 때면 내게 말한다. 「엄마, 그때 스위스에서 우리 호텔 옷 입은 돼지(당시 돼지들은 각 후원 기업 옷을 입었다)가 열심히 달렸는데도 꼴등했잖아. 그때 정말 안타까웠어.」

프랑스 전역에서 파리로 모인 동물들.

달걀들이 인공 빛을 받아 껍질이 깨지자 연노랑 병아리들이 조그만 얼굴을 내밀었다.

2017년 2월의 어느 날, 오후 2시에 학교 수업을 마치고 뒤늦게 점심을 먹으러 갔다. 아침부터 아이들 학교 보내고 서둘러 내 수업에 가느라 고양이 세수만 하고 눈이 팽팽 돌아가는 일명 〈김구 안경〉을 썼던 날이었다. 아침부터 진을 빼 배가 무척 고프던 차에 파리 마레 지역 인근의 중국 사천요리집이 떠올랐다. 10유로(약 1만 3,000원) 미만에 매운 요리를 푸짐하게 먹을 수 있는 소박한 식당이었다. 점심시간을 살짝 비켜 가서 작은 식당 내부는 한적했다. 자리를 잡고 매운 고추가 들어간 두부 덮밥을 먹고 있는데, 그의 일행이 식당에 들어왔다. 어린 시절부터 오랫동안 팬이었던 세계적 바이올리니스트 강동석 선생님이었다.

다섯 살부터인가 일찍 피아노를 배우기 시작했던 나는 부모님이 정기 구독을 시켜 주신 클래식 음악 잡지인 월간 『객석』을 보면서 자랐다. 내가 초등학교를 다니던 1980년대에 강동석은 바이올리니스트

김영욱, 피아니스트 서주희와 서희경 등과 함께 『객석』에 근황이 자주 소개되는 〈세계로 진출한 한국 클래식 음악계의 슈퍼스타〉였다. 그의 미국 커티스 음악원 유학기, 프랑스 여성과 결혼한 신혼 생활기 등의 기사들이 아직도 생생하게 떠오른다. 귀공자 스타일의 그는 내게 영원한 스타였다. 세월이 흘러 2006년 그는 서울 스프링 실내악 축제를 만들어 이끌며 한국에 실내악을 널리 알리고, 연세대 음대 교수를 지내며 후학 양성에 힘쓰는 한편 자선 음악 활동을 많이 펼쳤다. 서울 스프링 실내악 축제에 몇 차례 갔지만 정작 인사를 나눌 기회가 없던 그를 파리의 작은 식당에서 딱 마주친 것이다.

바로 옆 테이블에 앉은 그에게 다가가 인사를 했다. 명함이 없어 식당 냅킨에 내 연락처와 이메일 주소를 써 드렸다. 강 선생님은 아내와 딸이라고 일행을 소개해 주었다. 평생의 스타를 예상치 못한 상황에서 마주쳐 흥분한 나머지 밥을 입으로 먹었는지 코로 먹었는지 모르겠다. 먼저 식당을 나서면서 얼마 되지 않는 강 선생님 테이블의 식사비를 몰래 계산했다. 평생의 팬으로 내가 당시 할 수 있던 마음 표현이었다. 그날 저녁 선생님으로부터 이메일이 왔다. 〈만나서 반갑습니다. 점심 식사에 대한 고마움을 전하고 싶습니다. 전혀 그러실 필요가 없었는데요. 정말 감사합니다.〉 그러면서 선생님은 내게 앵발리드에서 열린다는 실내악 콘서트에 초대해 주셨다. 나폴레옹 1세의 유해가 안치돼 있는 앵발리드에서 강동석 선생님이 연주하는 실내악이라니……. 하늘에서 복이 쏟아지는 기분이었다.

2월 27일 오후 7시 30분 앵발리드 앞. 우버를 타고 내린 앵발리드는 어둠 속에 황금빛으로 반짝이고 있었다. 1670년에 루이 14세가 전쟁 부상병을 위해 창설한 요양소였던 앵발리드에는 건물 여러 채와 안뜰이 있다. 딸과 함께 안뜰을 거쳐 군사 박물관Musée de l'Armée에 들어섰다. 고대부터 현대에 이르기까지 사용된 무기와 군사 관련 미술품 등 풍부한 컬렉션을 자랑하는 곳이다. 그중 한 건물의 방에서 이날의 실내악 공연 「겨울 바람의 페스티벌Festival d'Hiver」이 열렸다. 실내악은 프랑스어로 뮈지크 드 샹브르musique de chambre로, 샹브르는 〈방〉이란 뜻이다. 실내악은 2~10명의 적은 인원으로 연주되는 기악 합주곡이다. 독주와 반주라는 주종 관계가 없이 대등한 입장에서의 협주가 중시된다. 중국 식당에서 만났던 강 선생님의 프랑스인 부인이 입구에 서 있다가 자리로 직접 안내해 주었다. 무대 전면에 고풍스런 그림이 걸려 있는 연주 홀은 관객을 약 50명 정도 수용할 수 있는 크기였다.

연주회가 시작됐다. 강동석 선생님과 오랫동안 실내악을 함께 해온 첼리스트 조영창, 라디오 프랑스 필하모닉 소속이면서도 종종 실내악 연주를 선보이는 오보이스트 엘렌 드빌레뇌브Hélène Devilleneuve 등이 이날 연주에 나섰다. 드보르자크 연작, 베토벤, 번스타인 곡에 이어 마지막에 연주된 곡은 브람스의 「피아노 4중주 3번 다단조 작품 번호 60」. 피아노, 바이올린, 비올라, 첼로를 위한 이 곡은 1875년 독일 베를린에서 초연됐는데 독일의 대문호 요한 볼프강 폰 괴테Johann Wolfgang von Goethe의 자서전적 소설 『젊은 베르테르의 슬픔』의 내용을 따랐다고 해서 〈베르테르 4중주〉라고도 불린다. 곡 초반부터 관객을 몰입시키는 선율에 강 선생님의 열정적 공연까지 어우러져 숨도 제대로 못 쉬고 감상한 것 같다. 함께 본 초등학생 딸은 〈엄마, 바이올린 활이 화려하게 여행을 하는 것 같아〉라고 말했다.

사실 이 곡은 내가 평소 좋아하던 곡이라 여러 연주자의 공연을 비교해 들어 봤던 곡이다. 내가 생각하는 실내악의 묘미는 예상치 못했던 조합과 어울림이다. 나는 약 10년 전 이탈리아 북부 비첸차의 한 빌라에서 실내악을 감상한 후 이런 생각을 했었다. 〈실내악과 와인이 닮았구나. 와인이 누구와 함께 마시느냐에 따라 맛이 달라지듯, 실내악도 연주자들의 조합에 따라 느낌이 확 달라지는구나.〉 또 실내악은 적은 인원이 연주하기 때문에 혼자 튀거나 잘난 체해서는 안 된다. 겸손하고 배려하는 음악이 실내악이다. 강동석 선생님도 인터뷰에서 이런 말을 한 적이 있다. 〈실내악은요, 매번 새로운 곡목을 찾아내는 게 재밌어요.〉 공연이 다 끝난 뒤 강 선생님께 인사를 드리러 무대 쪽으로 걸어갔다. 대형 공연장이 아니라서 거장이 방금 전까지 보던 악보를 나도 가까이에서 볼 수 있었다. 약 60년을 이 악보대 앞에 서온 한 바이올리니스트의 인생을 파노라마식으로 떠올려 보니 왠지 뭉클했다. 앵발리드의 실내악 공연은 그런 점에서 내게는 〈최고의 공연〉이었다. 연주를 마친 강 선생님은 온 에너지를 쏟아부은 모습이었다.

다음 날 강 선생님께 공연에 초대해 주신 것에 대해 감사 이메일을 드렸다. 선생님은 답장을 보내왔다. 〈친절한 이메일 고마워요. 그런데 솔직히 어제 연주 후 딸과 함께 다가와 내게 인사한 분이 선미 씨인지 못 알아챘어요. 일전에 중국 식당에서 짧게 봤을 때랑 많이 달라 보여서. 미안해요. 음악회를 즐겨 주셨다니 기쁩니다. 프랑스에서든 한국에서든 또 만나기를 바랍니다.〉 아, 학교 갈 때 고시생 차림이었던 것과 달리 앵발리드 음악회에 갈 때는 내 딴에 좀 꾸미고 가긴 했다. 이 또한 상황에 따라 달라지는 실내악의 추억인 걸로! 이듬해인 2018년 봄 서울 스프링 실내악 축제에서 다시 뵀을 땐 다행히도 잘 알아봐 주었다. 어쩌면 앵발리드보다 더 아름다울지 모를 윤보선 고택에서 실내악의 매력을 듬뿍 선사하였다.

고풍스런 그림이 걸린 앵발리드 연주 홀에서 듣는 실내악은 내게 〈최고의 공연〉이었다.

파리에 살 때 나만의 고요한 아지트가 있었다. 집에서 지하철 세 정거장 거리의 파리 16구 르코르뷔지에 재단Fondation Le Corbusier이다. 9호선 자스망역에 내려 재단으로 가는 길은 매번 평화로웠다. 세계적 건축가 르코르뷔지에의 명성은 잘 알고 있었지만 그의 건축 세계를 제대로 이해하게 된 건 이곳을 드나들면서다.

르코르뷔지에는 예나 지금이나 수많은 건축가의 숭배 대상이다. 〈파리는 무엇인가〉를 끊임없이 묻고 고민했던 혁신의 건축가였기 때문이다. 스위스 라쇼드퐁에서 시계 장인 아버지와 피아니스트 어머니 사이에서 태어난 그의 본명은 샤를에두아르 장느레Charles-Édouard Jeanneret. 공예 학교를 나온 후 파리로 활동 무대를 옮겨 1919년 동료들과 펴낸 잡지 『레스프리 누보L'Esprit Nouveau』(새로운 정신)가 큰 인기를 끌자 필명인 〈르코르뷔지에〉로 기자회견을 하면서부터 이 이름으로 활동했다. 그가 『레스프리 누보』에 실었던 논평들을 묶어 1923년 발간한 책이 지금도 건축인의 필독서로 꼽히는 『건축을 향하여』이다. 1923년에 그는 두 개의 건축물을 완성했다. 하나는 자신의 부모가 기거할 스위스 레만 호숫가의 작은 집Petite maison이었고, 다른 하나는 프랑스 파리의 라울 라 로슈Villa La Roche와 바로 옆 이웃인 알베르 장느레Albert Jeanneret의 주택이었다.

르코르뷔지에 재단은 과거 라 로슈와 장느레의 집이었다. 르코르뷔지에는 생전에 이 재단의 설립을 준비하며 자신의 전 재산을 증여했다. 그가 세상을 뜬 3년 후인 1968년 설립된 르코르뷔지에 재단은 두 집을 재단으로 편입해 현재 라 로슈 집은 박물관으로, 장느레 집은 재단 사무실로 사용하고 있다. 기둥처럼 건물을 받드는 철근 콘크리트 필로티, 가로로 긴 유리창 등 지금 봐도 현대적인 이 건물이 1923년 지어졌을 때 건축계는 충격에 빠졌다. 1910년대에 그리스 등 동방 여행을 하면서 수학적 질서가 주는 건축의 감동을 깨달았던 르코르뷔지에는 반듯한 직선이 새 시대가 지향해야 할 가치라고 믿었다. 르코르뷔지에는 1927년 〈새로운 건축의 5원칙〉을 발표했다. 필로티, 옥상 정원, 자유로운 평면, 수평 창, 자유로운 파사드.

2016년 7월 유네스코 세계 문화유산 위원회는 르코르뷔지에 재단 건물을 비롯해 각국에 있는 그의 콘크리트 건축물 17개를 세계 문화유산으로 등재했다. 한국의 유네스코 세계 문화유산이 전부 13개(2019년 3월 기준)인 것을 감안하면 상당히 파격적이다. 르코르뷔지에가 현대 문명에 공헌하고 건축의 세계화를 이끈 공로를 인정한 것이다. 르코르뷔지에 재단은 세계 문화유산 등재를 기념해 그해 서울 예술의 전당에서 대규모 전시를 열기도 했다.

파리의 르코르뷔지에 재단에 들어서면 우선 비닐 덧신부터 신어야 한다. 수많은 건축학도가 성지 순례하듯 찾아와도 늘 깨끗하게 관리되는 이유 중 하나다. 그래서일까. 입장할 때부터 마음이 경건해진다. 필로티 공법으로 건물을 땅에서 띄워 놨기 때문에 2층으로 올라가야 비로소 거실이 나온다. 거실에는 그 유명한 르코르뷔지에의 의자가 놓여 있다. 그가 1928년 세상에 선보였던 「LC2」라는 이 의자는 전통적 안락의자를 현대적으로 해석한 디자인이다. 스티브 잡스Steve Jobs가 2010년 애플 아이패드를 발표할 때 앉았던 의자이기도 하다.

응접실은 깊은 색감의 갈색과 초록이 어우러져 있었다. 나는 이 초록색의 느낌이 하도 그윽해서 〈르코르뷔지에 그린〉으로 이름 지어 봤다. 이곳에선 종종 기획 전시가 열렸다. 르코르뷔지에가 피카소 등 친구들과 함께 찍은 사진전도 열렸다. 그때마다 창으로부터 쏟아져 들어오는 햇빛이 은근하고 부드러웠다. 길고 네모난 창을 따라서는 둥그렇고 유려한 곡선의 경사로가 있었다. 르코르뷔지에가 〈건축적 산책로〉라고 명명했던 이 길을 따라 걷다 보면 옥상 정원으로 이어졌다. 내게는 이 건축적 산책로가 명상의 길이었다.

르코르뷔지에의 건축물들을 좀 더 보고 싶다는 생각이 들었다. 그래서 2018년 1월, 2주간의 회사 근속 휴가를 파리에서 보내면서 파리에서 30킬로미터 떨어진 푸아시에 있는 빌라 사보아Villa Savoye를 다녀왔다. 르코르뷔지에의 모든 건축 어휘가 담겨 있다는 평을 받는, 그의 대표작이다. 빌라 사보아의 첫인상은 파란 하늘과 잔디를 배경으로 서 있는 깨끗한 흰색 피아노였다. 르코르뷔지에가 피아니스트인 어머니를 떠올려 이런 피아노 노빌레(필로티를 활용해 건물을 띄워 올림) 건축 양식을 시도한 건 아니었을까. 1931년 주말용 전원주택으로 지어진 이 건물은 생활 공간 속으로 자연광을 최대한 끌어 들이는 한편, 필로티 사이의 1층 야외 공간에 자동차를 세우고 집으로 올라갈 수 있게 했다. 반듯한 외관과 달리 내부에는 나선형 계단이 있고, 욕조 옆에는 물결치는 형태의 선 베드를 만들어 놓았다. 옥상 정원에서는 전원 풍경이 시원하게 보였다. 21세기인 지금 막 지었다고 해도 의심되지 않을 모던함이란!

빌라 사보아를 방문했을 당시엔 〈드디어 와 보았다〉는 감동이 앞서 르코르뷔지에의 건축 요소들만 찾아보려고 했던 것 같다. 그런데 2018년 12월 서울 종로구 효자로의 더 레퍼런스 갤러리에서 열린 「르코르뷔지에: 빌라 사보아의 찬란한 시간들」 전시를 가보고는 이 건물을 의뢰했던 당시 1920년대 건축주 부부들의 〈혁신적 감각〉을 깊이 생각해 보게 되었다. 전시를 기획한 주인공은 빌라 사보아의 건축주 부부의 손자인 장마르크 사보아Jean-Marc Savoye다. 프랑스의 유명 출판사 갈리마르Gallimard에서 30년간 근무한 편집자로 현재는 출판사 레 카트르 슈망Les Quatre Chemins을 운영하고 있다. 그는 자신의 할머니 외제니 사보아Eugénie Savoye로부터 시작해 빌라 사보아에 대한 추억을 잔잔하게 풀어냈다. 특히 국제적 명성의 일러스트레이터 장필리프 델롬Jean-Philippe Delhomme과 협업해 이곳에서의 시간들을 『르코르뷔지에: 빌라 사보아의 찬란한 시간들』이라는 책으로 탄생시켰다. 그 삽

화들을 들여다보니 비로소 그 속에 살던 사람들이 머릿속에 마음속에 구체화되었다.

　건축주인 피에르 사보아Pierre Savoye는 당시 신사업이던 보험 회사를 운영했고 부인 외제니는 직접 자동차를 몰고 골프를 즐기던 신여성이었다. 1928년 외제니는 〈르코르뷔지에가 짓는 현대 주택을 짓고 싶다〉며 건축 의뢰를 했다. 전기와 중앙 난방 등도 꼼꼼하게 요구했다. 인생의 아름다움을 담으려는 현대적 감각의 건축주와 르코르뷔지에가 만난 집이 빌라 사보아다. 이 집의 이름은 그래서 〈찬란한 시간Les heures claires〉이다. 그러나 제2차 세계 대전 중엔 독일군이, 그 후엔 미국군이 점령해 폐허가 됐다. 1960년엔 푸아시시(市)에서 고등학교 신축을 위해 빌라 사보아를 허물겠다고 결정했다. 이상한 건물이라는 욕도 많았다. 당시 문화부 장관이었던 작가 앙드레 말로André Malot가 나서 빌라 사보아를 국유화하고 복원해 대중에 공개했다. 손자 장마르크 사보아는 말한다. 〈만약 당시 문화부 장관이 르코르뷔지에를 비난하는 사람들의 목소리에 귀 기울였다면 지금의 빌라 사보아는 존재할 수 없었다. 찬란한 시간들은 손에 잡히지 않는다. 시간은 영원하지 않고 빌라 사보아만이 한 천재 건축가가 조심스럽게 땅 위에 내려놓은 하얀 상자를 통해 유토피아를 증언할 뿐이다.〉*

　나는 르코르뷔지에에 대해 더 알고 싶었다. 그래서 고속 열차를

---

* 　장마르크 사보아, 『르코르뷔지에: 빌라 사보아의 찬란한 시간들』, 김이지은, 김시연 옮김(서울: 오부아, 2018).

타고 프랑스 남부 마르세유에 있는 시테 라디외즈Cité Radieuse(빛나는 도시)에도 가봤다. 르코르뷔지에가 1952년 완공한 이 건물은 내부에 337개의 주거 공간, 갤러리, 서점, 식당, 상점, 유치원, 호텔, 옥상 수영장 등을 갖춘 집단 주택(1,600명 수용 가능)이다. 위니테 다비타시옹 Unité d'habitation으로도 불려 온 이곳 역시 2016년 유네스코 세계 문화유산으로 등재됐다. 르코르뷔지에는 1952년 이 건물을 지은 후 레지옹 도뇌르 훈장을 받았다.

나는 시테 라디외즈에서 르코르뷔지에의 진정한 힘을 깨달았다. 생각해 보니 파리 르코르뷔지에 재단이나 푸아시의 빌라 사보아는 과거 사람들이 살던 장소였다. 하지만 시테 라디외즈는 지금 이 순간 마르세유의 중산층이 살고 있는 곳이다. 곳곳에 정교하게 짜 맞춘 빌트인 수납장, 미는 문을 사용한 부엌 천장은 공간 효율성을 중시하는 르코르뷔지에의 건축 철학을 여실히 보여 주고 있었다. 각 집의 구성은 간결하되, 입주자만 이용 가능한 옥상 수영장에서는 지중해를 내려다보면서 바비큐 파티를 할 수 있게 했다.

르코르뷔지에는 1920년대에 이렇게 주장했다. 〈육중한 가구를 집에 두면 결국 가구가 방의 주인이 된다. 현대 주택에서 가구는 소모품이기 때문에 의자와 테이블 외에는 모두 붙박이 수납장으로 만들면 된다. 주택은 살기 위한 기계이기 때문이다.〉 주택은 살기 위한 기계라는 그의 발언은 당시 논쟁을 불러일으켰지만 결국 그가 주장했던 건 〈집은 명상, 아름다움, 질서를 담아내야 한다〉는 것이었다. 장순각 한양대 실내 건축 디자인학과 교수는 〈왜 르코르뷔지에인가〉라는 나의 질문에 이렇게 답했다.

〈빌라 사보아는 당시 너무 혁신적이라 르코르뷔지에는 마르세유 시테 라디외즈를 짓기 전까지 한동안 건축 의뢰를 받지 못했다. 실무 건축을 하다 보면 타협을 하게 되는데 르코르뷔지에는 핍박을 두려워 하지 않는 불굴의 도전 정신이 있었다. 그는 흰색의 콘크리트 박스를 예술의 반열에 올려놓았다. 그의 도전 정신이 없었다면 현대 건축의 모더니즘은 뒤늦게 발전했을 것이다.〉

르코르뷔지에 재단에는
둥그렇고 유려한 곡선의 경사로가 있다.
내게는 이 〈건축적 산책로〉가
명상의 길이었다.

고흐 마을 가꾸기

2017년 9월 오베르쉬르우아즈에 다녀왔다. 세계적 화가 빈센트 반 고흐Vincent van Gogh가 세상을 뜨기 두 달 전 살았던, 지금은 동생 테오 반 고흐Theo van Gogh와 나란히 묻혀 있는 동네다. 오베르 교회 앞에는 고흐의 「오베르 교회L'Église d'Auvers-sur-Oise」, 고흐가 묵었던 라부 여관 엔 「아들린 라부의 초상화Portrait d'Adeline Ravoux」 그림 팻말이 붙어 있었다. 세잔, 도비니, 피사로 등 유명 화가들이 이곳에 정착해 그림을 그렸지만 역시나 고흐의 흔적이 가장 강렬했다. 한마디로 〈고흐 마을〉이었다.

오베르는 조용하면서도 깨끗했다. 담장 위에 앉아 있던 고양이 한 마리가 햇볕을 쐬며 나른한 기지개를 켰다. 일본 도쿄의 유럽풍 부촌인 덴엔초후(田園調布)와 느낌이 흡사했다. 한적한 기품, 쓰레기 하나 없는 깔끔한 거리, 잘 가꿔진 정원들……. 정치인과 명문가가 모여 사는 이 주택가의 기품을 나는 좋아했더랬다. 그런데 파리에서 27킬로미터 떨어진 프랑스의 작은 마을에서 덴엔초후의 기시감이 들다니. 생각해 보니 암스테르담의 반 고흐 미술관Van Gogh Museum에서 봤던 고흐의 「꽃 피는 아몬드 나무Amandier en fleurs」에서도 일본 분위기가 느껴졌다. 굵고 뚜렷하게 그린 나무의 윤곽선, 명료한 색채는 일본 판화에서 자주 사용되는 요소들이다. 파란 하늘을 배경으로 하얀 아몬드꽃이 가득 피어 있는 이 그림은 고흐가 죽기 전 마지막 봄에 프랑스 남부 지방에서 그렸다. 고흐가 파리를 떠나 남쪽으로 갔던 건 당시 프랑스 인상파 화가들처럼 동양의 남쪽 섬나라, 일본을 동경했기 때문이었다. 폴 가셰Paul Gachet 박사로부터 정신과 치료를 받기 위해 프랑스 북중부 오베르로 다시 거처를 옮겼던 고흐도 이 마을에서 나처럼 일본을 느꼈을까.

천천히 동네를 걸어 보았다. 골목 어귀마다 화단과 정원이 있었다. 고흐가 그렸던 화가 도비니의 정원이 곳곳에서 환생한 듯했다. 그런데 어느 돌담에 이런 공고문이 붙어 있었다. 〈나는 우리 마을을 가꿔요Je jardine ma ville.〉 그 무렵 심으면 좋은 꽃 사진들과 원예 정보도 실려 있었다. 궁금해 찾아보니 2001년 시작된 이 캠페인은 동네에 꽃을 심어 가꾸는 한편 주민들 간 친목을 도모하는 자원봉사 성격의 마을 공동체 프로그램이었다. 고흐 마을 가꾸기인 셈이었다. 시에서는 주민들에게 식물과 비료를 나눠 주고, 주민들은 함께 화단을 가꾼 뒤 자발적으로 모여 바비큐를 굽고 이야기를 나눈다. 그러다 보니 이웃 간 오해와 싸움도 없어졌다고 한다. 식물 가꾸기가 공동체 가꾸기로 이어진 것이다. 이 캠페인을 주도했던 조경가 실비 카생Sylvie Cachin은 말한다. 〈식물이 사람들과 얼마나 친밀한 관계인지 보는 것은 놀랍습니다.〉

고흐 형제의 묘소를 거쳐 그의 명작인 「까마귀가 나는 밀밭Champ de blé aux corbeaux」의 그 밀밭에 다다랐다. 고흐는 이 그림을 그릴 때 깊은 슬픔과 고독에 빠져 있었다. 그러나 나는 오베르의 그 밀밭에서 생명의 힘, 식물의 힘, 공동체의 힘을 느꼈다. 고흐는 120여 년 전에 세상을 떠났지만 오베르는 그가 생의 마지막에 그린 명작들과 마을 주민들이 새롭게 가꾸는 화단들로 생명력을 새로 부여받고 있었다. 그날따라 까마귀가 있는 밀밭에는 가을 햇빛이 찬란하게 내렸다.

그로부터 두 달 후, 고흐를 소재로 한 영화 「러빙 빈센트」가 개봉했다. 고흐가 남긴 명작 130점을 바탕으로 만든 세계 최초의 유화 애니메이션이었다. 20개국 125명의 화가가 꼬박 2년 동안 6만 5,000여 점의 유화를 그려 〈그림 같은 영화〉를 완성했다. 고흐와 가셰 박사 등 실존 인물을 닮은 배우들이 연기한 뒤, 각 화면의 프레임을 수작업으로 그려 이어낸 그야말로 〈한 땀 한 땀〉 만든 영화였다. 영화의 모든 장면을 고흐의 작품에서 모티프를 따오거나 재현했기에 러닝 타임 내내 고흐의 세계에 살다 온 것 같았다. 이 영화 제작에 사용됐던 회화 작품들의 전시회도 2018년 11월 서울에서 열렸다. 나는 생각했다. 고흐는 이제 더 이상 힘들고 외롭지 않을 거라고. 하늘에서 오베르를 내려다보며 자신이 살았던 마을의 꽃향기를 맡을 거라고. 후배 화가들이 100여 년 전 자신의 그림에 생기를 불어넣는 모습을 따뜻하고 고마운 시선으로 보고 있을 거라고……

*   Dix ans de Je jardine ma ville, Le CNFPT, 2012. 7.

고흐는 생의 마지막 시기를 오베르쉬르우아즈의 라부 여관에서 보냈다.

빈센트 반 고흐는 동생 테오와 나란히 묻혀 있다.

신문사에서 한동안 와인 담당 기자로 일하면서 돈으로 환산할 수 없는 고귀한 경험을 했다. 프랑스 보르도와 부르고뉴, 생테밀리옹 지방의 주요 와인 산지를 몇 차례 취재한 것이다. 오늘날 프랑스 와인 산업도 탄탄대로만은 아니다. 젊은 층은 점점 와인을 덜 마시고, 다른 나라 와인들의 공세도 치열하다. 큰손 소비자로 떠오른 중국의 입김도 커진다. 하지만 각 양조장은 지금 이 순간에도 자발적으로 설비를 개조하고 연구 개발에 투자한다. 소비자는 결국 좋은 술을 알아본다고 프랑스 〈와인 장인〉들은 한목소리를 낸다.

나폴레옹 3세는 1855년 파리 만국 박람회를 앞두고 보르도 메도크 지역의 61개 와인에 등급을 매겼다. 1851년 열린 영국 런던 만국 박람회에서 웅장한 수정궁이 등장한 데 자존심이 상했기 때문이다. 〈프랑스의 자랑인 보르도 와인을 박람회에 내놓도록 하라.〉 세계 최초의 와인 등급인 〈1855 보르도 메도크 등급〉은 최상급 와인으로 영국인의 코를 납작하게 만들고 싶었던 나폴레옹 3세의 욕심에서 생겨났다. 그런데 이 등급은 와인 역사의 새 지평을 열었다. 이탈리아와 스페인 등에서도 잇따라 와인 등급이 생겼다.

보르도에서 대규모로 와인을 생산하는 유명 와이너리들은 첨단 과학 기술 단지를 방불케 한다. 내가 2010년 4월 찾아갔던 바롱 필리프 드 로스차일드Baron Philippe de Rothschild의 생로랑드메도크 와이너리는 16만 1,872제곱미터(약 4만 9,052평)의 넓은 부지에 와인 생산 설비, 저장고, 연구소 등을 갖추고 있었다. 국제 품질 경영 시스템인 〈ISO-9001〉 인증을 받은 이 거대한 〈와인 공장〉에 들어가려면 위생 가운, 모자, 발싸개도 착용해야 했다. 교통 상황실 화면 같은 스크린은 양조 통의 세척 상황 등 전 양조 과정을 컴퓨터 시스템을 통해 한눈에 보여 주고 있었다. 몇몇 연구원은 150종류에 달하는 와인 코르크의 위생 상태를 20개 기준에 따라 점검했다. 무통 카데Mouton Cadet 라인은 우유 업계에서 쓰던 냉장 설비를 와인 업계 최초로 도입했다. 혁신하지 않으면 살아남을 수 없다는 긴장감이 있다.

그런데 알면 알수록 프랑스 와인의 진가는 1855년 제정된 그랑 크뤼 클라세Grand cru classé라는 유명 와인에만 있는 게 아니었다. 포도밭 사이사이로 삼나무 숲, 호수, 작은 항구, 코스모스 들판이 있었다. 무엇보다 각 원산지에는 가장 완벽한 〈신의 물방울〉을 만들고 나누려는 사람들의 따뜻한 체취가 있었다. 2010년 10월엔 프랑스 농식품 진흥 공사의 주선으로 메도크 반도의 포도밭을 방문했다. 이곳은 지롱드강을 따라 약 100킬로미터에 걸쳐 길게 자리 잡고 있다. 메도크Médoc는 〈물의 한가운데in medio aquae〉라는 뜻의 라틴어에서 유래했다. 서쪽으로 대서양, 동쪽으로는 지롱드강으로 둘러싸였기 때문이다.

엿새 동안 백발의 여성 양조학자 카트린 블리망Catherine Vlimant이 운전대를 잡고 이 지역을 구석구석 안내해 주었다. 「포도원에 부는 서풍과 지롱드강의 물은 겨울의 혹한과 여름의 혹서를 누그러뜨립니다. 일조량과 강우량도 적절해 훌륭한 와인이 만들어집니다.」 포도밭에선 와인 양조용 포도 수확이 한창이었다. 일손이 각지에서 밀려와 평소 한적했던 마을이 부쩍 활기를 띠었다. 가을 햇볕은 포도 수확을 축복하듯 따뜻하고 부드러웠다. 1.2미터 높이의 포도나무들엔 작고 검붉은 포도알들이 탐스럽게 열려 있었다.

메도크의 포도 재배자인 프랑수아 베르나르François Bernard(샤토 레스타주다르키에Château Lestage-Darquier 대표)가 카베르네 쇼비뇽 품종의 포도알을 따서 내게 건넸다. 「껍질째 씹어 먹어 보세요.」 달면서도 탄탄한 맛, 하늘과 땅과 사람이 조화를 이룬 맛. 메도크 와인은 프랑스의 자존심이다. 메도크 와인의 8개 원산지는 남쪽에서부터 북쪽으로 오메도크, 마고, 물리스, 리스트라크메도크, 생줄리앙, 포이야크, 생테스테프, 메도크이다. 우리는 원산지별로 한 곳씩 양조장을 방문했다. 그중 〈사람의 향기〉가 와인 향만큼 그윽했던 몇 곳을 소개한다.

메도크 반도의 최북단인 메도크는 아기자기한 남쪽의 물리스와 달리 야생적이고 남성적 느낌이 강했다. 들녘에는 사냥꾼들도 있었다. 샤토 루스토뇌프Château Lousteauneuf의 주인인 브뤼노 세공Bruno Segond이 터틀넥 스웨터와 반바지 차림으로 다가와 〈봉주르〉라며 악수를 건넸다. 「메를로 품종은 수확을 시작했는데 카베르네 쇼비뇽은 더 잘 익도록 기다리고 있어요. 포도를 재배하면서 깨달은 게 있어요. 매사에 서두르지 않을수록 후회를 적게 한다고…….」세공은 한국에서 온 손님을 위해 와인 저장고로 나무 테이블을 옮겨다 놓고 에스프레소 커피와 초콜릿도 준비했다. 여러 와인 중 검은색 레이블의 2001년 빈티지 와인에 눈길이 갔다. 〈내 아버지의 루스토〉란 와인 이름 밑에는 이모티콘 〈;-〉가 그려져 있었다.

「아버지가 세상을 뜬 2001년을 기려 특별히 양조했던 와인이에요. 이모티콘은 아버지가 제게 자주 건넸던 윙크 모양이에요. 한때 알제리에서 농사를 지었던 아버지는 와인 숙성고에서 블렌딩을 연구할 때도 익살스럽게 윙크를 하셨죠.」어느덧 중년이 된 아들은 아버지의 그 윙크를 떠올리며 최선을 다한다. 일반적으로 대형 양조 통에서 하는 1차 발효를 그는 이번 가을 나무 오크 통에서 하는 모험을 시도한다. 와인 맛의 복합성을 더하기 위해서다. 로제 와인도 실험적으로 만들고 있었다. 「뒤처지지 않으려면 끊임없이 도전해야 해요. 메도크 와인의 자긍심은 지키되 자만해선 안 되겠죠.」

일본 와인 만화 『신의 물방울』 24권이 떠올랐다. 주인공은 생전의 아버지가 참여했던 보르도 마라톤 코스를 뛰면서 부정(父情)을 찾아냈다. 〈아버지는 나에게 와인에 관해 아무것도 가르쳐 주지 않았다고 생각했어. 시키는 대로 허브며 흙냄새를 맡아야 했다며 오해하고 있었어. 하지만 아니었어. 아버지는 어린 나에게 가르쳐 주려 했던 거야. 와인이 무엇인지.〉세공의 아버지도 생전에 보르도 와인의 핵심인 포도 품종별 〈블렌딩의 미학〉을 윙크에 담아 아들에게 대물림하려던 게 아니었을까. 특히 그가 애착을 가졌다는 프티 베르도 품종은 최종 블렌딩 단계에서 제비꽃 향기와 기분 좋은 산도를 주는 〈약방의 감초〉가 아니던가. 메도크에서 차차 이 품종의 비율이 높아지는 걸 아버지는 이미 10년 전 예견했던 걸까.

생테스테프 지방에서는 그랑 크뤼 클라세 4등급인 〈샤토 라퐁로세Château Lafon-Rochet〉를 찾아갔다. 샤토(대저택)는 멀리서도 알아보기 쉬웠다. 웅장한 건물도 포도밭에 세워진 표지판 말뚝도 와인 레이블과 같은 온통 노란색이었으니. 「16세기부터 와인을 만들던 이곳을 코냐크 출신 할아버지가 1960년에 사들였어요. 할아버지는 1974년엔 샤토 퐁테카네Château Ponter-Canet(포이야크, 그랑 크뤼 5등급)도 구입했죠. 샤토 라퐁로세의 기존 회색 칠을 아버지는 늘 못마땅해했어요. 1999년 어느 날 아버지는 건물을 세 곳으로 나눠 빨간색, 녹색, 노란색으로 칠해 보더니, 노란색으로 최종 결정했어요. 2000년엔 와인 레이블도 노란색으로 바꿨죠.」

안내를 맡은 30대 초반의 바질 테스롱Basile Tesseron은 오너 3세로 2007년 가업인 와이너리 경영에 뛰어들었다. 아내(샤토 라리보Château Larrivaux의 소유주)와의 사이에 어린 두 아들을 둔 그는 으리으리한 성주의 아들이라는 게 믿기지 않을 정도로 예의 바르고 유머러스했다. 「기자 분에게도 또래의 딸이 있다고요? 그럼 저희 아들과 서둘러 만남의 자리를 주선해야겠는걸요. 하하.」

그는 스위스 럭셔리 회사인 리슈몽Richemont 그룹(카르티에와 몽블랑 등 소유)에서 일한 적이 있다. 「샤토에서 일하면서 그동안 배웠던 마케팅은 다 잊기로 했어요. 네고시앙(와인 중개상)을 통해 와인을 팔기 때문에 치열한 광고를 할 필요가 없죠. 그 대신 고객과 직원을 지속적으로 유지하는 데 정성을 쏟게 됐습니다.」 럭셔리 업계에서 배운 교훈이 있냐고 물었더니 말했다. 「매사에 나서지 않아야 한다는 것, 항상 겸손해야 한다는 것이요.」 그는 샤토의 와인 숙성고는 클래식 공연장으로 개방했다. 아버지의 연륜과 자신의 젊은 감각 그리고 양조 기술 감독의 테크닉을 조화롭게 섞는 게 자신의 책임인 것 같다고.

메도크에서 많은 사람을 만났다. 샤토 파타슈 도Château Patache d'Aux의 장미셸 라팔뤼Jean-Michel Lapalu 대표 부부는 저택으로 초대해 점심을 대접해 주었다. 어찌나 마당이 넓은지 어느 미술관 안뜰을 바라보는 느낌이었다. 레드 와인 소스의 멧돼지 요리와 염소 치즈는 환상적이었다. 치즈를 매일 즐기면 살찔까 염려되지 않느냐고 묻자 마담 라팔루는 답했다. 「꽤 괜찮은 카망베르 치즈 한 조각을 먹는 게 맥도널드 햄버거보다 낫다고 생각해요. 중요한 건 〈균형〉이니까요.」

생테스테프의 네고시앙인 두르트Dourthe의 홍보 담당 마리엘렌 앙캥베르Marie-Hélène Inquimbert에게서도 배움을 얻었다. 그와의 대화를 옮겨 본다.

「와인도 사람처럼 될성부른 〈재목〉은 떡잎부터 알아봅니까.」

「와인의 잠재력은 어려서부터 보입니다. 어려서 없던 가능성이 훗날 생기지는 않습니다. 지중해 클럽 메드 리조트를 연상시키듯 찬란한 햇빛을 받은 2005년 빈티지 와인은 오크 통에 담길 때부터 이미 좋은 와인이 되리란 것을 알았습니다. 그런데 2009년 빈티지도 오래 나이들 수 있다는 좋은 예감이 듭니다.」

「그 좋은 예감의 근거는 뭡니까.」

「포도가 가뭄에 고생하지 않았거든요. 산도와 당도가 균형을 이루리라 봅니다.」

「포도를 너무 오냐오냐 키워도 안 된다던데요.」

「어린아이가 심하게 앓으면 아름다울 수 없죠. 적당한 스트레스와 고생은 다릅니다.」

샤토 레스타주다르키에의 브리지트 베르나르Brigitte Bernard가 해준 말은 어느덧 나의 생활 신념이 됐다. 「나이가 들어도 젊을 때의 아름다움을 간직하는 와인처럼 살고 싶어요.」 그가 말하는 아름다움이 단순히 외적인 걸 말하는 게 아니라는 걸 안다. 한 살 한 살 더 먹는다고 딱딱한 아집과 편견에 빠지지 말라는 뜻일 것이다. 어니스트 헤밍웨이Ernest Hemingway는 〈와인은 세상에서 가장 문명화된 산물〉이라고 말했다. 나는 이렇게 생각한다. 우직한 대물림 속에 창의성을 더해 가는 프랑스 포도밭은 우리가 배워야 할 모든 게 있는 인생 학교라고.

달면서도 탄탄한 맛,
하늘과 땅과 사람이 조화를 이룬 맛.
메도크 와인은 프랑스의 자존심이다.

제
6
장

일상의
기쁨

○
○
○

나는 이 거리의 신문 가판대에서 조간신문을 사 읽고,
시장에서 벌꿀과 꽃을 사고,
인근 라느라 공원과 마르모탕 모네 미술관을 다니면서
그 호사스러움을 느낄 수 있었다.

프랑스답다는 건 뭘까. 다양한 사람과 문화가 어우러진 프랑스를 한 마디로 이렇다고 할 수는 없다. 파리만 해도 1구부터 20구까지 제각각 색채가 다르다. 나는 내가 살았던 파리 서쪽 16구의 일상을 소개하면서 그 속에 담긴 〈프랑스답다는 것〉을 이야기하고자 한다. 파리 지하철 6호선 파시역은 지상에 있는 작은 동네 간이역이다. 역에서 내려 계단을 올라오면 왼편에 여성 속옷 가게가 보인다. 한적한 주택가에는 이곳 말고도 여성 란제리 상점이 여럿 있다. 재밌는 점은, 프랑스 대통령이 사는 엘리제궁 정문 바로 앞에도 한껏 섹시한 레이스 속옷 가게가 있다는 것이다. 〈일상화된 유혹.〉 나는 프랑스 여성들의 언행을 지켜보면서 그들의 삶에 깊숙이 침투돼 있는 유혹이, 이성을 향한 것이 아니라 실은 자신의 내면을 향하고 있음을 알게 되었다. 레이스 속옷을 걸치면 그저 편한 속옷을 입었을 때와 비교해 왠지 당당해지지 않던가.

　　파리의 여유로운 동네인 16구에서 인상적 풍경 하나는 중장년층의 모습이었다. 함께 파리에서 지낸 친정 엄마도 내게 말했다. 「미술관에 가면 노인들이 많은데, 작품을 건성으로 보는 게 아니라 심각하게 오랫동안 감상하더라. 중간중간 자리에 앉아 쉬면서도 하염없이 그림을 보고. 나이 든 사람들도 카페에서든 버스 안에서든 책을 읽는 모습을 보면서 역시 문화를 아끼는 나라구나 싶었어. 옅은 화장에 오래된 캐시미어 코트 하나만 걸쳤는데도 세련미가 흐르는 이유인 것 같아.」

정말 그랬다. 아침부터 오래된 재킷을 깨끗하게 차려입은 노년의 남녀가 동네 카페에 찾아와 나지막한 목소리로 대화하는 모습이 참 보기 좋았다. 백발의 노부인들은 울퉁불퉁해진 종아리와 발목에도 아랑곳하지 않고 스커트를 입어 여성미를 드러냈다. 치노 팬츠와 니트는 중년의 〈파리 16구 패션〉을 이루는 요소들이었다. 젊은 여성들은 검은색 스키니 진과 앵클부츠 또는 흰색 아디다스Adidas 스탠 스미스Stan Smith 스니커즈를 선호했다. 블라우스는 목선이 드러나도록 단추를 두어 개 풀고, 머리는 바람결에 따라 자연스럽게, 색조 화장은 많이 하지 않았다.

파시 거리와 주변에는 화려한 명품 브랜드는 아니어도 파리지앵들이 사랑하는 프렌치 브랜드 상점들이 모여 있다. 단아하고 성실하게 프렌치 정신을 담는 아네스 베agnès b, 색감과 디자인이 고급스런 아동복 블뢰 콤므 그리, 프랑스 어린이들이 즐겨 입는 드팡DPam, 다이아몬드 주변에 작은 다이아몬드를 둘러 꽃 모양 다이아몬드 반지를 만드는 보석 가게 모부생Mauboussin……. 문구점에서는 필기감이 좋은 클레르퐁텐의 공책을 색깔별로 판다. 프랑스 상점에서 선물 포장은 물건이든 꽃이든 케이크든 그저 종이로 간단하게 싼 뒤 가느다란 리본을 묶어 줄 뿐이다. 주인공보다 화려하게 두드러지지 않는 이런 소박한 프랑스식 포장이 나는 좋았다.

관광객 아닌 진짜 파리지앵들이 즐겨 찾는 파리 7구 봉 마르셰 백화점의 식품관도 2017년 말 파시 거리에 따로 문을 열었다. 내가 파리에 살던 1년 동안에는 동네의 작은 백화점을 봉 마르셰 식품관으로 변신시키는 공사가 내내 계속됐기 때문에 이듬해 초 근속 휴가를 맞아 파리를 다시 여행했을 때 가장 먼저 달려가 봤을 정도다. 봉 마르셰에는 파리지앵이 사랑하는 미식과 와인이 있다.

과일 가게, 치즈 가게, 꽃집, 빵집, 카페, 발레 학원과 피아노 교습소……. 내가 사랑하는 것들이 옹기종기 모여 있는 파시 거리엔 동네 책방도 있다. 아농시아시옹 거리에 있는 〈샘물 서점Librairie Fontaine〉이라는 이름의 작은 책방이다. 작은 동네 책방인데도 테마별로 기획 진열을 하고, 작가를 초대해 책에 대한 얘기도 듣는다. 그 책방에서 내가 맨 처음 샀던 책은 『섬세함의 기술 L'art de la délicatesse』로 옮겨질 만한 책이다. 국내에서도 『심플하게 산다』, 『모두 제자리』 등 몇몇 책으로 알려진 프랑스 작가 도미니크 로로Dominique Loreau가 쓴 책이다. 이 책에서 저자는 패션 디자이너 오스카르 데라렌타Oscar de la Renta의 말을 인용해 이렇게 썼다. 〈내게 있어 호사스러움은 비싼 걸 얻는 게 아니다. 그것들을 애호할 수 있는 삶의 자세다.〉

나는 이 거리의 신문 가판대에서 조간신문을 사 읽고, 시장에서 벌꿀과 꽃을 사고, 인근 라느라 공원과 마르모탕 모네 미술관을 다니면서 그 호사스러움을 느낄 수 있었다. 누군가에게 편지를 부치고 싶게 만드는 노란색 우체통, 소설가와 작가의 이름을 딴 거리 표지판……. 내가 생각하는 프랑스다움이다.

이 거리에서 나의 아지트는 카페 라 파보리트La Favorite였다. 나는 아이들을 학교와 유치원에 데려다준 뒤 이따금 여기에서 카페 크렘므(우유를 섞은 커피)와 갓 구운 크루아상을 먹는 일을 사랑했다. 커피 한잔 시켜 놓고 몇 시간씩 학교 공부를 할 때에도 웨이터는 싫은 기색이나 눈치 한번 주지 않았다. 하긴 카페에는 이른 아침부터 찾아와 에스프레소를 마시며 신문을 읽거나 글을 쓰는 사람이 종종 있었다. OECD에서 일하는 아내를 따라 호주에서 온 존 달링John Darling도 그중 하나였다. 딸을 나와 같은 학교에 보내던 그는 호주, 뉴욕, 런던에서 일하던 금융맨이었지만 파리에서는 일을 하지 않고 어린 딸의 등하교를 도맡았다. 나는 카페 라 파보리트에서 물었다.

「아이가 학교 가 있는 동안 주로 뭘 하나요?」

「아, 이 카페에서 틈나는 대로 소설을 써보려고 해요. 파리는 근사한 곳이잖아요.」

나 역시 파리 생활을 소재로 글을 써보고 싶었지만 학교 다니랴 아이들 건사하랴 영 시간이 나지 않았다. 결국 파리에서는 글을 못 쓰고 귀국해 회사 생활을 열심히 하던 2017년 12월 어느 날, 존 달링의 페이스북 타임라인에 이런 소식이 떴다. 〈제 인생의 첫 소설을 펴냈습니다. 파리에서 1년 반 동안《집에 있는 아빠》생활을 할 때 동네 카페를 사무실 삼아 썼습니다.〉 존 달링의 『플레이 타임Play Time』이란 책은 그렇게 라 파보리트에서 태어났다.

나는 〈백조의 길〉도 사랑했다. 파시역에서 센강 쪽으로 내려와 비르아켐 다리에서 이어지는 인공 섬 산책로다. 19세기 초 제방으로 만들어졌다가 시민들을 위한 휴식처로 조성됐다. 이 산책로의 끝에는 뉴욕에 있는 것과 같은 모양의 〈파리 자유의 여신상〉이 있다. 프랑스가 미국에게 선물한 뉴욕 자유의 여신상에 대한 답례로 받은 것이다. 나는 센강 건너 15구의 한국 식료품점에 장 보러 다녀올 때 종종 이 길을 걸었다. 백조의 길에서는 두 손을 맞잡고 산책하는 연인들, 비르아켐 다리에서는 웨딩 사진을 촬영하는 커플들을 만났다. 나는 비록 수레형 장바구니에 10킬로그램 쌀을 싣고 낑낑대며 걸었지만, 에펠탑과 센강을 배경으로 사랑을 약속하는 사람들의 모습을 보는 건 언제나 행복했다.

이 거리에서 나의 아지트는
카페 라 파보리트였다.
나는 아이들을 학교와 유치원에
데려다준 뒤 이따금 여기에서
카페 크렘므와 갓 구운 크루아상을
먹는 일을 사랑했다.

시장의 즐거움

파리 9호선 트로카데로역에서 불과 한 정거장 떨어진 이에나역 주변에는 매주 수요일과 토요일 오전 8시~오후 2시에 야외 재래시장이 선다. 프레지당 윌슨 거리에 있다고 해서 프레지당 윌슨 시장Marché Président Wilson이다. 이에나역부터 알마 마르소역 조금 못 미치기까지 이르는 이 시장에서는 해산물과 고기, 과일과 야채, 유기농 와인과 치즈, 빵과 소스, 남부 프로방스에서 온 비누 등이 총망라돼 진열된다. 이에나역 출구로 나오면 흰색 플라스틱 텐트로 쳐진 재래시장이 곧바로 보인다. 초입에서는 왼쪽엔 과일, 오른쪽엔 꽃을 판다. 한국에선 값비싼 체리가 파리에선 싸고 신선한다. 상인들이 만들어 온 파이와 스페인 볶음밥인 파에야도 맛있다.

부지런하게 아침을 여는 사람들과 신선한 재료로 가족을 위한 요리를 준비하려는 정성. 재래시장에는 살아가는 즐거움과 삶의 활력이 넘친다. 팔레 드 도쿄와 파리 시립 의상 박물관 사이에 서는 재래시장답게 장바구니를 든 파리지앵들의 태도에는 여유가 있다. 나는 내추럴 와인(유기농 포도와 농법으로 만든 와인)을 취급하는 상인과 친해져서 그가 일요일에 나가는 유기농 전문 라스파이 시장Marché biologique Raspail에도 종종 찾아갔다. 아이들을 예뻐해 주는 모자 가게 아주머니가 행여 나오지 않으면 어디 아프신가 걱정도 됐다. 치즈 가게 아저씨는 무궁무진한 프랑스 치즈의 세계를 알려 주었다. 시장은 결국 사람과 사람이 만나는 장소였다.

파리에 정착하고 처음에는 장을 볼 때 어려움이 있었다. 생선이나 고기의 경우 해당되는 프랑스어를 몰라 난감한 경우가 있었기 때문이다. 아이들이 잘 먹는 닭똥집을 프랑스어로 뭐라고 한단 말인가. 찾아보니 닭똥집은 〈제지에gésier〉라는 단어였다. 그래서 시장에 갈 때마다 진열된 생선과 각 이름을 사진 찍어 익히고, 낯선 생선은 사서 하나씩 요리에 도전해 봤다. 예를 들어 프랑스 사람들이 꽤 즐겨 먹는 루제rouget(노랑촉수)를 나는 이 시장에서 난생 처음 봤다. 사 와서 구워 보니 가시가 많고 살이 연해 정작 먹을 부위가 많지는 않았지만 프렌치 밥상을 차려 낸 우쭐한 기분이 들었다. 대구의 종류도 메를랑mer-lan이 있고 카비오cabillaud가 있다. 프랑스 사람들은 대구를 종종 버터를 곁들여 구워 먹지만, 나는 고춧가루를 넣어 얼큰한 생대구탕으로 끓여 냈다. 이른 새벽 북서부 브르타뉴나 노르망디에서 잡아 가져온다는 생선의 신선도에 대한 믿음. 그 믿음이 내게 장 봐서 요리하는 즐거움을 알려 주었다.

파리의 야외 재래시장의 역사는 15세기로 거슬러 올라간다고 한다. 농부, 어부, 올리브 재배자, 빵 굽는 사람 등이 자신들이 생산한 식재료에 대한 자부심을 안고 장터에 모여 손님을 만나기 시작한 것이다. 파리만 해도 이런 재래시장이 80여 개에 이른다. 배추처럼 큰 1유로짜리 상추, 동화 속에서 토끼들이 먹는 이파리가 무성한 당근, 크고 통통한 가지와 흰색 아스파라거스, 시원한 샤도네 와인과 곁들여 먹기에 좋은 굴…… . 재래시장은 계절의 변화를 알려 주는 가장 정확하고도 친근한 친구였다. 그리고 세상의 모든 예쁜 색감은 실은 시장에 있었다.

한편 프랑스의 앤티크 시장은 묵은 세월이 가져다주는 깊이와 아름다움을 알려 주는 시장이다. 보르도 지방의 지롱드 강변에 있던 어느 골동품 상점에서 내가 넋을 잃고 물건을 탐닉하자 나이 지긋한 여자 주인이 미소 지으며 말했다. 「마담은 워낙 〈앙티크〉를 좋아하니 저희 집 물건을 사실 게 아니라 저기 매물로 나와 있는 샤토성을 사셔야겠네요.」 탐나는 앤티크 가구들이 많았지만 한국에 가져올 엄두가 나지 않아, 오래된 가문의 휘장을 새긴 포크들과 묵직한 테이블보를 사는 걸로 만족해야 했다.

파리에는 웬만한 새 옷보다 훨씬 비싼 빈티지 옷가게도 있다. 루이 14세가 살았던 궁전인 팔레 루아얄 근처의 빈티지 숍 디디에 뤼도 Didier Ludot다. 흔히 100년이 넘었으면 앤티크, 그 이하는 빈티지로 분류한다. 유명 빈티지 전문 컬렉터 디디에 뤼도가 운영하는 이 가게는 1940년대 이브 생로랑 드레스, 1960년대 샤넬 트위드 재킷 등을 갖춰 의상 박물관 같다. 이 가게에서 뤼도는 체구가 작은 내게 에밀리오 푸치 Emilio Pucci의 빈티지 원피스를 권했다. 「세월이 가치를 빚는 빈티지는 유행이 없어요. 유행을 일일이 좇는 건 촌스럽지 않나요?」

앤티크나 고급 빈티지는 값도 꽤 나가고 고르는 데 지식과 안목이 필요하지만, 매주 주말 프랑스 곳곳에 서는 벼룩시장은 누구나 부담 없이 시간 여행을 할 수 있는 장소다. 나는 파리 남쪽 방브 벼룩시장Puces de Vanves을 좋아한다. 카메오(조개껍데기에 양각으로 조각한 장신구) 브로치와 깃털 달린 옛날 숙녀 모자를 즐겨 산다. 재킷이나 블라우스에 이런 소품 하나만 곁들여도 패션이 즐거워진다. 들고 오는 게 번거로워 매번 구경만 했던 유화 작품도 큰맘 먹고 한 점 샀다. 프랑스의 성당 첨탑과 전원을 그린 그림이었는데 색감과 질감이 은은해 마음이 끌렸다. 찬찬히 보고 있으니 옆에 있던 한 할아버지 손님이 말했다. 「여기, 내 고향 브르타뉴 같은데……. 그림이 좋아 보이네요.」 혹시 상인과 한패로 짜고 동양 여성에게 그림을 팔아넘기려는 수법일까. 그러기엔 그림값(35유로)이 좀 소박했다. 그리고 이 그림은 보면 볼수록 정이 들어 어느덧 내가 가장 아끼는 그림이 됐다.

프랑스를 〈날마다 축제〉의 나라로 만드는 시장이 또 있다. 매년 11월 말부터 약 한 달간 곳곳에서 열리는 크리스마스 시장Marché de Noël이다. 유럽의 독일어를 사용하는 지역과 프랑스 동쪽 지역을 포함하는 신성 로마 제국에서 시작해 1980년대 이후 유럽 전역으로 확산됐다. 오스트리아 빈, 독일 드레스덴 등과 함께 프랑스에서는 동쪽의 스트라스부르와 콜마르 시장이 유명하다. 주로 광장의 중심에 대관람차와 회전목마가 설치되고 크리스마스 슈톨렌(말린 과일을 넣고 설탕 파우더를 뿌려 만든 독일식 케이크)과 수제 트리 장식 등이 시장에 나온다. 파리에도 곳곳에서 크리스마스 시장이 선다. 파리에 살던 2016년 겨울, 나는 아이들을 데리고 파리 샹젤리제 거리의 크리스마스 시장에 종종 갔다. 이 무렵이면 100만 개 이상의 전구로 밝혀지는 이 거리의 크리스마스 장식이 축제 분위기를 한껏 더한다. 이곳에서 뱅 쇼(데운 와인)와 핫 초컬릿을 마시면 마음까지 따뜻해졌다.

기차를 타고 벨기에와 가까운 프랑스 북부 릴의 크리스마스 시장에도 가봤다. 매년 90만 명이 찾아오는 프랑스의 이름난 크리스마스 시장 중 하나다. 릴은 의외로 골목마다 우아한 갤러리와 현대 미술 작품들이 많아 깜짝 놀랐다. 릴은 매년 9월 초에 유럽 최대의 벼룩시장이 열리는 곳이기도 하다. 나는 아이들과 회전목마를 타고 반짝이는 크리스마스트리를 지켜보며 성탄의 기쁨을 누렸다. 프랑스 시장은 내게 일상의 기쁨을 알려 주었다. 마르세유 비누를 쓰고, 제철 음식 재료로 정성껏 요리하고, 오래된 물건들이 조곤조곤 들려주는 이야기에 귀를 기울이는 것, 크리스마스 무렵에는 누구나 아이처럼 한껏 기분을 내는 것, 내가 생각하는 프렌치 럭셔리다.

프랑스 북부 릴의 크리스마스 시장.

파리의 시장에서 발견한 악기 모양의 금속 책갈피들.

2016년 파리로의 출국을 보름쯤 앞두고 대학 시절 친구 지은을 만났다. 삼성전자 마케팅 임원이라 해외 출장을 밥 먹듯 다니는 친구다. 지은은 나의 출국 준비 상황에 대해 몇 가지 질문을 하다가 이렇게 물었다. 「참, 우버 앱 깔았어?」 아, 우버! 택시 기사와 승객을 애플리케이션으로 연결하는 호출 서비스인 카카오 택시가 당시 한국에서도 서비스를 하고 있었지만 난 카카오 택시도 이용해 보지 않았던 터였다. 그런데 친구는 낯선 사람이 자기 차로 모는 미국산 우버를 이야기하고 있는 것이다.

친구의 가이드에 따라 스마트폰 플레이 스토어에서 우버 앱을 설치해 신용 카드 정보를 입력했다. 「파리에 가서 우버 앱을 켜면 화면에 이용 가능한 자동차들의 움직임이 보여. 가고 싶은 주소만 입력해 호출을 누르면 널 태우러 오는 기사의 얼굴 사진과 차량 정보가 뜨게 될 거야. 결제는 네 신용 카드를 통해 처리되니까 현금을 낼 필요도 없어. 우버가 파리에서 얼마나 편한데. 굿 럭, 친구!」

결론부터 얘기하면, 파리에서 어린 자녀들, 무릎이 불편한 친정 엄마와 살았던 나는 우버 덕을 엄청 봤다. 파리에서 1년간 살기 때문에 애당초 승용차를 살 생각도 안 했다. 운전 경력 20년이 넘는데도 낯선 나라에서 아이들 태우고 운전하다 사고라도 날까 봐 렌트 한번 안 했다. 혼자 다닐 땐 한 달 72유로로 대중교통을 무제한 이용하는 나비고Navigo 패스를 끊어 다니고, 가족과 함께 움직일 땐 주로 우버를 불렀다. 부르기만 하면 3분 이내로 당도하는 우버는 전속 기사 딸린 전용차 같았다. 파리에서 택시는 일단 타기만 하면 7유로를 내야 하는데, 우버는 가까운 거리는 5유로 정도라 택시는 물론 4인 기준으로 지하철보다 싸기까지 했다. 우버를 부르는 시점에 이미 내야 할 돈이 산정돼 나오기 때문에 바가지요금을 걱정하지 않아도 됐다.

나는 우버를 탈 때마다 기사들과 가급적 많은 대화를 나누려 했다. 더구나 내가 파리에 살던 2016년 7월부터 2017년 7월까지는 프랑스 대선이 치러져 새 대통령이 선출된 기간이라 파리지앵들의 민심을 듣기에 특히 좋았다. 들어 보니 우버 기사는 누구라도 운전만 할 수 있으면 간단한 등록 후 쉽게 될 수 있었다. 파리 집에서 오를리 공항까지 갈 때 우릴 태웠던 우버 기사는 공항 진입로가 막히자 〈예전에 오를리 공항에서 일한 적이 있어 길을 잘 안다〉며 신비한 지름길로 안내해 주었다. 보르도에서 와인 박물관 시테 뒤 뱅La Cité du Vin을 갈 때 만난 우버 기사는 가업인 양조업을 도우면서 우버 일을 겸했다. 와인 얘기를 하다가 죽이 맞아 그를 몇 시간 후 다시 만나 인근 생테밀리옹의 와이너리 투어도 했다. 내가 만난 우버 기사들은 별종이 아니었다. 그저 다양한 스펙트럼의 프랑스인들이었다.

　　그런데 파리 출장을 왔다가 만난, 오랜 지인인 간호섭 홍익대 섬유
미술 패션디자인과 교수는 나의 우버 예찬론을 듣더니 펄쩍 뛰었다.
「아니, 뭘 믿고 낯선 사람의 차를 타요!」 일리 있는 지적이었다. 나는
인간의 착한 본성을 일단 믿고 보는 맹자의 성선설에 기반해 우버를
이용하고 있었다. 세계 1위 차량 공유 서비스 우버는 2010년 5월 미
국 샌프란시스코에서 영업을 시작해 아직 10년도 안 된 서비스다. 정
보 해킹 사건이 벌어졌고, 인도에선 성폭행 전과자인 운전사가 승객을
강간하기도 했다. 창업자 트래비스 캘러닉Travis Kalanick은 승객과 차를
연계해 주는 자기 직업을 〈매춘 알선업자〉에 비교하는 등 수준 낮은
잡음들을 일으키다가 2017년 CEO 자리를 내려놓았다. 이런 아슬아
슬한 우버에게 나는 얼굴, 이름, 전화번호, 주소까지 몽땅 노출하는 것
이다. 그럼에도 우버는 이런 위험을 감수할 만큼 참으로 편리했다. 우
버뿐 아니라 프랑스의 승차 공유 스타트업 블라블라카Blablacar는 젊은
층에게 폭발적 인기였다. 내게 프랑스어를 가르쳐 주던 20대 여성도
브르타뉴 지방으로 여행을 다녀올 때 블라블라카를 이용해 교통비를
절감했다고 신나게 말했었다.

　　흥미롭게도 우버는 프랑스 파리에서 태동한 셈이다. 프랑스의 블
로거 로이크 르 뫼르Loïc Le Meur가 만든 산업 콘퍼런스인 르웹LeWeb이
우버의 탄생에 영향을 미쳤다. 2008년 12월 30대 초반 청년 트래비스
캘러닉은 그의 친구 개릿 캠프Garrett Camp와 함께 이 행사에 참가하러
왔다가 우버캡UberCap 아이디어를 놓고 심도 깊은 대화를 나눴다고

한다. 경제 전문지 『포천*Fortune*』의 애덤 라신스키Adam Lashinsky 편집국장은 자신의 저서 『우버 인사이드』에서 이렇게 밝힌다. 〈우버 웹 사이트에 보면 이런 내용이 나와 있다. 2008년 파리의 어느 눈 내리는 저녁, 택시를 잡기가 너무 힘들었던 캘러닉과 캠프가 아이폰에서 버튼만 누르면 차를 부를 수 있는 서비스를 떠올린 게 우버의 시작이다.〉[*]

물론 이는 다른 회사들의 창업 신화와 마찬가지로, 설립자가 결정적 깨달음을 얻은 순간을 우아한 언어로 포장한 현대판 동화와 같은 스토리일 뿐이다. 사실은 이렇다. 직접 리무진을 구입해 운전사를 고용하려던 캠프와 달리 캘러닉은 에펠탑 꼭대기에서 새 사업 모델을 제시했다. 〈차를 한 대도 사지 말고 운전사들에게 앱을 나눠 주고 자유 계약자 형태로 일하게 하자.〉 우버는 이제 전 세계 600여 개 도시에 진출해 있고, 기업 가치는 700억 달러(약 78조 원)를 돌파했다.

우버는 처음엔 고소득을 올리는 도시 남성들을 겨냥한 우버블랙UberBlack이란 고급 리무진 서비스로 시작했다. 그러다가 내가 파리에서 주로 이용한 우버엑스UberX로 고객층을 빠르게 넓힌 후 2015년 12월부터는 글로벌 음식 배달 서비스인 우버이츠UberEats를 시작했다. 2016년 파리에도 우버이츠가 입성해 나도 동네 베트남 음식점에서 고기 쌀국수인 보분을 시켜 보았다. 하지만 25퍼센트나 되는 배달 수수료가 아까워서 우버이츠 이용은 그것이 처음이자 마지막이 되었다. 그럼에도 파리에서 우버이츠는 젊은 층 사이에서 글로벌 단품 음식들

[*] 애덤 라신스키, 『우버 인사이드』, 박영준 옮김 (서울: 행복한북클럽, 2018).

을 중심으로 빠르게 확산되고 있다. 우버이츠의 글로벌 매출은 매년 200퍼센트씩 성장 중이다.

현재 한국에서는 우버블랙과 우버이츠가 영업 중이다. 2013년 한국에 진출했던 우버엑스는 불법 논란으로 2년 만에 서비스를 접었다. 택시업계의 반발이 극심해 출퇴근 시간 이외 카풀은 여전히 불법이다. 고급 택시 리무진 서비스인 우버블랙은 홍보도 거의 안 됐고 도심에서 이용료도 매우 비싸다. 2017년 8월 상륙한 우버이츠는 국내 배달 앱인 배달의 민족 등과 치열하게 경쟁해야 한다. 〈규제 공화국〉 한국은 우버에게도 쉽지 않은 시장이다. 그런데 우버만 막으면 될 게 아니라는 사회적 우려가 커지고 있다. 글로벌 시장에서 모빌리티 분야의 혁신이 숨 가쁘게 이뤄지고 있기 때문이다.

역시나 발 빠르게 움직인 나라가 프랑스다. 2018년 2월 프랑스 법원은 세계 각지의 판결 흐름과는 반대로 우버의 운전기사를 자영업자로 봐야 한다고 판결했다. 우버 기사가 우버를 상대로 자신의 근무 기간을 근로 계약으로 인정해 달라고 제기한 소송에서 파리 노동 법원은 〈우버는 탑승객과 운전자를 연결하는 중계자 역할을 수행할 뿐〉이라는 우버 측의 주장을 인정했다. 각지에서 택시 조합 등은 우버 기사들도 당국의 운송업 허가를 받아야 한다고 주장하는 반면, 우버는 자사 시스템이 탑승자와 기사를 기술로 연결하는 IT 기업이라고 맞서고 있다.

2017년 8월 캘러닉 후임으로 〈말 많고 탈 많던 우버의 구원 투수〉로 나선 다라 코스로샤히 우버 CEO는 프랑스의 이런 움직임에 바로 화답했다. 2018년 5월 마크롱 대통령을 면담한 후 향후 5년 동안 프랑스에 연구 개발비로 2,000만 유로(약 260억 원)를 투자하겠다고 약속한 것이다. 투자 분야는 우버엘리베이트UberElevate. 우버가 2023년까지 상용화하겠다고 한 하늘을 나는 우버 택시다. 우버는 〈파리의 약속〉 석 달 후, 이 하늘을 나는 우버 택시가 진출할 6개 시장을 발표했다. 미국, 일본, 프랑스, 호주, 인도, 브라질이다. 놀라웠던 점은 일본이 포함된 것이다. 한국과 비슷한 여객 운수법이 있는 일본에선 택시 면허가 없는 운전자가 자동차로 승객을 태울 수 없어 그동안 우버가 진출할 수 없는 국가로 꼽혔었다. 그런데 2018년 10월엔 도요타Toyota 자동차와 IT 기업 소프트뱅크가 차량 공유 및 자율 주행차 등 새로운 이동 서비스 분야에서 연대한다고 발표했다. 2020 도쿄 올림픽을 앞두고 일본은 민관이 뭉쳐 하늘 시장을 내다보고 준비하고 있다.

다음 이재웅 창업자는 2018년 4월 국내 카셰어링 업체 쏘카 대표로 경영에 복귀한 뒤 그해 7월 말 기획 재정부 혁신 본부장을 맡았다가 12월 그 자리를 내려놓았다. 2003년 다음커뮤니케이션 사장 시절에 그를 인터뷰했었다. 연세대를 나와 프랑스 파리 6대학에서 인지 과학 박사 과정 연구원을 지내고 창업했던 그는 당시로서는 혁신적이었던 다음 카페 서비스를 시작했다. 〈파리 유학 시절 1.5프랑을 내고 커피를 마시던 카페를 생각했다. 프랑스 카페는 부담 없는 토론장이다. 아침에는 에스프레소를 마시고, 낮 시간엔 노인들이 체스를 두고, 저녁에는 동호인들이 클럽 활동을 하는 바로 그 카페를 인터넷에서 구현하고 싶었다.〉*

오랜만에 경영 전면에 나서면서 그는 자율 주행 스타트업에 투자하는 등 미래의 먹거리를 모빌리티로 봤다. 2018년 10월 렌터카 기반의 차량 호출 서비스 〈타다〉를 세상에 내놓았다. 11월 서울 여의도 콘래드 호텔에서 열린 〈디지털 이코노미 포럼 2018〉에서 그를 다시 만났다. 15년 전 인터넷에 토론장을 마련했던 그는 이제 〈새로운 시대에 맞는 새로운 규칙〉을 만들자고 주장한다. 〈소유보다는 공유입니다. 자율 주행 시대가 오면 택시 기사도 사라질 수밖에 없어요. 혁신은 기존 시스템을 파괴적으로 바꾸는 겁니다. 혁신을 통해 시장 규모를 키워 여기에서 생기는 수익을 나눠 갖아야 해요.〉 같은 시간, 여의도에는 전국의 택시 기사들이 모여 〈카풀 영업〉 금지를 촉구하는 시위를 대대적으로 벌였다.

우버는 차량 공유, 자전거와 스쿠터 대여, 대중교통 환승을 아우르는 거대한 도심 모빌리티 플랫폼 구축을 향해 나아가고 있다. 국내 대기업들은 각종 규제에 막히자 동남아시아의 우버로 통하는 그랩 Grab(2012년 말레이시아에서 설립된 승차 공유 서비스 업체)에 투자하고 있다. 한국판 우버로 불렸던 승차 공유 업체들은 각종 반발과 규제에 부딪혀 있다. 파리에서 거부할 수 없던 우버의 유혹을 떠올린다. 혁신이란 무엇인가. 우리는 미래를 준비하는가.

---

*   김선미, 이재웅 사장이 꿈꾸는 인터넷 미디어, 『동아일보』, 2003. 6. 26.

파리에서 어린 자녀들, 무릎이 불편한
친정 엄마와 살았던 나는 우버 덕을 엄청 봤다.
파리에서 1년간 살기 때문에
애당초 승용차를 살 생각도 안 했다.

파리에 살기 전까지는 몰랐다. 프랑스 아빠들이 얼마나 매력적인지. 그들은 양복을 입고 한 손엔 서류 가방, 한 손엔 아이의 손을 잡고 유치원에 온다. 오전 8시 20분 유치원 문이 열리면 교실에까지 들어가 아이를 꼭 껴안아 주고 일터로 간다. 그 모습이 참 정답다. 좀 과장하자면 가슴이 설렐 만큼 섹시하다. 혼자 온 아빠도 있고, 역시 출근길인 아내와 함께 온 아빠도 있다. 엄마들의 차림새가 완벽해서 나는 자못 궁금했다. 〈바쁜 아침에 아이 등교 준비는 누가 어떻게 시켰을까.〉 9월 새 학기 초에는 아들이 다니는 동네 공립 유치원 학부모 설명회에 갔더니, 엄마들보다 아빠들이 더 많이 참석했고 교육 과정에 대해서도 열성적으로 질문했다.

　파리에서 나는 〈삶의 질〉에 대해 자주 진지하게 생각했다. 그러다가 몇 해 전 한국에서 각국의 중산층 기준이 소개돼 화제가 됐던 일을 떠올렸다. 당시 확연하게 비교가 됐던 한국과 프랑스의 기준은 이랬다. 한국의 경우, 〈빚 없이 30평 이상 아파트를 소유하고, 500만 원 이상의 월급을 받고, 자동차는 2000시시급 중형차 이상을 타고, 예금액 잔고는 1억 원 이상, 1년에 한 번 이상 해외여행〉. 프랑스의 경우, 〈남들과 다른 맛을 내는 별미 요리를 할 줄 알고, 스포츠와 악기를 즐기고, 외국어를 구사하고, 타인을 위해 꾸준히 봉사하며, 사회적 공분에 참여할 것〉.

　내가 살았던 아파트는 형태가 〈ㄷ〉자라 다른 집들의 일상이 발코니를 통해 종종 보였다. 그래서 다른 건 몰라도 아빠들이 집에서 청소와 요리를 하는 모습은 매우 자주 볼 수 있었다. 특히 나와 같은 층에는 40대 맞벌이 부부와 중학생 딸로 이뤄진 가족이 살았는데, 아내가 매일 아침 화단에 물을 주고 개를 산책시킬 동안 남편이 아침 식사를 준비했다. 한 층 아랫집의 30대 맞벌이 부부는 내 아들과 같은 동네 유치원에 다니는 아들을 키웠다. 그런데 오후 9시쯤 되면 발코니 테이블에 촛불을 켜고 단 둘이 와인을 마셨다. 나중에 물어보니, 퇴근 후 아이와 충분히 놀고 재운 뒤 부부가 둘만의 시간을 갖는다고 했다. 그 말을 들었을 때 나는 머리를 한 대 얻어맞은 느낌이 들었다. 우리 가족은 한국에서 그 시간에 각각 어디에서 무얼 했던가. 하루 12시간 이상씩 직장에서 일하느라 나의 아이들은 자신들을 돌봐 주는 외할머니를 사실상 엄마로 여기며 자랐다. 나는 20여 년간 직장 생활을 해오면서 남성보다 뛰어난 여성들이 출산과 육아로 힘들어하는 모습을 여럿 지켜봤다. 한국 여성들의 〈독박 육아〉를 요구하는 사회 분위기가 계속된다면 훗날 내 딸에게 〈그래도 아이는 낳아야 한다〉는 말을 할 수 있을까.

　프랑스는 1993년 OECD 회원국 중 저출산 1위였으나 2012년 합계 출산율(임신이 가능한 여성 한 명이 평생 낳는 아이의 수) 2.01명으로 저출산을 극복했다. 2017년 기준 1.88명으로 최근 다시 하락세를 보이지만 프랑스는 유럽에서 여전히 출산 강국으로 꼽히고 있다. 반면 한국의 합계 출산율은 2018년 2분기(4~6월)에 0.97명으로 출산율 1명대가 무너졌다. 이른바 〈0.9명의 쇼크〉다. 프랑스는 어떻게 〈아이 잘 낳는 나라〉가 되었나. 가장 중요한 원인은 정부의 실질적 육아 및 출산 지원이다. 프랑스 아이 10명 중 9명은 정부에서 운영하는 〈공짜〉 공립 유치원에 다닌다. 급식비와 오후 돌봄 비용만 각 가정 소득 수준에 따라 차등으로 내면 된다. 외국인인 나 역시 같은 혜택을 받았다. 이 공짜 유치원은 오후 돌봄을 신청하면 오후 6시까지 구청의 각종 커리큘럼으로 아이들을 봐주기 때문에 부모가 안심하고 퇴근길에 아이를 데려올 수 있다.

한국에서 큰아이가 유치원에 다닐 때엔 방과 후 아이를 맡길 곳이 마땅치 않고 내 퇴근 시간도 늦어 하는 수 없이 입주 도우미를 구해야 했다. 그래서 외국인도 공짜로 아이를 유치원에 하루 종일 보낼 수 있다는 사실에 감격했다. 프랑스는 1967년부터 가족 수당 금고를 도입해 출산과 육아를 개인이 아닌 국가적 문제로 삼았다. 가족 수당 재원은 정부 보조금 20퍼센트, 세금 20퍼센트, 기업 60퍼센트로 충당된다. GDP의 약 5퍼센트가 출산 장려 지원금으로 책정된다. 무엇보다 프랑스의 육아 지원은 아이를 사회가 함께 키우는 공감대다. 한국에서 여성들의 육아기 근로 시간 단축이나 배우자 출산 휴가제가 대개 〈그림의 떡〉으로 통하는 것과 대조된다.

둘째는 결혼 제도와 여성의 역할에 대해 진보적 관점을 갖는 프랑스 사회의 분위기다. 프랑스는 1999년 결혼 여부와 관계없이 성인 간의 동거 관계를 인정하고 이들에게도 출산과 육아를 지원하는 시민 연대 계약PACS* 제도를 도입했다. 2006년에는 부부의 출산과 혼외 출산을 구별하는 가족법 규정도 폐지하면서 출산율이 치솟았다. 또 프랑스 여성들은 아기가 어릴 때부터 부모와 따로 재우고, 육아는 어린이집이나 누누nounou라고 불리는 보모에게 맡기는 경우가 많다. 아이를 종일 끼고 지내야 모성이 넘치는 거라고 여기지 않는다. 엄마가 쉴 틈이 있고 행복해야 아이에게도 그 만족감이 전달된다고 생각한다.

셋째는 프랑스의 섹시한 아빠들이다. 그들은 육아와 가사를 여자의 일이 아닌, 〈나의 삶〉으로 여기는 경향이 강하다. 육아와 관련해 웬만한 의사 결정은 아내에게 미루는 한국 아빠들과 달리 요즘 프랑스 아빠들은 아이의 학업 커리큘럼도 휴가 계획도 꼼꼼하게 챙긴다. 프랑스인들의 의식에 깔려 있는 사회적 의무로서의 연대 의식이 가정에서도 발현된다. 50년 전 〈가장 개인적인 것이 정치적인 것〉이라는 구호를 내세우며 여성 해방과 차별 타파 등을 외친 〈68혁명〉의 정신이 서서히 가정에도 스며든 것 같다. 파리에서 친하게 지내던 아티스트 부부 집에 저녁을 초대받아 갔을 때, 싱싱한 재료를 장 봐다가 주방에서 요리를 만들어 내오던 건 한국인 아내가 아닌 프랑스인 남편이었다.

한국을 생각한다. OECD가 2011년부터 매년 발표하면서 주목받고 있는 삶의 지표인 〈더 나은 삶 지수BLI〉**의 2017년 5월 조사 결과

---

*   Pacte civil de solidarité.

**   Better Life Index.

에 따르면 조사 대상 38개국 중 한국은 28위였다. 그중 공동체와 환경(각각 37위), 일과 삶의 균형, 삶의 만족(각각 36위) 등의 항목은 최하위 수준이었다. 특히 우리나라 어린이가 부모와 함께 보내는 시간은 하루 평균 48분으로 회원국 중 꼴찌였다. 어디에서부터 풀어야 할까. 우리 사회는 주당 법정 근로 시간을 이전 68시간에서 52시간으로 단축한 〈주 52시간 근무제〉를 2018년 7월 1일부터 종업원 300명 이상의 사업장과 공공 기관을 대상으로 시행하기 시작했다. 프랑스는 1998년 기존에 주당 39시간이던 근로 시간을 35시간으로 단축하는 오브리 법을 만들어 2018년에 주 35시간 근무제 시행 20년을 맞았다. 집권당이던 좌파 사회당에서 이 법안 처리를 지휘한 마르틴 오브리Martine Aubry 노동부 장관의 이름을 딴 법이다. 적게 일하는 데 있어서 프랑스는 한국보다 한참 선배다.

그런 프랑스가 변하고 있다. 2017년 취임한 마크롱은 주 35시간제에 얽매이지 않고 주 최대 60시간 근무가 가능한 개혁 정책을 추진하고 있다. 주 35시간제가 단기적으로는 새로운 일자리를 창출했으나 연장 근무 수당 비용을 높여 프랑스의 경쟁력을 떨어뜨렸기 때문이란다. 프랑스 경제지 『레 제코』는 2018년 7월 한국의 주 52시간 근무제 시행을 소개하면서 〈이제 한국인들은 일과 개인 생활의 균형을 기대하게 됐다〉며 〈한국인 근로자의 생산성은 OECD 국가 평균보다 훨씬 낮은데 이는 그동안 한국의 노동 시스템이 상급자 눈치를 보느라 직장에 남아 있도록 했기 때문〉이라고 평했다.[*] 사실 내가 아는 프랑스인

---

[*] Yann Rousseau, Cette nuit en Asie: la Corée du Sud limite la semaine de travail à…… 52 heures, Les Échos, 2018. 7. 4.

들은 굉장히 강도 높게 일한다. 프랑스에 살았던 지인들과 만나서도 종종 이야기한다. 〈프랑스 사람들, 정말 일을 열심히 많이 하잖아. 특히 직장에서 직책이 높게 올라갈수록! 일과 가정의 균형을 맞추기 위해 스스로를 엄격히 단련하는 사람들이지.〉

내가 일하는 부서에서는 얼마 전부터 〈퇴근할 때 상사에게 인사하지 않기〉를 하고 있다. 처음에는 상급자와 하급자가 서로 어딘지 찜찜했으나 이제는 조직 문화로 자리 잡았다. 예전에는 퇴근 시간이 지나도 상사가 자리를 지키고 있으면 눈치 보며 남아 있었다. 이젠 제시간에 가방을 챙겨 일어서는 대신 아침에 자발적으로 일찍 나와 일을 시작한다. 남자든 여자든 눈치 보는 모습은 전혀 섹시하지 않다. 한국의 섹시한 아빠를 앞으로 자주 만나고 싶다. 일 잘하는 섹시한 남자는 가족 사랑의 생산성도 높을 것 같다.

파리에서 아트 컨설턴트이자 M&D 아트워크 대표로 활동하는 이정민 박사를 만나 가깝게 지냈다. 우리는 미술과 패션 그리고 여행을 즐기는 취향이 같아 첫 만남 때부터 서로에게 친근함을 느꼈다. 이화여대 불어교육학과를 나와 프랑스 파리 3대학에서 석사와 박사 학위를 받고 오랫동안 한국의 대학에서 가르쳤던 그녀는 2011년 프랑스인 남편 뤼크 도미시Luc Domissy와 결혼해 파리 근교에 살고 있다.

2017년 봄, 정민 부부의 집에 초대받아 가보니, 집 안 곳곳이 갤러리와 다름없었다. 프랑스 아를에서 활동하고 2014년 세상을 뜬 사진가 루시앙 클레르그Lucien Clergue, 파리의 영향력 있는 한국 원로 작가인 방혜자와 이배, 젊은 작가인 김선미, 장광범, 훈 모로Hoon Moreau 등의 작품이 조화롭게 어우러져 있었다. 이렇게 한 점 한 점 심사숙고해 사 모은 예술품이 200점이 넘는다고 했다. 언어학과 문화교육학을 공부했던 그녀는 어떻게 아트 컨설턴트이자 컬렉터가 됐을까.

들어 보니, 프랑스인 남편과 결혼해 프랑스에 다시 와 살게 된 것이 첫 계기였다. 그녀는 40대 초반에 이런 생각을 하면서 결혼을 결심했다고 한다. 〈인생의 절반쯤 와 있는 지금, 첫 번째 반의 인생은 싱글라이프를 즐기며 학교생활에 주력했으니 남은 반의 인생은 결혼이라는 형태의 새로운 삶과 더불어 직업이나 활동도 새로운 길을 가보자.〉 그녀는 어려서부터 동경했던 미술을 떠올렸다. 프랑스는 미술의 본고장 아닌가. 기회는 우연히 찾아왔다. 2011년 9월, 지인을 통해 아시아 작가들을 전시하고 연결할 사람을 찾는다는 갤러리스트를 소개받아 이듬해인 2012년 1월 한국인 작가 그룹전을 기획했다. 작가 섭외를 비롯해 전시 소개 글과 홍보 자료, 초청장 등을 밤새워 준비하고 전시 주제와 공간, 작품 운송과 통관 등 일체의 과정을 주관하면서 생생한 전시 기획의 세계를 맛보았다.

이 일을 계기로 친구 갤러리스트들과 협업하며 전시 기획 일을 하나둘씩 맡고 틈틈이 책과 전시를 봤다. 그런데도 허전했다. 미술 공부를 정식으로 하지 않아 두서없이 지식을 습득하는 것 같았다. 그래서 파리 1대학 미술사 석사 과정에 지원했는데 떨어지고 말았다. 프랑스 대학에서 이미 석사와 박사 학위를 받고 여러 해 동안 교수 생활을 했던 사람이 다시 석사 과정으로 대학에 입학한다면 청년 세대들이 누려야 하는 기회를 박탈해 교육의 민주주의에 위반한다는 설명이었다. 참으로 프랑스적 사고였다. 억울했지만 수긍할 수밖에 없었다.

프랑스 기업에서 비즈니스 전략을 짜는 일을 하는 남편은 그녀에게 루브르 학교École du Louvre에서 공부할 것을 권했다. 정민은 3년 동안 이 학교의 전문가 교육 과정을 다니며 미술사와 근현대 미술 등을 두루 익혔다. 루브르 학교의 일부 수업은 학사 과정을 이수하는 20대 초반 학생들, 미술을 좀 더 깊이 알고 싶은 컬렉터들, 현장에서 필요한 지식을 갖추려는 미술계 전문가들, 친구들과 그림을 보러 다닐 교양을 넓히고 싶은 70~80대 청강생들이 다 함께 들을 수 있었다. 전공자와 비전공자, 기성세대와 젊은 세대를 가르지 않는 열린 교육도 역시 프랑스다웠다.

정민은 말했다. 「유학 생활을 포함해 20년 가까이 프랑스에 살면서 확실하게 느끼는 건, 프랑스인들에게 있어 전시를 관람하고 작가들과 교류하는 건 상당히 일반적이고 익숙한 일상이라는 것이야. 나는 취향gout이란 단어를 좋아해. 다른 이들의 의견이나 유행에 좌우되지 않고 자기만의 감성으로 만든, 자신의 내면을 반영해 그의 정체성을 명료하게 보여 주는 것이 취향이라고 생각해. 프랑스에서는 어느 분야에 종사하든, 심지어 은퇴한 노인들까지도 대부분 개성이 강하고 취향이 확실하지. 명품 브랜드 제품을 사용할 때도 브랜드가 눈에 드러나지 않도록, 대개는 집안에서 물려받은 빈티지 제품이나 마트에서 산 저렴한 제품과 섞어 각자의 개성을 연출해. 프랑스인들의 집을 방문해 봐도 알 수 있어. 가구, 벽에 걸린 미술품, 식기와 요리 등 각 집의 분위기는 집주인의 취향을 고스란히 반영해.」

이들 부부의 침실 머리맡 벽면에는 액자가 걸려 있었다. 각자의 서명이 있는 일종의 계약서였다. 제목은 미나와 돼지의 사랑 십계명. 이들 부부는 결혼을 하면서 제도적 형태의 혼인 계약서 대신 심리적 혼인 계약서를 작성했다. 미나와 돼지는 부부가 서로를 부르는 애칭이다. 프랑스에서는 결혼할 때, 각자 보유하고 있던 자신의 재산을 보호하고 결혼 중 소득을 각자의 능력이나 기여도에 따라 분배 관리하기 위해 여러 유형의 혼인 계약서를 작성하는 경우를 흔히 볼 수 있다. 극히 냉정하고 개인주의적인 것처럼 여겨질 수 있으나 재혼과 삼혼도 흔한 프랑스에서는 합리적 계약으로 받아들여진다.

지금껏 혼자 살아온 40대의 정민과 한 번 이혼해 아이들도 있던 도미시는 결혼을 앞두고 진지하게 생각해 보았다. 평균 수명을 감안하면 앞으로 40년 이상을 같이 살 텐데 결혼 생활을 잘 유지하려면 어떻게 해야 할까. 이들은 공동의 생활 방침을 정해 침실 벽에 걸어 놓고 처음의 마음가짐을 기억하고자 했다. 〈상대에게 화가 났을 때, 도가 지나치지 않도록 화가 난 이유를 설명한다. 위급한 상황이 아니고는 상대의 말을 끊지 않는다. 상대가 다른 언어를 쓰는 다른 문화 출신이라는 것을 잊지 않는다. 상대가 세상에서 제일 중요하다는 것을 잊지 말고 서로의 사랑을 의심하지 않는다. 절대로 헤어지자는 말로 상대를 위협하거나 상처주지 않는다.〉

정민은 덧붙였다. 「부부의 일상이라는 건 매일같이 멋지게 옷을 차려입고 와인 잔 기울이며 지적인 대화를 나누는 게 아니야. 우리는 하루하루 같이 사는 상대의 말과 행동을 보며 무한한 행복감을 느낄 수도, 치명적 불행에 빠질 수도 있다는 것쯤은 알 만큼 인생 경험을 했잖아. 얼핏 유치할 수 있지만 여러 날 상의하고 조정해서 정했고, 지키려 노력하며 살고 있어.」

정민 부부는 주중에 각자의 직업 활동과 사회생활을 충실하게 한다. 어디에서 누구를 만났는지 일일이 묻고 대답하지 않는다. 다만 이 부부는 특별한 경우를 제외하고는 꼭 저녁 식사 시간을 함께 보낸다. 해야 할 일이 있어도 한두 시간 저녁을 함께 먹으면서 하루 일과를 나눈 뒤에야 각자 서재에서 늦은 시간까지 일한다. 「내가 알고 있는 프랑스 커플 친구들은 서로를 위해 할애하는 시간을 무척 중요시해. 둘이 함께하는 시간이 없으면 더 이상 부부로서의 관계를 유지할 의미가 없다고 봐. 부부가 함께 공연이나 전시를 보면서 일상의 무료함에서 벗어나 보고, 며칠간 사랑 여행(프랑스 커플들이 잘 쓰는 표현)을 떠나 둘만의 로맨틱한 시간을 보내고. 결혼 생활은 두 남녀의 애정이라는 기본 조건이 지켜질 때 아이들도 가족도 건강하고 행복할 수 있다고 믿는 것 같아.」

어느 날 정민과 나는 우리 동네인 파리 16구의 한 식당에서 점심을 함께했다. 정민은 〈어젯밤에도 남편과 오토바이 타고 이 동네에 다녀갔다〉고 했다. 도미시는 오토바이를 즐겨 타기 때문에 정민도 남편이 모는 오토바이 뒤에 앉아 종종 파리 시내 곳곳을 누빈다. 교통 체증이 심한 주말 오후에는 드레스를 차려입은 뒤 헬멧과 오토바이 점퍼를 걸치고 공연을 보러 간다. 오토바이를 타고 루아르나 노르망디 등 근거리 지방 여행을 다녀오기도 한다. 정민 부부의 주변에는 오토바이 애호가가 많다. 샹젤리제 거리에 살며 갤러리를 운영하는 친구, 생토노레 거리에 사는 변호사 사촌, 도미시의 회사 동료들······.

「결혼 초기에는 오토바이족 남편이 행여 사고라도 날까 걱정돼 다른 친구네 커플들에게 물어본 적이 있어. 그들은 대부분 조심하기를 당부할 뿐 엄연히 사회에 통용되는 오토바이를 내 남편이라고 해서, 혹은 내가 좋아하지 않는 것이라고 해서 반대할 이유는 없다고 말하더라고. 남편의 취향을 인정했더니, 오토바이를 타고 오렌지빛 가로등불이 비추는 아름다운 파리를 느끼게 되었어. 꼭 안고 둘이 한 몸이 되어 달리는 달콤한 기분을 맛보게 되었지.」

정민은 2018년 11월 한국에 다녀갔다. 서울 강남구 포스코 미술관에서 열린 「피터 클라젠Peter Klasen ∞ 훈 모로: 인간 ∞ 자연」 전시 도록에 평론 글을 쓰고 개막식 통역을 맡은 게 그녀였다. 정민은 프랑스와 한국 아티스트 간 교류에 기여하고 있었다. 얼마 전부터는 컨템퍼러리 아트 작가들을 발굴하는 프랑스 미술 협회의 부회장도 맡게 됐다. 그녀와 함께 식사를 하면서 파리지앵 부부로 사는 법에 대해 물은 게 이번 글의 바탕이 됐다.

그녀는 말했다. 「프랑스 커플은 남자와 여자로서, 그리고 한 인간으로서 서로에게 관심을 갖고 집중하며 살아. 남편은 내가 예술 작품을 사서 집 안 여기저기 위치를 바꿔 보는 것을 나의 취향으로 인정해 줘. 〈당신이 좋아하고 영감을 받는 일이니까.〉 상대를 있는 그대로 받아들이고 그가 원하는 것에 관심을 갖고 나와 보완이 될 수 있도록 노력하는 것, 내가 느끼는 파리지앵 부부가 사는 법의 매력이야.」

TRAITE D'AMOUR de Mina & Daeji

1. Ne jamais laisser son énervement contre l'autre prendre de l'ampleur, avant d'avoir réfléchi suffisamment à sa cause réelle et profonde et de l'avoir expliqué à son partenaire.

2. Ne jamais garder pour soi une frustration, un manque, une rancune ou une colère ; y réfléchir profondément, puis en parler calmement et gentiment à son partenaire.

3. Ne jamais oublier que son partenaire est d'une autre culture et langue maternelles. Toujours s'efforcer de se mettre à la place de l'autre, avant d'agir ou de parler.

4. Ne jamais interrompre son partenaire, sauf en cas d'extrême urgence ou de danger.

5. Ne jamais oublier que les besoins fondamentaux de tout être vivant sont de dormir suffisamment et régulièrement, de s'alimenter sainement et régulièrement, de se soigner avant tout autre chose et de recevoir et faire des câlins de façon satisfaisante.

6. Ne jamais oublier que son partenaire est le plus important au monde et la priorité absolue et s'efforcer également de ne jamais douter de son Amour.

7. Toujours consulter et respecter l'envie de l'autre, même parfois au détriment de certains de ses propres souhaits et désirs pour le présent aussi bien que l'avenir.

8. Ne jamais insulter son partenaire.

9. Ne jamais revenir sur un incident qui a été puni, et donc pardonné.

10. Ne jamais, ô grand jamais parler ou menacer de quitter son partenaire (sauf temporairement, brièvement, d'un commun accord et avec une fin planifiée) car Mina et Daeji ont choisi d'être ensemble pour toute la vie.

Le non-respect d'un de ces 10 commandements de l'Amour est puni par un gage obligatoire imposé par celui qui en a subi le préjudice à celui qui en est responsable.

Mina

Daeji

정민 부부의 침실 머리맡 벽면에는 액자가 걸려 있었다.
각자의 서명이 있는 일종의 계약서였다.
제목은 미나와 돼지의 사랑 십계명.

정민 부부는 각자의 직업 활동과 사회생활을 충실하게 한다.
어디에서 누구를 만났는지 일일이 묻고 대답하지 않는다.
다만 이 부부는 특별한 경우를 제외하고는
꼭 저녁 식사 시간을 함께 보낸다.

다름에 대한 인정

프랑스에 살면 자주 듣게 되는 말이 〈사 데팡Ça dépend〉이다. 〈경우에 따라 달라질 수 있다〉란 뜻으로, 프랑스의 거의 모든 사회적 현상을 대변하는 말이다. 똑같은 행정 절차인데 누구는 빨리 누구는 오래 걸린다. 때로는 답답하지만 살다 보면 그러려니 해진다. 결혼한 사람, 결혼하지 않고 동거하는 사람, 동성 커플, 싱글맘, 아랍계 프랑스인, 일본계 프랑스인…….. 다양한 민족이 모여 다양한 형태로 살기 때문에 개인주의 성향은 강해도 〈다름〉에 대해서는 열려 있다. 〈파트너〉라는 남녀 간 결합 형태는 프랑스의 대표적 다름이다. 왜 남들 하는 대로 똑같이 결혼이라는 전통적 제도를 선택해야 하나. 프랑스 국민들은 근원적 질문을 던지고 합법적 동거 제도를 도입해 결혼을 대체할 수 있는 또 다른 선택지를 마련했다.

　프랑수와 올랑드 전 대통령은 국립 행정 학교 동창인 세골렌 루아얄Ségolène Royal 전 환경에너지부 장관과 30년을 동거하며 자녀 넷을 두고 살다가 2007년 헤어진 후엔 자신을 인터뷰했던 시사 주간지 『파리 마치』의 기자 발레리 트리에르바일레르Valérie Trierweiler와 동거했다. 트리에르바일레르는 파트너 자격으로 엘리제궁에 살며 프랑스의 퍼스트레이디 역할을 수행했다. 그러나 올랑드가 여배우 쥘리 가예Julie Gayet와 염문을 일으키자 이 동거도 끝났다. 2018년 6월 러시아 월드컵 때 FIFA 월드컵 트로피를 꺼내 선보였던 러시아 출신 슈퍼모델 나탈리아 보디아노바Natalia Vodianova도 베르나르 아르노 LVMH 회장의 장남이자 베를루티Berluti의 CEO인 앙투안 아르노Antoine Arnault와 동거하고 있다. 그녀는 전남편에게서 아이 셋을 낳았고 파트너인 아르노 사이에서는 아이 둘을 낳아 키우고 있다.

이 동거 제도가 바로 팍스PACS이다. 1999년 사회당의 리오넬 조스팽Lionel Jospin 총리 주도로 시작된 팍스는 결혼 이외의 동반 관계를 합법화해 동거 커플도 부부가 누리는 각종 사회 보장과 세제 혜택, 육아와 교육 지원을 받을 수 있게 했다. 동거 커플 사이에서 태어난 혼외자녀들도 여러 사회적 수당을 받는다. 이 때문에 요즘 프랑스에서는 한 해에 결혼하는 커플과 팍스를 맺는 커플 수의 차이가 크지 않다. 프랑스 경제 통계 연구원에 따르면 해마다 55만 쌍의 커플이 동거하며, 24만 쌍이 결혼을, 16만 쌍이 팍스를 맺는다고 한다.

또 프랑스 통계청에 따르면 2017년 프랑스 신생아 77만 명 중 60퍼센트가 결혼하지 않은 남녀 사이에서 태어났다. 남성과 여성이 동등한 파트너 자격으로 아이를 키우기 때문에 프랑스는 유럽에서 출산이 활발한 나라가 됐다. 팍스 신청에 필요한 절차도 매우 간단하다. 남녀 각자의 신분증과 출생증명서, 동거 증명서, 결혼 경험이 있을 경우 이혼 서류나 배우자 사별을 증명하는 서류와 두 사람 간의 팍스 계약서만 관할 시청에 갖다 내면 된다.*

팍스는 프랑스인들의 남녀 평등 의식을 고스란히 반영한다. 가족이라는 울타리는 남자와 여자가 독립적 주체로 만나 연대해 꾸린다는 사상이다. 내가 본 팍스 커플들은 수입은 각자 관리하고 생활비는 나눠 부담했다. 〈우리가 남이가〉 식의 정서로 보면 남녀가 계약 형태로 살다가 쿨하게 헤어진다는 게 서늘하게 느껴지기도 한다. 하지만 사랑도 정도 남지 않았는데 껍데기만 가정으로 유지하고 사는 것보다는 솔직하고 합리적 삶의 방식이 아닐까. 프랑스 여성들이 나이가 들어도 외적 내적으로 매력적인 건 이런 독립적 가치관 때문이 아닐지.

프랑스는 프랑스 혁명 중이던 1791년 동성애 처벌법을 없애고, 세계에서 처음으로 동성애를 개인의 취향으로 인정한 나라이기도 하다. 2013년엔 〈만인을 위한 결혼Mariage pour tous〉이라는 이름의 동성 결혼 법안을 통과시켜 프랑스 최초의 동성 결혼이 나왔다. 그러나 동성 간 결혼에 대해서는 1999년 동거법 통과와 달리 사회적 합의가 완벽하게 이뤄진 것은 아니다. 동성 결혼의 법안 통과 후 이에 반대하는 대대적 시위들이 열렸고, 여전히 기존 가치와 곳곳에서 충돌을 빚기도 한다.

그런데 무니르 마주비Mounir Mahjoubi 프랑스 디지털 국무 장관이 2018년 5월 17일 국제 성 소수자 혐오 반대의 날을 맞아 자신이 동성애자란 사실을 깜짝 고백해 화제가 됐다. 이날 트위터를 통해 〈동성애 혐오는 때때로 우리가 증오를 피해 살아가도록 거짓말을 하게 만든

* 이승연, 『팍스, 가장 자유로운 결혼』(서울: 스리체어스, 2018).

다〉고 한 뒤, 바로 다음 날 프랑스 공영 방송의 웹 사이트인 프랑스앵포Franceinfo와 인터뷰에서 공식화했다. 〈나의 커밍아웃을 시끄럽게 알리고 싶지는 않았지만 동성애 혐오와 싸우는 데 도움이 된다면 기꺼이 알리겠다. 앞으로 내 인생을 공개적으로 평화롭게 살겠다.〉* 모로코계 프랑스인인 그는 2015년부터 동성 파트너와 팍스 형태로 동거하고 있다. 스타트업계에서 일하다가 에마뉘엘 마크롱의 대선 캠프에 합류해 디지털 선거 전략을 총괄한 후 디지털 경제를 책임지는 장관급 비서로 발탁됐고 현재 디지털 국무 장관으로 일한다.

2018년 10월 향년 94세로 타계한 유명 샹송 가수 샤를 아즈나부르Charles Aznavour도 프랑스를 대표하는 〈다름〉이었다. 오스만 제국에서 벌어진 아르메니아인 대학살을 피해 파리로 피신한 부모 사이에서 1924년 태어난 그는 1940년대 에디트 피아프Edith Piaf의 곡을 쓰며 처음 이름을 알렸다. 이후 70여 년간 2억 장이 넘는 음반을 팔며 프랑스 팝의 신으로 불렸다. 영화 「노팅힐」의 주제가인 「그녀She」의 원작자이기도 하다. 1997년 프랑스 최고 예술가에게 대통령이 주는 레지옹 도뇌르 훈장을 받은 그는 항상 〈내 정체성의 뿌리는 아르메니아〉라고 밝혔다. 아르메니아 난민 인권과 구호 활동에 앞장서 2004년 〈아르메니아 국가 영웅〉 칭호를 받았고 2009년엔 스위스 주재 아르메니아 대사로도 임명됐다. 아르메니아 수도 예레반엔 그의 이름을 딴 광장과 동상도 있다.** 학창 시절 그의 샹송을 즐겨 부른 열혈 팬이었다는 마

---

*   Pierre Lepelletier, Contre l'homophobie, le secrétaire d'État Mounir Mahjoubi fait son coming out, Le Figaro, 2018. 5. 18.

크롱 대통령은 그의 부음을 접한 뒤 이렇게 SNS에 올려 애도했다. 〈아즈나부르는 자랑스러운 프랑스인이면서도 아르메니아인이라는 뿌리에 강한 애착을 가졌습니다. 3세대에 걸쳐 우리의 기쁨과 아픔을 함께해 온 그의 걸작과 목소리는 영원히 남을 것입니다.〉

나는 그의 타계 소식을 내 벨기에계 프랑스인 친구인 앙젤란의 페이스북을 통해 가장 먼저 접했다. 그녀는 노래 「그녀」의 가사를 올리며 〈아즈나부르는 페미니스트를 자처했다. 이렇게 우리의 심금을 울리는 노래만큼 위대한 예술은 없다〉라고 썼다. 나는 그날 이후 며칠 동안 가만히 눈을 감고 「그녀」를 들었다. 세상을 뜨기 직전까지 왕성하게 활동했던 아즈나부르는 일찍부터 동성애자의 권익 보호에도 앞장서 왔다. AFP 통신에 따르면 그는 세상을 뜨기 1주일 전 프랑스 TV와의 생애 마지막 인터뷰에서 이렇게 말했다. 〈나는 100퍼센트 페미니스트입니다. 남성은 언제나 여성의 입장에서 생각해야 합니다. 다른 문화에 대한 존중, 즉 관용은 가장 중요한 가치입니다.〉

**　　** 윤수정, 1,300여 곡 남기고 별이 된 샹송의 전설, 『조선일보』, 2018. 10. 3.

〈나의 커밍아웃을 시끄럽게 알리고 싶지는 않았지만
동성애 혐오와 싸우는 데 도움이 된다면 기꺼이 알리겠다.
앞으로 내 인생을 공개적으로 평화롭게 살겠다.〉
무니르 마주비 국무 장관은 2015년부터 동성 파트너와
팍스 형태로 동거하고 있다.

사진 다이버시데이스 Diversidays 유튜브 채널

시네마 디페랑스

내가 살던 파리 16구 파시 거리에는 마제스틱 파시Majestic Passy라는 이름의 작은 동네 극장이 있었다. 아들이 다니던 공립 유치원 바로 맞은편이라 거의 매일 그 앞을 지나다녔다. 그런데 어느 날, 〈「미녀와 야수」일요일 오전 11시, 특별 관람료 4유로(약 5,200원)〉라는 안내문이 붙어 있었다. 평소보다 절반 이하의 관람료라 눈이 번쩍 뜨였다. 일요일 오전 10시 50분, 초등학교 3학년이었던 딸과 함께 극장을 찾았다.

그런데 노란색 조끼를 입은 사람들이 극장 앞에서 작은 책자를 나눠 주고 있었다. 〈시네마 디페랑스Ciné-ma différence〉라는 제목이었다. 단어대로 해석하자면 영화를 다르게 보기쯤 될 텐데 시네Ciné(영화)와 마ma(나의)를 벌려 놓아 〈영화-나의 다른 점〉으로도 읽혔다. 대체 이게 무슨 상황일까. 상영관 안에 들어서고 나서야 그 〈다름〉의 의미를 알았다. 장애인 관람객들이 노란 조끼를 입은 자원봉사자들의 부축을 받아 속속 입장하는 것이었다. 뭐라고 계속 부르짖는 어린 소년도 있었고, 얼굴 전체가 상처로 일그러진 어르신도 있었다. 딸은 내 팔을 붙잡고 말했다. 「엄마, 무서워.」

　「미녀와 야수」가 시작됐다. 만일의 사고에 대비하기 위해서인지 상영관의 조도는 일반 상영관보다 밝았다. 그런데 상영 중엔 결코 조용하지 않았다. 지적 장애인이 내는 소리인지, 영화 속 소리인지 분간되지 않을 때가 많았다. 갑자기 객석에서 누군가 일어나 돌아다니면 무슨 일이 일어나는 건 아닌지 신경이 쓰였다. 그럼에도 조금 〈다른〉 사람들과 같은 공간에서 영화를 보는 건 내게 특별한 경험이었다. 처음엔 낯선 환경을 무섭고 불편해하던 딸도 이내 적응해 영화 속으로 빠져들었다. 함께 사는 사회의 구성원이란 인식이 들어 마음 한편에 따뜻한 물수제비가 그려지는 것 같았다. 한편으론 궁금증이 들었다. 〈만약 한국에서 이런 행사가 열린다면 환영받을까 외면받을까. 나야 얼떨결에 아이를 데리고 왔지만 부모들이 장애인과 함께 보는 영화관에 아이들을 일부러 데려오려 할까.〉

　프랑스 영화 「미녀와 야수」는 타인을 겉모습으로 속단하지 말 것, 다름을 포용할 것을 이야기하는 영화였다. 집에 돌아와 시네마 디페랑스의 인터넷 사이트(cinemadifference.com)를 찾아보니 같은 맥락의 이야기가 소개돼 있었다. 〈영화관에 가는 것은 일상적 여가 생활이죠. 그런데 그렇지 못한 이웃들이 우리 주변에 있답니다. 몸이 불편해서 외모가 달라서 영화 보러 가는 것 자체가 힘겹고 치욕적 경험이 되는 사람들이에요. 시네마 디페랑스는 몸이 불편한 사람들이 영화와 문화 여가 활동을 마음 편히 누리도록 돕는 비영리 자원봉사 조직입니다. 예술에 대한 접근은 빼앗을 수 없는 인간의 고귀한 권리입니다. 우리가 따뜻하게 맞아 주고 두려움 없이 한 공간에서 함께 있기만 해도 그

들은 사회로부터 격리되지 않을 수 있습니다.〉

시네마 디페랑스는 이렇게 〈다른〉 사람과 다르지 않은 사람이 함께 볼 수 있는 영화와 극장을 엄선해 소개한다. 영화뿐 아니라 오케스트라 음악회도 종종 열린다. 장애인 자녀를 둔 부모들의 방명록도 읽어 보았다. 〈열여섯 살인 제 자폐증 아들이 시네마 디페랑스를 통해 처음으로 극장에 가서 영화를 봤습니다. 아들은 서너 번만 자리에서 일어나 소리를 질렀을 뿐 그다음엔 조용했어요. 아이들이 다르건 다르지 않건 똑같은 사회적 활동을 체험할 기회를 갖는 게 중요합니다. 파리에 사는 실비.〉 〈제 일곱 살짜리 자폐증 아들이 부끄러움 없이 영화를 처음부터 끝까지 보게 해주셔서 감사합니다. 파리에 사는 안느 소피.〉 눈시울이 뜨거워졌다. 왜 프랑스가 문화 강국인지 다른 설명이 필요 없었다. 그들은 다름에 대한 인정을 넘어 다름에 대한 사랑을 나누고 있었다.

조금 〈다른〉 사람들과 한 공간에서 함께 영화를 보는 것은 다름에 대한 사랑을 일깨웠다.

파리의 패션 수업

파리에는 에스모드 파리라는 유서 깊은 패션 학교가 있다. 그리고 이 학교에는 이젬ISEM이라는 대학원 과정이 있다. 나는 2016년 가을부터 2017년 여름까지 이곳에서 럭셔리 패션 비즈니스를 공부했다. 학교를 고르는 과정에서 파리의 다른 패션 학교들도 방문해 보았지만 왠지 ISEM에 마음이 끌렸다. 파리 9구 로슈포코 거리에 있는 에스모드 파리에 들어서서 고풍스런 건물과 강의실의 마네킹을 본 순간부터 심장이 뛰었다. 어릴 적부터 동경하던 패션에 대한 꿈이 타올랐다.

　늘 머리부터 발끝까지 흰색으로 맞춰 입는 멋쟁이 크리스틴 발터 보니니Christine Walter-Bonini 에스모드 인터내셔널 교장이 커피를 내오며 반갑게 맞아 주었다. 에스모드 서울 졸업 작품 발표회에서도 만났던 그녀는 〈(이 학교 출신의 정욱진 디자이너가 만든) 준지가 파리에서 성공한 것처럼 한국 패션에 대한 세계적 관심이 커지고 있다. 저널리스트의 시선으로 파리의 패션계를 풍성하게 경험하길 바란다〉라고 격려해 주었다.

에스모드ESMOD는 패션 고등 예술 학교École supérieure des arts et techniques de la mode의 약자로, 나폴레옹 3세의 궁정 재단사였던 알렉시 라비뉴Alexis Lavigne가 1841년 파리에 창설한 세계 최초의 패션 교육 기관이다. 오늘날 널리 사용되는 줄자와 마네킹을 만든 이가 라비뉴 다. 에스모드 서울을 비롯해 14개국 21개 분교의 국제 네트워크를 갖 춘 에스모드는 ISEM 과정을 통해 럭셔리 패션 전문가를 길러 내고 있 다. 신문사에서 럭셔리 분야를 취재했던 나로서는 패션의 고장, 파리 에서 전문성을 키울 수 있다는 기대감에 부풀었다.

ISEM 럭셔리 패션 비즈니스 과정의 첫 수업 시간. 선생님은 칠판 에 〈금색 삼각형triangle d'or〉이라고 썼다. 「여러분, 금색 삼각형이라고 들어 봤나요? 파리 지도에서 몽테뉴 거리, 샹젤리제 거리, 조지 상크 거리를 연결하면 삼각형 모양이 돼요. 이 세 거리가 만들어 내는 구역 이 프랑스 럭셔리의 심장부랍니다. 20세기 초 디자이너 폴 푸아레가 이곳에 의상실을 낸 후 패션 브랜드들이 속속 문 열어 파리의 우아함 을 이뤄 냈어요.」 선생님은 학생들에게 하나씩 거리를 고르라고 했다. 나는 럭셔리 브랜드가 양쪽으로 즐비한 몽테뉴 거리를 골랐다. 거리를 고른 대로 세 그룹이 만들어지자, 선생님은 말했다. 「자, 이제 가방을 챙기세요. 지금 바로 지하철을 타고 금색 삼각형을 탐방하러 갑시다.」

우리에게 주어진 미션은 각 거리에서 럭셔리의 요소를 찾는 것. 우 리 〈몽테뉴 거리 그룹〉은 구찌 매장부터 들어갔다. 알레산드로 미켈레 Alessandro Michele가 크리에이티브 디렉터를 맡아 최첨단 럭셔리로 거 듭난 구찌는 당시 뱀과 벌 등 자연 모티프로 화려한 디자인을 뽐냈다.

남아프리카 공화국에서 온 여학생은 눈을 지그시 감더니 〈매장의 향기, 음악에서 럭셔리가 느껴진다〉고 말했다. 나는 평소 좋아하는 크리스티앙 디오르 매장에 들어가 직원들이 고객을 응대하는 표정과 자세를 찬찬히 살폈다. 내가 생각해 온 럭셔리의 기준은 〈태도〉였기 때문이다. 선생님은 우리 몽테뉴 그룹에게 말했다. 「매장들을 둘러본 후엔 꼭 플라자 아테네 호텔Hôtel Plaza Athénée에 들어가 커피를 마시도록 하세요. 다른 곳보다 비싸지만 여러분이 꼭 경험해야 할 럭셔리이니까요.」 세 그룹은 탐방을 마친 후 모여 개선문 꼭대기에 올랐다. 파리 시내가 훤히 내려다보였다. 선생님은 말했다. 「여러분은 이제 파리 패션계를 구석구석 알아 가게 될 거예요. 그 모험의 시작을 축하합니다.」 기억에 남는 첫 패션 수업이었다.

의욕이 가득해 학기를 시작했지만 수업은 예상보다 훨씬 빡빡했다. 세 시간짜리 강의가 월요일부터 금요일까지 오전에 한 개, 오후에 한두 개씩 있어 마치 입시 학원을 다니는 것 같았다. 오죽하면 종로 학원에 다니며 재수하던 옛 시절이 떠올랐을까. 커리큘럼은 철저하게 패션 실무 인재를 길러 내는 데 초점이 맞춰 있었다. 원단, 패션 역사 등 패션 전반과 비즈니스 전략과 마케팅 등 럭셔리 경영을 총망라했다. 이력서 쓰는 법부터 패션쇼 실무 기획까지 가르칠 정도였다. 럭셔리 업계에서 오랫동안 일했거나 관련 컨설팅을 맡고 있는 다채로운 이력의 강사진은 학생들을 현장에 곧바로 투입할 수 있도록 가르쳤다. 〈아, 이런 게 프랑스 직업 교육의 힘이구나.〉

학생들은 돈과 시간을 아끼기 위해 하나둘씩 점심 도시락을 싸 오기 시작했고, 나도 아침에 딸 점심 도시락을 준비하며 내 것도 챙겼다. 럭셔리란 말은 화려한 이미지들을 떠올리게 하지만 정작 럭셔리를 공부하는 학생들은 수수한 차림으로 도시락을 싸 갖고 다니며 공부한다. 거의 대부분의 과제가 그룹 단위로 이뤄지기 때문에 터키, 그리스, 포르투갈, 베트남, 타이완 등 각국에서 모인 학생들은 동지애로 뭉쳤다. 갓 대학을 졸업한 학생들도 있었지만 각 나라 럭셔리 업계에서 일했던 학생들도 있었다. 물론 내가 거의 엄마뻘로 최고 연장자! 나는 한꺼번에 여러 나라의 패션 취재원 친구들을 사귀게 돼 뿌듯하고 든든했다. 우리는 파리에서 매년 열리는 세계적 섬유 전시회인 〈프리미에르 비종Première Vision〉에 가서 원단의 중요성과 트렌드를 배우고, 에스모드 동문들이 차린 쇼룸들도 방문했다. 파리라는 도시 자체가 우리에겐 열린 강의실이었다.

그룹별로 하나의 브랜드를 정해 몇 달 동안 심도 깊은 케이스 연구와 발표를 하는 수업은 럭셔리 업계를 이해하는 데 큰 도움이 됐다. 학기 말엔 디자인 전공 학생들이 만든 옷을 상품으로 내놓기 위해 판매와 유통 전략을 짰다. 패션 잡지도 만들었다. 신문사 생활을 하면서 여러 라이프 스타일 섹션을 기획해 만들어 봤던 나는 다양한 실무 경험을 얘기해 줄 수 있었다. 게다가 K패션에 대해 강사진도 학생들도 관심이 컸다. 프랑스 브랜드 베트멍이 한국의 짝퉁 제품을 복제해 경기 남양주에서 게릴라 판매했던 사례를 소개하자 다들 눈빛이 반짝거렸다. 해가 갈수록 젊은 축제로 변신 중인 서울 패션 위크와 서울의 패션 명소들도 자랑스럽게 소개할 수 있었다.

여러 강의 중 내가 손꼽아 기다리던 수업이 있었다. 앙토니 들라누아 선생님의 〈문화, 패션과 럭셔리〉다. 에스모드 파리 출신으로 발렌시아가와 나이키 등에서 스타일리스트로 일했던 그의 수업은 내게 무한한 영감을 주었다. 「샤넬의 트위드 슈트와 디오르의 검은색 드레스, 너무 따분하지 않나요? 하지만 릭 오언스Rick Owens의 옷을 보세요. 얼마나 시(詩)적인가요!」 그는 야마모토 요지의 검은색 롱코트와 코스COS의 검은색 터틀넥 니트를 즐겨 입었다. 완벽한 재단과 검정이 만나 이루는 힘은 강렬했다. 그는 콤 데 가르송Comme des Garçons의 가와쿠보 레이(川久保玲)가 만들어 내는 빨강을 〈제2의 블랙〉으로 칭송하기도 했는데, 그래서인지 그 후로 빨간색을 볼 때마다 색감의 깊이를 곰곰 들여다보게 됐다.

그를 통해 〈패션의 왕〉으로 불렸던 디자이너 폴 푸아레와 마들렌 비오네Madeleine Vionnet에게도 빠져들었다. 영화 「미드나이트 인 파리」를 내가 주인공 버전으로 바꾼다면, 나는 1900년대 초반 파리의 의상실을 드나드는 고객인 셈이었다. 코르셋이나 옷의 구속으로부터 여성 인체를 해방시켰던 푸아레와 비오네는 알면 알수록 〈혁신의 아이콘〉이었다. 나는 앙토니가 추천하는 파리의 아름답고 오래된 장소들이 특히 좋았다. 니심 드 카몽도 박물관Musée Nissim de Camondo, 자크마르앙드레 박물관Musée Jacquemart-André, 생테티엔뒤몽Saint-Étienne-du-Mont 성당……. 덧없이 사라지는 유행이 아닌, 〈좋은 취향〉이 길러지는 고요하고 우아한 공간들이어서 틈나는 대로 들러 보았다.

앙토니는 영혼 없는 패션을 경멸했다. 〈기성 패션 잡지들은 이미 오래전부터 따분해졌다〉며 『판타스틱 맨Fantastic Man』이나 『어나더

AnOther』와 같은 컨템퍼러리 잡지들을 자주 보라고 했다. 나는 물었다.

「잡지의 미래는 어떻게 될까요? 온라인으로 다 옮겨 갈까요?」

그의 취향은 확고했다. 「나는 종이를 보고 만지고 느낄 수 있는, 편집의 감성을 고스란히 소장할 수 있는 잡지를 사고 싶은데요? 온라인은 그런 기억을 가질 수 없지 않나요?」

깊이 공감했다. 「맞아요. 온라인의 기억은 증발하더라고요.」

만학의 즐거움과는 별개로 아이들을 건사하며 학업을 병행하는 건 여러모로 쉽지 않았다. 어느 지친 하루, 제일 일찍 강의실에 도착했는데 누가 붙여 놓았는지 뒤쪽 벽면에 이런 문구가 붙어 있었다. 〈If plan A didn't work, the alphabet has 25 more letters! Stay cool!〉 플랜 A가 작동하지 않아도 염려하지 말 것. 아직도 A 뒤에는 25개의 알파벳이 더 남아 있으니.

서울에 돌아와 2018년 12월, 제28회 에스모드 서울 졸업 작품 패션쇼에 참석해 1시간여 쇼를 지켜봤다. 쇼를 보는 일은 에너지를 많이 필요로 했다. 옷 하나하나에 학생들의 열정이 가득 담겨 있어 보는 사람도 정성껏 보게 되기 때문이다. 특히 디자인한 학생들이 마지막에 무대로 나와 감격의 눈물을 보일 땐 나까지 울컥해졌다. 요즘처럼 옷 만들어 팔기 어려운 시대에 옷이 좋아 열정을 바치는 젊은이들이 대견스러웠다. 내가 파리 에스모드 교실에서 보면서 힘을 얻었던 문구를 이들에게도 들려주고 싶었다. 알파벳 A 뒤에는 아직도 25개의 알파벳이 더 남아 있다고. 그러니 계속 꿈을 향해 나아가자고.

ISEM 럭셔리 패션 비즈니스 과
정은 원단, 패션 역사, 마케팅 등
을 총망라했다.

먼 훗날 나는 어쩌면 이곳에서의 시간
을 〈내 인생의 가장 찬란한 순간〉으로
기억할지도 모르겠다.

파리에서는 트로카데로 광장 근처에 살았다. 그것은 아침저녁으로 에펠탑을 보며 지냈다는 뜻이다. 트로카데로 광장은 에펠탑을 맞은편에서 감상할 수 있는 최고의 장소다. 나는 타워 중독자이다. 남산 타워든 도쿄 타워든 탑만 보면 애련한 감상에 빠져든다. 그러니 해가 저문 후부터 다음 날 새벽 1시까지 매 정시에 10분 동안 반짝반짝 깜빡거리기까지 하는 에펠탑은 내게 얼마나 낭만적으로 다가왔을까.

그런데 관광객들이 잘 모르는 진짜 낭만은 해가 뜨기 직전의 트로카데로 광장에 있다. 해가 에펠탑 쪽에서 떠오르기 때문에 트로카데로 광장에서 찍는 에펠탑 배경 사진은 아침부터 낮까지 계속 역광을 받게 된다. 그래서 웨딩 사진이나 사랑의 순간을 촬영하려는 연인들은 이른 아침 이 광장에 나타난다. 〈센 강변을 조깅하기〉는 인생 버킷 리스트를 실천하기 위해 새벽녘 집을 나섰던 나는 늘 가슴이 설레었다. 매일마다 새로운 연인들을 볼 수 있었기 때문이다. 인종이 달라도 나이와 키가 달라도 사랑하는 사람들의 표정과 몸짓엔 공통점이 있었다. 이 순간이 영원이었으면 좋겠다는 행복감. 그 〈행복한 지금 이 순간〉을 기억하고 지켜 내는 게 인생 아닐까. 연인들의 사진엔 커다란 풍선과 비둘기들도 톡톡하게 조연 역할을 했다.

이런 달콤한 사진들은 트로카데로 광장 말고도 파시역에서 센강으로 이어지는 비르아켐 다리 위에서도 자주 촬영된다. 비르아켐 다리는 할리우드 영화 「인셉션」 촬영지로 한국에 많이 알려져 있다. 그런데 두 곳의 사진은 살짝 다른 점이 있다. 비르아켐 다리 위에서는 십중팔구 웨딩드레스와 턱시도 차림인데 반해 트로카데로 광장에는 하늘색 재킷과 빨간색 원피스와 같은 평상복 차림의 연인들이 많다는 것이다. 중년과 노년의 로맨스도 있다. 그래서 나는 비르아켐의 예비부부보다 트로카데로의 연인들에 왠지 더 끌렸다. 저마다 빛깔이 다른 사랑, 파리로까지 날아와 확인하고 싶은 사랑…… 하지만 영원한 사랑이 있을까. 그저 지금 이 순간이 단단하고 빛나기를, 그래서 훗날 힘들고 지칠 때 소중하게 꺼내 볼 수 있기를…… 내게는 이 책『지금, 여기, 프랑스』가 트로카데로의 연인 같은 추억이다.

나를 지금껏 성장시켜 준 동아일보사와 김재호 사장님께 가장 먼저 감사 말씀을 올린다. 이 책은 회사와 학교 밖에서 배우고 깨달은 연수기인 셈이다.『동아일보』에서의 귀중한 경험들이 내 인생을 풍요롭게 해주었다. 김차수 전무님 등 여러분이 귀한 연수의 기회를 주셨다.

첫 만남부터 느낌이 통했던 미메시스의 홍유진 대표님, 파리의 패션 공부를 도와주신 고은경 에스모드 서울 대표님과 크리스틴 발터보니니 에스모드 인터내셔널 교장 선생님, 연수를 응원해 주신 주한 프랑스 대사관의 파비앵 페논Fabien Penone 대사님과 미리암 생피에르 공보관, 심영섭 선배, 임수길 SK이노베이션 홍보실장님, 이경수 코스맥스 회장님, 이상철 현진어패럴 대표님, 파리 킹스워스 국제 학교의 든든한 나무 같던 스테픈 잔코프스키 전 교장 선생님, 새로 교장을 맡은 카트린 선생님, 무스타파 음악 선생님, 파시 유치원의 마제가 선생님, 파리 생활의 정신적 지주이셨던 윤종원 대통령 경제수석비서관님, 전승훈 선배, 박진현 선배, 아끼는 후배 효림과 성미, 파리가 준 인연의 선물인 소진, Porras, Luna, Madeleine, Kiem, Melony, Engelene, John, Dane, 엘렌, 정민, 은경, 현정, 선미, 파리에서 나와 우연히 마주쳐 준 소피 마르소와 카를라 브루니, 늘 희로애락을 함께해 주는 지춘희 선생님과 친구 지은, 대류회, 이름을 다 밝힐 수 없는 고마운 선배들, 양가 가족과 남편, 연우, 민우에게 감사와 사랑을 전한다. 무엇보다 하나님의 도우심과 친정 엄마의 헌신이 없었다면 이 책은 탄생하지 못했다.

지금, 여기, 프랑스

혁신, 창업, 교육, 문화, 예술 등 현재 프랑스를 말하다

지은이 김선미   **발행인** 홍유진   **발행처** 미메시스

주소 경기도 파주시 문발로 253 파주출판도시   **대표전화** 031-955-4000

팩스 031-955-4004   **홈페이지** www.mimesisart.co.kr

email webmaster@openbooks.co.kr

Copyright (C) 김선미, 2019, Printed in Korea.

ISBN 979-11-5535-177-2 03810   **발행일** 2019년 3월 25일 초판 1쇄

이 도서의 국립중앙도서관 출판예정도서목록(CIP)은 서지정보유통지원시스템 홈페이지
(http://seoji.nl.go.kr)와 국가자료공동목록시스템(http://www.nl.go.kr/kolisnet)에서
이용하실 수 있습니다.(CIP제어번호: CIP2019009543)

미메시스는 열린책들의 예술서 전문 브랜드입니다.

이 책은 관훈클럽 신영연구기금의 도움을 받아 저술 출판되었습니다.